O DIRETOR

SÉRIE A BRATVA DE CHICAGO
LIVRO DOIS

RENEE ROSE

Traduzido por
M ZACHS

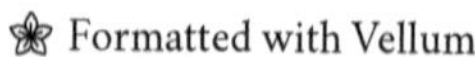 Formatted with Vellum

QUER LIVROS GRATUITOS DA RENEE ROSE?

Assine a newsletter da Renee para receber cenas bônus gratuitas e notificações sobre novos lançamentos!

Vá a https://www.subscribepage.com/reneerose_pt

PRELÚDIO

CAPÍTULO 1

R *avil*

Porque alguém haveria de *pagar* para chicotear uma mulher está para além da minha compreensão.

Mas depois, o Valdemar não é *bratva*, como eu. É um diplomata. Digno. Interessado em eventos de círculo fechado que transmitem tanto prestígio como sensualidade. Além disso, não tem as oportunidades que nós, que vivemos pelo Código dos Ladrões, temos.

— Então vais entrar na Roleta de São Valentim comigo? — insiste ele. Estamos na casa dele em Georgetown, e ele serve-me mais dois dedos da sua vodca russa favorita, Beluga Noble.

Imagino que ele se considere uma espécie de nobreza.

Encolho os ombros. — Porque não? *Da.* Claro.

Não tenho por hábito lamber botas, mas o Valdemar é fundamental para a rede de contrabando do nosso grupo e fui ordenado pelo *pakhan* de Moscovo — o chefe da bratva — para manter esta engrenagem bem lubrificada.

A Roleta de São Valentim é uma espécie de evento no seu

clube de sexo. Um jogo de sorteio que emparelha dominadores com submissos e três atividades escolhidas para as
cenas.

Gosto de sexo. Gosto de dominar mulheres. Certamente
não preciso de pagar bons rublos para o fazer, mas que seja.
Pelo Valdemar, farei.

O Valdemar adora o seu exclusivo clube Black Light em
D.C., onde os ricos e a elite dão palmadas em traseiros
juntos.

Pensei que ele tivesse negócios importantes para discutir,
mas tudo bem. Ele gosta de mim como seu parceiro. Ou
talvez ele seja o meu. Suponho que ele acredita que as minhas
tatuagens e ar perigoso lhe dão uma vantagem extra numa
arena onde a masculinidade alfa é necessária. Ele sabe que as
mulheres me acham atraente e espera que ignorem a sua
marca de nascença do tamanho de Leningrado se eu estiver
com ele.

Da última vez que fomos juntos, manteve-me ao seu lado
o tempo todo, trocando e partilhando mulheres comigo,
convidando-me para empunhar o chicote por ele. Fazendo
um grande espetáculo sobre a discussão de técnicas. Como se
houvesse uma forma correta de o fazer. Não, dominas a
mulher até que implore por alívio ou grite de prazer. Ou se
quebre e depois grite de prazer.

Não me importei. As mulheres com quem brincamos
acharam excitante serem objetificadas. Toleraram o Valdemar. Eu garanti que ambas atingissem o clímax.

— Tens de preencher a inscrição. — Ele abre um portátil e
encontra o ecrã necessário. — Esta informação, aqui. —
Empurra o computador para a minha frente. — Sei que te
vão aceitar porque já liguei e usei a minha influência diplo-
mática. Disseram que desde que haja emparelhamentos equi-
librados, podes participar.

Preencho rapidamente o formulário de inscrição e clico em submeter. — Feito.

Ele sorri-me. — Bom. Agora teremos o nosso entretenimento amanhã à noite.

— É por isso que estou aqui?

Ele encolhe os ombros. — Em parte. Também preciso dos teus serviços. — Muda para russo. — Alguém a quem preciso que dês uma lição.

Mal consigo evitar revirar os olhos. A sério? Este cabrão não sabe que tenho uma centena de homens em Chicago a trabalhar para mim que fazem esse tipo de merda? Eu sou o chefe da bratva. O cérebro. Já não sujo as minhas próprias mãos.

Podia ter enviado um *shestyorka* — alguém na categoria mais baixa da organização para fazer tal tarefa. Ou se fosse sensível, teria enviado o meu melhor músculo, o Boris silencioso, para fazer o trabalho.

Descontraio o maxilar cerrado e abro as mãos amigavelmente. — Como quiseres.

Ele sorri radiante. — Bom. Vamos agora.

Levanto-me e estalo o pescoço.

Está bem.

Mas só porque precisamos deste homem para manter as coisas a funcionar.

Lucy

— Definitivamente estou a ter dúvidas sobre isto. — Agito as mãos para parar de as torcer.

Estou com a Gretchen, minha ex-colega de quarto e melhor amiga durante a faculdade de direito. Ela nunca deixou D.C. depois de nos formarmos em Georgetown.

Agora é uma estrela no gabinete do Procurador-Geral e eu estou...

Completamente perdida.

Ignoro a devastação que tem atingido o meu peito ultimamente. Não era assim que imaginava a minha vida aos trinta e cinco.

— Não — diz ela, como se dizer-me *não* fosse apagar as minhas dúvidas. — Isto é exatamente o que precisas para esquecer o Jeffrey e seguir em frente.

Diz a mulher sem relacionamentos de longa duração para contar. Mesmo na faculdade de direito, ela preferia as aventuras de uma noite enquanto eu procurava "o tal".

E caramba, pensei que o tinha encontrado. Mas no mês passado finalmente tive de encarar que o meu Jeffrey, o meu namorado aparentemente perfeito, não tinha intenção de oficializar nada. Oito anos como meu namorado e não conseguia comprometer-se. Não queria pôr um anel no meu dedo, ajudar-me a criar a família que tanto desejo.

Então finalmente desisti.

O que foi mais difícil do que possa parecer.

É fácil quando um tipo te trai, ou ofende um dos teus amigos ou familiares, ou faz algo concreto para o condenar. Não, o Jeffrey era um homem perfeitamente simpático, bonito, que se preocupava comigo... mas não o suficiente.

Enfim.

Obrigada, próximo, como diria a adorável Ariana Grande. Mas não me sinto assim tão *grata.*

Não, sinto-me como se tivesse acabado de ser atropelada por um camião de asfalto.

Então quando a Gretchen surgiu com esta ideia maluca de eu me juntar a ela num evento especial no clube de BDSM dela, concordei.

Mas agora estou definitivamente com dúvidas. Não sou a

aventureira. E *The Rocky Horror Picture Show* sempre me confunde.

— O que vais vestir? — exige a Gretchen, fingindo que eu não estou ainda indecisa sobre isto. Ela descomprime a capa que pendurei no armário do quarto de hóspedes e olha para as minhas opções.

— Hum... — Aparentemente acha-as insuficientes.

— O vestido vermelho — digo sem entusiasmo.

Ela desprende o cabide e segura-o. É um vestido justo de envolver feito de tecido macio e aderente e um decote profundo. — Isto seria bom... *para um encontro com um advogado.*

— Eu sou advogada — aponto desnecessariamente.

— Hoje à noite não és. Hoje à noite és uma escrava sexual. Uma submissa. — Atira o vestido vermelho para a cama e pega na minha mão, levando-me para o quarto dela. — Hoje à noite vais aprender a entregar o controlo. Assim que te entregares, o universo pode trazer-te o homem perfeito. O homem que terá a honra de ser teu e fazer lindos bebés loiros contigo, e...

— Não vejo como oferecer o meu corpo para tortura é entregar-me ao Universo.

Ela abre a gaveta inferior da sua cómoda, onde aparentemente guarda o seu equipamento de masmorra.

Recuo perante as pequenas peças de vestuário em látex que ela retira.

— Bem, não é. Mas vais encontrar a alegria da entrega. É uma sessão de prática. Entregas o controlo por três horas. Deixas outra pessoa assumir as rédeas e estar encarregue do teu prazer.

— E se eu não sentir prazer? — Seguro um par de calções brilhantes de látex vermelho que se atam à frente. Super sexy — para uma stripper. — Desculpa, mas acho que não conseguiria usar nada assim.

— Um dom é responsável pelo teu prazer.

— Ele também é responsável por me causar dor.

Um sorriso largo espalha-se pelo rosto dela. — Esse pode ser o prazer *dele*. — Encolhe os ombros. — E pode ser o teu.

A Gretchen é uma switch — alguém que gosta de ser tanto dominadora como submissa. Não ao mesmo tempo, obviamente.

Esta noite, ela irá como domme, porque foi o que o Black Light — o clube exclusivo de BDSM do qual é membro — lhe pediu depois de ela ter enviado a sua inscrição para a Roleta de São Valentim. Eles realizam um evento especial todos os anos. A Gretchen falou-me sobre isso no ano passado, só que nessa altura eu escutava com o interesse ávido de uma voyeur, nunca imaginando que lançaria o meu próprio nome no chapéu para participar.

O evento envolve uma roleta que é usada para selecionar um parceiro para a noite e até três "cenas". Na minha inscrição, só pude selecionar quatro limites rígidos, o que quase me matou, porque eu praticamente queria excluir tudo da lista, exceto a relação sexual.

Não, isso não era verdade. Sempre estive fascinada pelo estilo de vida da Gretchen desde o início. Apenas estou com os pés frios agora que estou a considerar molhar os dedos dos pés.

— Bem, usa o vestido vermelho se isso te fizer sentir mais confortável. Só me diz que tens umas cuecas sexy para usar por baixo.

Faço uma tentativa de ser corajosa. — Estava a pensar em não usar cuecas. — Pisco o olho.

— Essa é a minha menina! — Ela atira uma tanga à minha cara e eu balbucio enquanto a apanho. — Isto vai ser divertido. Promete-me que vais deixar-te divertir?

Inspiro profundamente e aceno com a cabeça. Não sou uma medricas. Sou uma advogada durona que defende criminosos implacáveis sem os deixar ver-me suar. Caramba, eu giro a conta de uma das famílias criminosas mais poderosas de Chicago. Certamente posso lidar com o que quer que o Black Light me atire.

Espero.

CAPÍTULO 2

avil

Black Light é um clube secreto, escondido por baixo de uma loja de produtos esotéricos. O segurança conhece o Valdemar, mas eu tenho de mostrar o meu convite e identificação para entrar.

Valdemar para para cumprimentar todos os que conhece, por isso deslizo para a frente e dirijo-me ao bar.

— Whiskey com gelo — digo à bonita bartender.

Aceno com apreciação quando ela o traz e deslizo uma boa gorjeta pelo balcão.

Valdemar acena-me de onde está a flertar com um par de mulheres e eu ergo o queixo. Não vou correr para lá e apresentar-me, que é o que sei que ele quer. Se elas querem conhecer-me, podem vir até aqui.

Estou contente por ficar sentado a observar.

Duas mulheres entram e a energia na sala muda. Mulheres e homens observam descaradamente as recém-chegadas.

Ambas são altas. Uma loira, outra com cabelo castanho-escuro comprido. Primeiro penso que ambas são dominadoras porque emanam esse tipo de poder. Parecem carregar o controlo e a confiança necessários para dominar outra pessoa.

Mas depois percebo que a loira está demasiado tensa. A confiança é forçada — mais um mecanismo de defesa do que uma ressonância interna.

Por alguma razão, isso faz o meu pénis ficar duro. Gosto de reconhecer fraqueza noutra pessoa. E esta é absolutamente deliciosa.

A roupa dela está toda errada. Não está vestida com um traje para role-play ou algo revelador com fácil acesso.

Ela está com um vestido vermelho que se agarra às suas curvas — que são ligeiras. É demasiado magra, como se mantivesse o corpo ao mesmo padrão rigoroso a que submete todos os outros. O seu pescoço é longo e rígido como o de uma bailarina. O cabelo está preso num coque.

Se ela fosse minha parceira, a primeira coisa que faria seria soltar-lhe o cabelo e enrolar o meu punho nele.

Puxar-lhe a cabeça para trás e expor-lhe a garganta.

Passar a língua na cavidade do seu pescoço e saboreá-la.

De repente, quero muito tê-la como parceira. Especialmente porque tenho a certeza de que ela odiaria tal coisa. Uma mulher como ela quer um dos diplomatas. Um homem de fato e gravata. O tipo que faz questão de remover os botões de punho para arregaçar as mangas antes de lhe dar umas palmadas.

Não um cão russo tatuado vestido com uma t-shirt preta e calças de ganga pretas.

E porque sou um homem à margem da lei, que vive pelo Código dos Ladrões, saio imediatamente do meu banco para fazer isso acontecer.

— A quem pago para conseguir a rapariga certa? — murmuro em russo para Valdemar.

Ele interrompe a conversa com as entusiasmadas

mulheres para levantar as sobrancelhas farfalhudas para mim. — Não podes.

Troço. — Claro que posso. Alguém aceita sempre dinheiro. A quem pago? Quem é que dirige este lugar?

Ele abana a cabeça, insistente. — Não, não podes. É um lançamento de uma bola. Eu disse-te isto. Um jogo de sorte. Ninguém pode manipulá-lo.

O meu maxilar contrai-se enquanto olho à volta. Acredito no Valdemar, só não quero aceitar a resposta dele.

Quero a loira. Ela parece muito mais divertida do que as mulheres ansiosas que imploram para serem magoadas por mim.

Ela precisa de aprender a deixar-se ir.

Aprender a receber dor.

Aprender a ceder.

Só então deve receber prazer.

Só então *pode* receber prazer.

Porque duvido seriamente que aquela mulher tenha tido alguma vez um orgasmo decente na sua vida.

Ela e a sua linda amiga dirigem-se ao bar. Estou tentado a voltar ao meu lugar, para ficar perto o suficiente para ouvir a conversa delas, mas contenho-me. Sou o tipo de homem que nunca mostra o seu jogo demasiado cedo.

Há uma razão para me chamarem o Diretor.

Além disso, preciso de considerar o meu movimento. Se não ganhar o sorteio para esta mulher, que outras opções tenho disponíveis? Poderia pagar ao homem que a ganhar para trocar comigo.

Da. Este é um bom plano.

Não permitirei que ele recuse. Posso ser muito persuasivo.

Acabo o meu whiskey e coloco-o num tabuleiro próximo. Está decidido.

De uma maneira ou de outra, a mulher será minha por esta noite.

∼

Lucy

— Todos estão a olhar para ti — murmura a Gretchen quando nos sentamos no bar do Black Light. Peço um vinho tinto, o que faz a Gretchen revirar os olhos.

— Porque não estou vestida adequadamente? — pergunto. É claro que é porque não estou vestida adequadamente, não sei porque estou sequer a perguntar.

— Não, porque estão curiosos. É quase uma pena que hoje seja o evento de roleta, porque provavelmente poderias escolher qualquer um dos homens aqui numa noite normal. — Ela olha à volta. — Qual deles escolherias?

Dou um gole no meu vinho e giro no banco do bar para olhar em redor. A verdade é que mal vi alguma coisa quando entrámos. Estava demasiado preocupada em projetar a minha postura de tribunal para que ninguém percebesse o quanto estou em pânico.

Há homens de várias idades — muitos mais velhos do que nós, o que faz sentido, considerando o quão caro este clube é. Os poucos homens mais jovens que vejo parecem playboys a gastar os fundos das suas heranças. Muitos parecem apetecíveis.

— Aquele — murmuro, dirigindo o olhar para um homem de cabelo escuro num fato caro.

Gretchen sorri. — Boa escolha. Não ouviste isto de mim, mas é o Trent Joyner, o CEO da McFennel Holdings — a empresa que é dona de metade das minas de carvão deste país. Infelizmente para ti, ele é um submisso. Tive o prazer de dominá-lo uma vez e foi muito divertido.

Raios. Tento imaginar-me a dominar alguém como a

Gretchen faz. Acredito que poderia fazê-lo — talvez até ser boa nisso. Desempenho o papel de cabra na perfeição, quando necessário. Mas a verdade é que é apenas um papel. Uma persona que visto porque é o que é exigido a uma mulher que pratica direito penal. Mas não me excita.

Não, posso nunca ter permitido isso na vida real, mas as minhas fantasias mais obscuras são de um homem a assumir o controlo. Quando era adolescente, costumava ler romances de vikings debaixo dos lençóis à noite. Começavam sempre com algum jovem e forte guerreiro viking a levar a heroína como prémio de guerra. E eu torcia sempre para que ele acabasse por conquistá-la.

A Gretchen tem razão. Ela conhece-me melhor do que eu me conheço às vezes.

— E que tal aquele? — pergunto, dirigindo a minha atenção para um homem extremamente bonito num fato, parecendo estar a encantar o grupo de mulheres à sua volta.

Gretchen revira os olhos. — Mestre Lancelot. Sim, toda a gente o quer e infelizmente, ele sabe disso.

— Ele chama-se a si próprio Mestre Lancelot? — Dou um risinho desdenhoso. — Ok, sim. Vou passar esse.

— Tu não decides — recorda-me ela. — Entrega-te, lembras-te? Pede ao Universo para te emparelhar com o dominador perfeito e isso acontecerá.

— Hum-hum. — A Gretchen sempre foi adepta de estratégias de pensamento positivo para ter sucesso. E tenho de admitir que, para ela, funcionam. Estar aqui com ela lembra-me o quanto sinto falta de estar perto da sua perspetiva contagiante sobre a vida. Como se tudo fosse possível.

Ela tinha razão. Isto é exatamente o que preciso para superar o Jeffrey e a realidade de estar solteira aos trinta e três anos, com o meu relógio biológico a alertar que está a ficar tarde — demasiado tarde — para encontrar um homem e ter a família que sempre sonhei.

Quero continuar a jogar o jogo de apontar para rapazes e ter a Gretchen a contar-me os podres sobre eles, mas o MC — um jovem DJ negro e atraente que atende pelo nome de Elixxir — chama todos os participantes para o palco.

Bebo o resto do meu vinho tinto de uma vez e levanto-me. — Aqui vamos nós — murmuro para a Gretchen.

Ela dá-me um encontrão com a anca. — Mata-os, advogada.

Damos o braço uma à outra e caminhamos em direção ao palco.

— Retiro o que disse. Foi a coisa errada para dizer. *Entregas-te.* Lembras-te — apenas deixa ir o controlo. Confia que outra pessoa cuide de ti.

Estou a tremer por todo o lado, mas aceno com a cabeça. Certo. *Confiança.*

É fácil para ela dizer. Ela vai ser quem segura a trela esta noite.

Separamo-nos quando chegamos ao palco — ela segue para ficar com os dominadores, e eu espero em baixo com os submissos. Examino os dominadores para colocar o meu pedido ao universo. Se vou seguir as crenças de manifestação quase-espirituais da Gretchen, mais vale ser específica.

Ele não. Ela não. Ele não. Ele talvez. Talvez. Eu aceitá-lo-ia. Talvez. De maneira nenhuma. Paro num homem loiro com uma t-shirt preta justa. Parece pronto para o Instagram, um fisiculturista coberto de tatuagens, exceto que as tatuagens não são bonitas. Não são os redemoinhos coloridos de dragões ou desenhos que se vêem nos braços dos jovens hoje em dia.

As dele são feitas em tinta preta e azul escura, as marcas distintivas, e o que vejo arrepia-me até ao âmago.

Já vi marcas assim antes.

Em fotografias de cadáveres que o procurador me enviou quando queriam interrogar um dos meus clientes.

São um tipo de símbolo de gangue, mas muito diferentes dos habituais gangues americanas de rua.

Estas são marcas russas.

O que significa que este homem é membro do crime organizado russo.

A *bratva*, creio que lhes chamam. Significa *irmandade* em russo.

Estremeço.

Ele não, Universo.

Definitivamente ele não.

~

RAVIL

Não acredito em sorte. Faço a minha própria fortuna. Quando cresces nas ruas de Leninegrado, quando passaste tempo numa prisão siberiana — aprendes que há apenas uma pessoa com quem podes contar para mudar o teu destino.

Tu próprio.

Alguns acreditam que a bratva é de confiança, mas eu sei que há sempre alguém à espera de me apunhalar pelas costas. Especialmente agora que subi tão alto.

Não peço sorte quando tiro o meu número para escolher a ordem de emparelhamento. Não peço sorte quando sou chamado para a frente para sortear a minha submissa.

Não tenho expectativas de que a minha bola caia na ranhura para a mulher do vestido vermelho. Tenho o meu plano para consegui-la de outra forma. Nem sequer presto atenção à roda giratória, ou ao nome que chamam quando a minha bola se fixa. Lanço um olhar desinteressado ao grupo de submissos, não me permitindo sequer olhar para a minha presa.

— O Mestre R será emparelhado com a Lady Luck — anuncia o DJ.

Não planeio observar o meu adorável alvo, mas é a reação sobressaltada que percorre o corpo dela que atrai o meu foco para o seu rosto.

Os nossos olhares entrelaçam-se. O dela está carregado de alarme antes de piscar algumas vezes e dar um passo em frente.

Ela é a Lady Luck?

Perco a respiração.

Tão fácil? Nem sequer tive de me esforçar por isso.

Lady Luck, de facto. Talvez acredite em boa fortuna. Avanço e coloco a minha mão na parte inferior das suas costas, reclamando-a com um toque leve mas possessivo.

Ouço enquanto o DJ lê as notas importantes: — Os limites rígidos da Lady Luck são: *ABDL, ou adult baby diaper lover, jogos com sangue, jogos com agulhas e fisting.*

Absorvo tudo sem qualquer reação. Ela vira a cabeça para olhar para mim, mas não consegue manter contacto visual. Cheira a vinho tinto e champô frutado. A vontade de lamber o seu pescoço regressa com um súbito apertar dos meus testículos.

Decido não resistir. Principalmente porque posso dizer que ela não está satisfeita com o nosso emparelhamento e preciso de estabelecer que é à minha vontade que ela se curva agora, quer goste quer não. Baixo a cabeça e roço os meus lábios no lugar onde o ombro encontra o pescoço.

Ela nem sequer respira.

Passo a língua sobre a pele dela e um arrepio atravessa-a. Um arrepio mais forte do que o leve tremor que já deteto.

— Vem, Lady Luck. Tens de escolher o nosso entretenimento — murmuro-lhe ao ouvido.

Outro arrepio, mas ela endireita ainda mais a coluna — o que parece impossível — e permite-me guiá-la até à roda.

Os dedos dela tremem visivelmente quando pega na bola e atira-a tão descontroladamente que quase sai dos limites da roda, saltando erraticamente e demorando algum tempo a assentar.

— Jogo de cera — anuncia o DJ.

— Ah, outra escolha fortuita para a Lady Luck — murmuro.

Ela lança-me outro olhar rápido. Desta vez, capto o seu olhar. Tem olhos bem afastados e de um castanho suave, como os de uma corça. É uma combinação adorável com o cabelo loiro, que parece natural. A pele é pálida e suave como a de uma princesa de gelo. Tem maçãs do rosto altas e uma daquelas covinhas no centro do queixo.

Esta podia ter sido modelo quando estava no auge da juventude. Mas é demasiado inteligente para isso. A inteligência irradia daquele olhar. Vejo-o na sua desconfiança, nas rápidas verificações do ambiente. A mente dela está a trabalhar arduamente.

Vou ter de trabalhar ainda mais para a ajudar a ultrapassar isso.

— Vem, gatinha. Vamos encontrar alguma cera.

Lucy

Vou dizer à Gretchen que esta coisa de se render ao Universo é uma treta. Foi ela quem escolheu o nome *Lady Luck* para mim porque disse que ajuda a afirmar aquilo em que queres acreditar.

Mas isto é o oposto de sorte.

Eu disse especificamente *ele não*.

Embora me ocorra que ela possa ter-me dito uma vez que nunca se deve pedir nada na negativa porque o subconsciente — ou o universo — ou qualquer ginástica mental que a Gretchen estivesse a programar na altura — não ouve a negativa, só ouve aquilo em que te estás a focar. Neste caso, era o russo.

Raios.

O Master R leva-me para fora do palco, e ainda bem que me segura pelo cotovelo porque os meus joelhos estão tão fracos que mal consigo andar nos stilettos com que normalmente desfilaria com facilidade.

Não consigo perceber se ele notou o quão assustada estou ou não. É bastante indecifrável.

Porque tem muito a esconder, observa a advogada em mim.

Ele guia-me até à loja de presentes, onde uma jovem bonita o atende. Ele pede a cera e um isqueiro e também compra um chicote de couro. Apesar da minha apreensão e da minha total relutância em ser íntima com este criminoso de qualquer maneira, não posso negar o lampejo de interesse que me percorre ao ver o chicote. É o único instrumento que eu queria experimentar, principalmente porque a Gretchen disse que pode ser usado de forma sensual e suave, além de infligir dor.

Percebo que não disse uma palavra desde que fomos emparelhados, e a advogada em mim força a sua aparição à superfície. — Porquê o chicote? — pergunto enquanto ele pega nos artigos e me leva para fora. — Não calhou chicotadas.

— Hmm.

Hã? Que tipo de resposta é essa?

Ele para e segura o meu queixo. — Acho que gostava mais quando não falavas.

A minha boca abre-se de choque. Que *atrevimento*.

— Digamos o seguinte: não fales a menos que seja para usar a palavra de segurança. Estás ciente das palavras de segurança do Black Light, suponho?

Cerro os dentes. Agora estou meio irritada.

O divertimento dança na sua expressão e percebo que

esse era o seu objetivo. O seu olhar desce para os meus seios e eu sigo-o. Não usei soutien e os meus mamilos estão eretos. Como se eu *gostasse* dele a ser um idiota e a dizer que não posso falar.

Grrr.

— Agora preciso da tua resposta, *kotionok*. Diz-me que te lembras das palavras de segurança.

Estreito os olhos. Quero não falar só para o contrariar. Mas estou demasiado fora do meu elemento para insistir. Há instrumentos de tortura à minha volta e ele poderia escolher qualquer um deles. Não que eu não pudesse simplesmente usar a palavra de segurança.

Na verdade, *eu poderia usar a palavra de segurança agora mesmo e acabar com tudo.*

Tudo o que tenho de fazer é dizer *vermelho* e a noite acaba. Oficialmente, ambos "perdemos", mas não me importo com isso.

Exceto que, de certa forma, importo-me.

Sou uma daquelas personalidades competitivas do tipo A que não suporta perder.

Raios!

Forço as palavras a atravessarem os meus lábios. — Lembro-me.

Ele toca-lhes. — Menos veneno, gatinha. Sei que estás assustada. Não tens de...

— Não estou assustada — interrompo, esquecendo-me de que não posso falar.

Para minha surpresa, ele concorda. — Claro que não. — Começa a aproximar-se. — És muito forte. — Recuo um passo e ele segue-me, encostando-me a uma parede próxima. — Mas comigo, não há problema em mostrar o medo. — Acaricia a minha face com as costas dos dedos. — Estou encarregado de ti. Preciso que me mostres tudo para saber até que ponto posso empurrar. Caso contrário, não consigo mostrar-te o prazer.

Um tremor percorre-me. Parece que cada vez que este homem me fala, eu estremeço, só que desta vez registo uma lambida de calor com o tremor, não o frio glacial que senti antes.

Arrepios formam-se nos meus braços. Ele está a falar de prazer, como a Gretchen prometeu.

Ele puxa o meu cabelo para fora do penteado que a Gretchen me disse estar completamente errado. Depois, a mão dele desce para a minha coxa e desliza para cima, levantando o tecido do meu vestido cada vez mais alto até chegar à cintura. As suas sobrancelhas sobem de surpresa. — Sem cuecas? — O seu sorriso é feroz. — Boa escolha, gatinha. — Desliza um dedo até à parte de trás da minha coxa e traça a curva interna da minha nádega.

— É a tua primeira vez aqui, não é?

— É assim tão óbvio? — Não sei se ele me vai deixar falar, mas não me repreendeu da última vez.

Ele abana a cabeça. — Não para qualquer pessoa, só para mim — promete, o que duvido que seja verdade. Relutantemente, aprecio que ele esteja a tentar proteger o meu orgulho aqui. Surpreende-me, considerando que o nome deste jogo supostamente é humilhação.

— Isto é o que vamos fazer, *kotionok*. Vou ajudar-te a focar. Ajudar-te a soltar. Fecha os olhos.

Não quero.

Realmente não quero.

Olho-o desafiadoramente, mas ele está confiante. Paciente. Como se soubesse que acabará por conseguir o que quer.

Muito bem. Fecho os olhos.

No momento em que o faço, ele desata o meu vestido de cruzar e tira-mo. Os meus olhos abrem-se de repente. Não estou a usar nada por baixo do vestido, portanto agora estou completamente nua à frente de toda a gente!

"Olhos fechados." A ordem não tem nada a ver com a forma persuasiva como ele me falou há pouco. É uma ordem dura e gutural. Uma que exige obediência imediata. O meu corpo responde antes mesmo de o meu cérebro concordar. Fecho os olhos com força.

Ele enrola a faixa do meu vestido em torno dos meus olhos e ata-a atrás.

Por um momento, fico ali parada, à espera que algo mais aconteça.

Nada acontece. Sinto-o à minha frente, ouço a sua respiração tranquila, sinto o calor do seu corpo. Ele toca-me e eu sobressalto-me de surpresa. A mão dele conecta-se com as minhas costelas — levemente. Muito levemente. Desliza-a lentamente pelo meu lado direito até chegar à minha cintura. Depois, acaricia a minha parte inferior das costas até ao rabo.

— É mais fácil assim, não é? A tua atenção está em mim e só em mim. Tens de confiar em mim para te guiar.

— Não gosto disto.

A sua risada é suave. — Eu sei, *kotionok*.

— O que é que isso significa? — exijo saber.

— Significa *gatinha*. Um termo carinhoso, não uma subestimação da tua ferocidade. — Ele passa um dedo pelo meu lábio inferior — o polegar, talvez. — Vais manter as garras recolhidas para mim, não vais, bela leoa?

Não sei de onde ele tira todas estas ideias sobre mim. Elas insultam-me e aplacam a minha raiva ao mesmo tempo. Mas isso é estúpido. Provavelmente diz o mesmo a todas.

E, por alguma razão, isso irrita-me mesmo.

Ele traça com um dedo à volta do meu mamilo direito. Os meus tremores aumentam.

— Não estás com frio, Lady Luck?

Abano a cabeça. Têm o aquecimento ligado neste lugar —

imagino que seja para garantir que as submissas com pouca roupa estejam suficientemente quentes. Não tenho a certeza se os homens de fato gostam tanto assim.

Por mais que odeie ter os olhos cobertos — e detesto absolutamente isso — o Master R tinha razão sobre o que isso consegue.

Agora estou altamente sintonizada com ele. A sua proximidade. A sua voz. E especialmente o seu toque. Cada vez que faz contacto, uma onda de calor percorre-me.

E o facto de cada contacto ser leve como uma pena, aguça a minha consciência. Agora estou intensamente consciente de cada respiração dele. A distância entre os nossos corpos. O espaço entre eles.

Ele muda o toque, conectando as costas dos nós dos dedos com o meu esterno e deslizando-os levemente para baixo. A minha barriga estremece enquanto ele acaricia por cima dela, descendo pelo meu monte recentemente depilado.

Envergonho-me ao deixar escapar um pequeno miado quando ele acaricia os meus lábios.

— Abre.

Uma ordem de uma só palavra. Sem *por favor*. Sem *obrigado*. Certeza total de que será obedecido.

Engulo em seco. Mudo a posição nos saltos para alargar a minha posição em meio centímetro.

— Mais.

Um dedo acaricia levemente a minha fenda.

A minha vagina aperta-se. A barriga contrai-se.

— Ainda não está madura — comenta ele. — Em breve.

— Em breve o quê? — Ainda estou à espera que ele me castigue por falar numa destas vezes, mas ainda não o fez.

— Em breve ela estará a chorar por isso.

— *Ela*? Acabaste de personificar a minha vagina?

Os lábios dele roçam a minha clavícula e eu estremeço

com a sensação. — Não falas mais, gatinha. A não ser que seja para me dizer *amarelo*.

— Amarelo. — Sou tão teimosa. Sei que sou. Foi assim que consegui passar pela faculdade de direito e garantir que os sócios do meu pai me respeitassem quando me juntei ao escritório.

— Fala, gatinha. — Há uma nota de indulgência no seu tom. Como se eu fosse uma criança a testá-lo e ele permitisse isso para me mostrar que as regras funcionam como previsto.

— Não gosto da venda.

Ele ajusta o tecido. — Está a puxar o teu cabelo? Demasiado apertada?

— Não — admito.

— Então fica. — Quando abro a boca, ele repete com um tom de *não-te-metas-comigo*. — Fica ou dizes *vermelho* e acabas com isto. Mas não acredito que seja isso que queres. — Ele pega no meu mamilo esquerdo entre os dedos e aperta, aumentando gradualmente a tensão até eu ofegar. — É, gatinha? Podes responder.

— Não.

— *Não, Mestre* — corrige.

Cabrão.

— Não, Mestre.

Ele solta o meu mamilo. — Boa menina.

RAVIL

Ela é requintada. Encantadora e forte, mas também frágil. Adoro jogar com ela.

É um jogo longo. Vou ter de trabalhar lentamente. E embora compreenda que o evento de roleta seja de sorte e entretenimento, estou inclinado a usar múltiplos estímulos para criar uma experiência. Então, para a minha Lady Luck, apenas o jogo de cera provavelmente não a deixará molhada. Preciso de começar com privação sensorial. Fazer com que ela se ligue a mim. Intensificar os seus sentidos. Fazê-la tremer com o meu toque.

Só então a cera quente será sensual o suficiente para a excitar.

A bondage também ajudaria. Preciso que ela se sinta o mais vulnerável e exposta possível.

— Vejo um lugar para nós jogarmos — digo-lhe. — Gostarias que te guiasse ou te carregasse? Podes responder agora.

Com algumas mulheres, tira-se-lhes todas as escolhas. Dita-se tudo. Com ela, estou a oferecer uma pequena fatia de controlo para ela se agarrar. Não é real, claro. O único controlo real é a palavra de segurança, mas estou disposto a proporcionar a ilusão.

— Guia-me.

Eu sabia que seria essa a resposta dela. Que pena. Adoraria ter aqueles braços esbeltos em volta do meu pescoço e sentir o peso dela nos meus braços. Talvez mais tarde.

Envolvo um braço firmemente à volta da sua cintura e pego no seu cotovelo com a outra mão para que fiquemos intimamente unidos pela anca. É fácil guiá-la desta forma, apesar dos seus passos hesitantes.

Despi-la completamente foi para ajudar o seu estado mental. No entanto, não faz nada de benéfico ao meu.

Lanço um olhar mortífero a todos os que observam com interesse e apreciação enquanto guio a minha bela Lady Luck através do público. Normalmente não sou um homem ciumento. Algo nesta inspira em mim uma proteção feroz. Talvez seja porque as mulheres com quem brincámos no passado gostavam da atenção.

Esta, acredito, não gostaria. Ou pelo menos ainda não.

Levo-a até uma mesa acolchoada, depois viro-me e empurro-a até que se sente. — Deita-te de costas, *kotionok*. — Guio-a para a posição, amparando a sua cabeça com a minha mão para a baixar.

Movendo-me rapidamente, prendo os seus tornozelos e pulsos nas algemas. Ela testa-os imediatamente, virando os pulsos e puxando contra as algemas de couro.

É uma adorável cativa — pálida e nervosa, não luxuriosa, como o resto das submissas aqui. Há desejo por baixo da incerteza, mas terá de ser seduzido.

A sua respiração estremece para dentro e para fora, fazendo o seu ventre liso tremer a cada inspiração. Os seus lábios entreabrem-se e ela vira ligeiramente o rosto para a direita, como se estivesse à escuta.

— Estou apenas a olhar, gatinha — digo-lhe, e ela direciona o seu foco cego na minha direção. — És uma visão linda. Angelical, mesmo.

Os seus lábios movem-se, começam a formar uma palavra, depois abrem-se novamente. Talvez finalmente se tenha lembrado da minha regra de não falar.

Pego no chicote de couro e arrasto-o desde a cavidade da sua garganta até ao meio dos seus seios. — Estavas interessada nisto.

A surpresa passa pelo seu rosto — se está surpreendida por eu ter notado o seu interesse, ou não estava ciente do seu próprio interesse, não sei dizer. Um chicote de couro é um excelente instrumento para uma principiante. As tiras de couro podem sentir-se como a carícia mais suave quando usado sensualmente. E até mesmo a sua mordida pode ser morna e difusa, quando aplicada corretamente.

Demoro o meu tempo, traçando sobre os seus seios, descendo pelos seus lados, fazendo cócegas nas suas costelas. Subindo pela parte inferior dos seus braços estendidos.

Acaricio o lado do seu rosto, diminuindo o meu movimento e observando a sua respiração igualar a minha velocidade.

Mexo o pulso e estalo as pontas das tiras sobre o lado de um dos seus seios. Ela grita, sacudindo-se de surpresa. Sei que não doeu — talvez uma picada momentânea — mas agora tenho-a completamente sob o meu domínio.

Recompenso-a arrastando as tiras suaves pelo seu ventre e entre as suas pernas. O seu estremecimento revela a sua excitação. Sigo pelo interior da coxa e faço cócegas na planta do pé, depois trabalho até ao outro pé e subo pela perna oposta.

Dou um rápido toque na sua vagina e ela arqueia-se para fora da mesa. O seu grito é mais erótico desta vez. Está a cair sob o meu feitiço.

O meu pénis empurra contra o tecido das calças, mas ignoro-o. Outra submissa aqui poderia entrar no estado mental sendo forçada de joelhos e tendo um pénis empurrado na sua boca, mas esta não.

Jogo longo.

Primeiro o seu prazer.

Tenho de convencê-la a receber de mim antes de poder esperar algo em troca.

Arrasto as tiras do chicote entre as suas pernas novamente. Vejo o brilho dos seus sucos a acumular-se ali. Quero testar com o meu dedo, provar com a minha língua, mas contenho-me. Dedos e língua seria avançar demasiado rápido.

Ela requer mais preparação. Chicote e cera.

Depois o seu próximo papel. Depois o terceiro. Tenho esta criatura durante três horas. Posso levar o meu tempo com a sedução.

É estranho quanta satisfação este jogo me está a dar — estou realmente contente por o Valdemar me ter arrastado até aqui. Suponho que seja o desafio. Não tenho sido desafiado por uma mulher há anos. Até as mulheres americanas se atiram aos meus pés agora com a riqueza e poder que acumulei.

Então esta apresenta um desafio e o diretor em mim — o engenheiro de possibilidades, o cérebro por trás do sucesso da bratva na América do Norte — adora um problema para resolver.

Continuo a minha exploração lenta da sua pele com as borlas, acariciando, estalejando, envolvendo o seu corpo enquanto provoco a sua mente.

— Isto é uma mudança para ti.

Tenho de esconder a minha irritação ao ouvir a voz de Valdemar. Ele está de pé do outro lado da mesa com uma adorável submissa colegial aconchegada a ele.

— O quê? — rosno.

— Não estou habituado a ver-te tão gentil com uma mulher. Onde está o chicote? As lágrimas? Esta é feita de vidro?

Mudak.

Realmente, que idiota. Para um diplomata, o Valdemar carece seriamente de delicadeza.

Quero dar-lhe uma bofetada agora mesmo.

— Lady Luck requer uma abordagem mais lenta. Nem toda a submissa ama a dor. A tua ama?

A colegial de tranças ri-se. — Apenas quando sou uma menina má.

A minha tática funcionou, porque a atenção de Valdemar move-se para a sua submissa e eles afastam-se.

— Perdoa o meu amigo — murmuro, arrastando o chicote sobre os seus seios. — Não tenho intenção de te fazer chorar.

Os seus lábios entreabrem-se, depois fecham-se. Deslizo uma borla macia de couro sobre eles.

— Obrigada — diz ela finalmente enquanto arrasto as tiras pelo seu pescoço.

Noto essa concessão dela. Talvez os comentários de Valdemar tenham ajudado mais do que prejudicado. Isso é bom.

Entro na zona. Ela aprofunda-se no espaço que criei para ela. Quero começar a chicoteá-la a sério, mas isso aqueceria a sua pele e diminuiria o choque da cera quente, por isso ponho a ferramenta de lado e dou-lhe um momento para arrefecer.

Por um longo momento, não me movo. Observo-a inclinar a cabeça, procurando-me com os seus sentidos. Da última vez tranquilizei-a. Desta vez deixo-a questionar-se.

Os seus lábios abrem-se, como se ela estivesse prestes a falar, mas contém-se. Dou mais alguns segundos, depois circundo um dos seus mamilos com a ponta do dedo.

Ela estremece e um tremor percorre o seu corpo.

— Estes são bonitos — observo, circundando o outro mamilo eriçado. Aperto os dois ao mesmo tempo e espremo. — Ficariam bem com molas. Gostarias disso? Acena com a cabeça se gostarias.

A sua cabeça rola numa direção indeterminada. Nem um aceno nem uma negação.

Dou uma leve palmada no seu seio. — Sim? Muito bem. Vou buscar algumas mais tarde. Não te deixarei aqui desacompanhada.

Não sei o que me faz tranquilizá-la dessa forma. Deveria mantê-la mais na corda bamba. Jogar com ambos os lados, tranquilizando-a e fazendo-a adivinhar.

— Já sentiste cera quente na tua pele antes?

Ela abana a cabeça.

Acendo a vela e deixo a chama queimar uma poça de cera. — Não há nada a temer. Um pouco de calor, depois arrefece. Esta cera é feita para queimar a uma temperatura mais baixa para não danificar a tua pele bonita. É onde escolho usar a cera que pode fazer-te suplicar por *misericórdia*.

Ela abana a cabeça.

— Isso é engraçado. — Toco no seu nariz. — Não podes dizer-me não. A não ser que uses a palavra de segurança. Mas duvido que o faças. Não és desistente.

Ela abana a cabeça novamente, como se concordasse.

Mexo a cera à volta da vela e depois seguro-a sobre a sua barriga, deixando cair uma gota.

Adoro ver a sua barriga contrair-se, a sua respiração expandir-se num suspiro. Esta é demasiado magra. Se fosse minha, certificar-me-ia de que seria mais gentil com o seu corpo. Que não se mantivesse a padrões tão rígidos.

Pergunto-me o que ela faz para viver. Representante farmacêutica? Não, tem a aparência, mas não é de agradar. É mais do tipo CEO.

A minha curiosidade é estranha. Nunca quero conhecer realmente as minhas parceiras. Prefiro manter trocas como esta impessoais. O mistério contribui para a excitação.

Além disso, a Black Light é sobre anonimato. Um lugar onde os ricos e famosos, as pessoas influentes do mundo, satisfazem os seus fetiches sem medo de serem expostos.

Deixo cair outra gotícula, depois mais uma. Circundo o seu umbigo, fazendo um padrão à sua volta. Depois passo para os seus mamilos. Ela estremece e sibila com a primeira gotícula, mas os seus mamilos ficam mais longos, inchando e endurecendo sob a cera.

A sua respiração encurta, vem em pequenos ofegos. Ela mexe-se inquieta, puxando contra as cordas.

— Agora quero ouvir a tua voz — digo-lhe. — Diz-me o que precisas.

— Preciso? — Ela está sem fôlego. Parece confusa. — Eu... eu preciso...

— O quê, *kotionok*? A tua vagina precisa de alguma atenção? — Deixo cair um pouco de cera no seu monte de Vénus e ela arqueja.

— Sim... *não!*

Outra gota. Cai nos seus lábios vaginais. — Do que precisas? — Deixo cair outra gota, e mais outra. — Qual é o teu prazer, Lady Luck? — Deixo cair cera nas suas coxas interiores.

Ela geme.

Se ela estivesse pronta, fá-la-ia implorar pela libertação, mas ainda não a conquistei. Ela é orgulhosa e reservada, e pedir-lhe para implorar poderia torná-la teimosa. Simplesmente exigir que ela faça um pedido é o primeiro passo.

— Diz-me, gatinha.

— Podes... tocar-me?

— Aqui? — Levo o meu polegar à sua fenda e encontro o seu clítoris. Deixo cair um pouco de cera no seu mamilo ao mesmo tempo.

Os seus quadris arqueiam-se da mesa. — Sim! Hmm... sim, aí. E... — Ela balança a cabeça para trás e para a frente.

É lindíssimo. Como se estivesse a testemunhar alguma criatura rara e exótica no seu habitat natural. O leopardo-das-neves dos Himalaias. A minha feroz e sensual leoa.

Mantendo o polegar no seu clítoris, esfrego a sua entrada com os dedos indicador e médio. As suas pregas estão inchadas e molhadas e os meus dedos deslizam facilmente.

Abandono a vela. — É isto que precisas?

— Sim, por favor.

Aí está, consegui um *por favor* e nem sequer o exigi. — Sim, Mestre — corrijo-a.

Esfrego ao longo da sua parede interior frontal, procurando o ponto G. Quando o encontro, os seus músculos contraem-se à volta dos meus dedos e as suas pernas estremecem.

Levo o meu tempo. Movimentos lentos sobre o tecido sensível. Poderia fodê-la com os dedos com força agora, atingir aquele ponto com cada investida e ela viria em menos de trinta segundos.

Mas quero provocá-la.

Ver quão desesperada fica quando realmente quer libertação. Quebrar um pouco mais essa resistência.

Continuo, esperando até que ela comece a fazer pequenos ruídos, até que o seu corpo trema e estremeça, mesmo à beira do precipício. Depois retiro os meus dedos.

Ela arqueja. Os lábios entreabrem-se, à espera. Quando não me movo, não faço um som, ela implora. — P-por favor, Mestre?

O meu pénis fica duro como pedra.

Desaperto os seus tornozelos, depois os seus pulsos.

Ela senta-se. — O-o que aconteceu? — Está perplexa.

— De joelhos, gatinha — digo suavemente. — Mostra-me o quanto queres.

Isso ofende-a. Posso ver na rigidez que endireita a sua coluna. A forma como os seus ombros se alargam e enrijecem.

Mas ela quer. As suas bochechas e pescoço estão corados, o calor da sua pele irradia entre nós.

Puxo o seu cotovelo e ela cai de joelhos à frente da mesa.

Desabotoo as minhas calças e liberto a minha ereção. — Encontra prazer em dar prazer, *kotionok* — aconselho.

Ela abre a boca de bom grado e eu introduzo o meu comprimento.

É um começo lento. Demora alguns momentos para voltar ao estado mental que eu tinha criado, mas ela consegue.

E quando o faz, é magnífico.

As suas mãos vêm aos meus quadris e ela escava as bochechas para sugar com força. Os seus joelhos abrem-se no chão, as costas arqueiam-se. O seu entusiasmo atrai a atenção das pessoas à nossa volta e a energia coletiva faísca.

Quero dizer-lhes que vão para o raio que os parta, mas isso alertaria a minha bela submissa, e não posso deixá-la inibida. Pego no chicote e estalejo ligeiramente pelas laterais das suas coxas enquanto ela chupa, o que a faz gemer à volta do meu pénis.

Deixei-a sem trela por um tempo, deixei-a comandar o espetáculo, até começar a perder o controlo. Então, agarrei a parte de trás da sua cabeça e conduzi. Ela enrijece-se primeiro, depois relaxa o maxilar e deixa-me bombear dentro da sua boca.

— É isso mesmo — elogio. — Boa menina.

A língua dela rodopia na parte inferior do meu pénis. Os meus testículos contraem-se. Quero que dure para sempre, mas também preciso que isto alivie a minha tensão para poder desfrutar do domínio sobre a minha Lady Luck.

Fecho os olhos e rendo-me à deliciosa sensação da sua boca quente e húmida, aos pequenos sons que ela faz à volta do meu pénis.

— Estou a vir, gatinha — aviso-a. — Chupa com força e engole cada gota como uma boa menina.

Dou-lhe 50-50 de hipóteses de obedecer, mas parece que ela é mesmo a senhora sorte, porque obedece.

Puxo o laço do vestido dela da sua cabeça porque quero ver os seus olhos. Ela pisca surpresa e afasta-se, sentando-se sobre os seus saltos altos.

— Boa menina. — Estendo o vestido dela e coloco-o à volta dos seus ombros como um roupão, depois seguro o seu cotovelo e ajudo-a a levantar-se.

A confusão passa pelo seu rosto.

— Vou fazer-te esperar pelo teu — explico.

Lucy

Ele *deve* estar a brincar.

Toda aquela necessidade reprimida transforma-se em fúria quando percebo que ele acabou de me fazer chupá-lo sem qualquer intenção de me dar o meu tão merecido orgasmo.

Bom, talvez não tão merecido assim, mas sinto como se tivesse passado por muito. A brincadeira com a cera e a flagelação não foi dolorosa, mas toda a experiência foi intensa.

Ele deve ver a minha raiva porque agarra o meu queixo com os seus dedos tatuados. O seu toque tem sido sempre gentil, mas ainda estremeço cada vez que ele me alcança.

— Eu não diria o que quer que estejas a pensar em dizer. Ainda és minha por mais duas cenas. Receberás a tua recompensa quando eu decidir. — O sotaque dele está a crescer em mim. Talvez porque a sua voz era a única coisa que eu tinha como referência quando ele me vendou.

Sacudo-me do seu domínio e puxo o tecido do meu vestido à minha volta agora, depois ato o laço. A cera endurecida ainda gruda na minha pele, trazendo uma consciência contínua aos meus lugares mais sensíveis.

Tudo está a vibrar. O meu núcleo está quente e ativado. Quase desconfortável. Esta deve ser a versão feminina das bolas azuis. Não sabia que existia. Nunca estive tão excitada na minha vida.

Acho que sou uma pessoa de alto stress. Tensa. Posso contar o número de vezes que realmente atingi o orgasmo com um parceiro com uma mão.

E estava tão perto.

E o russo — Mestre R — teve que recuar.

A sério, se eu não tiver um orgasmo esta noite, nunca irei perdoar este homem.

Não que vá vê-lo novamente. Mas ele terá que carregar o peso de um rancor eterno de uma estranha.

Ele observa-me friamente.

Quero dar-lhe um pontapé na canela.

Tantos cavalheiros na sala e acabei com o bandido russo.

Mas isso não é justo. Este tipo é realmente muito cavalheiro, apesar da aparência extremamente rude.

Isso não significa que eu acredite que ele não seja perigoso com P maiúsculo.

Eu represento uma das maiores famílias da máfia italiana. Sei que é melhor não confundir charme com segurança. Devo falar com a Gretchen sobre a revogação da adesão deste tipo ao Black Light.

Esse pensamento dá-me uma pontada, no entanto. Ele não fez nada de errado. E não há nada que me faça acreditar que ele o fará. Ainda assim, continuo a pensar que a razão pela qual ele é tão bom nisto é porque aperfeiçoou as suas habilidades em todas as formas de tortura.

Do outro lado da sala, uma mulher grita: — Não é álcool! Devolve!

Vejo um dos monitores do dungeon a confiscar uma garrafa de água dela. O seu dom leva-a para o bar. Espero que não seja para mais bebidas.

— Gostarias de beber algo? — o meu dom oferece educadamente, como se isto fosse um encontro.

O meu primeiro instinto é recusar porque as minhas defesas estão novamente erguidas, mas o facto é que um bom copo de vinho pode aliviar a tensão.

Aceno rigidamente. — Sim, por favor.

Ele desliza o braço em volta da minha cintura, a sua palma moldando-se levemente à curva superior da minha nádega.

Se isso fosse um encontro, eu afastaria esse contacto com o cotovelo, mas o meu corpo ainda está em chamas, e o toque é bom. O meu corpo não tem ideia de que eu não gosto ou não confio neste homem.

No bar, o dominador da mulher com o álcool está a falar com ela em voz baixa, oferecendo-lhe uma garrafa de água.

Peço um merlot. O Mestre R pede água.

Ele permanece no meu espaço, prendendo-me contra o bar, uma mão levemente na minha cintura. Agora que estamos mais próximos, posso ver que as calças de ganga pretas são de marca. A t-shirt dele é macia e cara. Ele pode estar vestido como um bandido, mas tem dinheiro.

Não está na base da hierarquia da *bratva*, então.

Ele é atraente, por baixo das tatuagens e cicatrizes. Olhos azul gelo. Cabelo loiro arenoso cortado curto e despenteado na frente. Os seus músculos sobressaem sob a t-shirt. Devo estar a ovular porque tudo o que consigo pensar é como seria estar debaixo dele.

Como os nossos bebés seriam bonitos.

Não que eu alguma vez escolhesse um tipo como ele para ser o pai dos meus filhos.

Uma pontada de dor atravessa o meu coração. Maldito Jeffrey por me tirar todos aqueles anos sem nunca fechar o negócio.

— Isto é uma compensação — diz o Mestre R, e o meu olhar voa para o seu rosto em choque. — Estás a superar alguém?

Considero-me boa a ler pessoas, mas isso é simplesmente extraordinário.

O meu rosto aquece. Tomo um gole de vinho para recuperar a minha compostura. — Como consegues perceber?

Ele passa levemente o polegar na minha maçã do rosto. — Um vestígio de tristeza nos teus olhos. A inadequação deste lugar para ti.

Pisquei, tentando decidir se estou lisonjeada ou ofendida por ele achar o Black Light inadequado para mim.

— Por que dizes isso?

Ele encolhe os ombros, mas inclina-se e roça os lábios ao

lado do meu pescoço. Cheira a sabonete e loção pós-barba suave. É uma mistura agradável. — Estás desconfortável. Esta não é a tua cena. Queres ser dominada, mas não desta forma.

Ele não está errado.

Tomo outro gole de vinho. — Como achas que quero ser dominada?

O seu sorriso torna-se feroz. — Queres que te tirem o controlo para não teres de pensar ou estar certa. Já fazes isso demasiado. Podes gostar de forma bruta, mas terias de confiar no homem. Ainda não chegaste a esse ponto comigo.

Noto que ele disse *ainda*. Como se pensasse que vai levar-me a esse ponto esta noite.

A emoção que isso provoca no meu corpo diz-me que ele está certo. Eu *gostaria*. E agora já estou a fantasiar que seja com ele.

Mas apenas bruto provavelmente não é uma cena para ele. Este homem fica bruto a sério.

O meu próximo gole falha e eu derramo vinho pelo queixo como uma idiota.

Sem hesitar, o russo agarra o meu cabelo por trás e usa-o para inclinar a minha cabeça para trás e expor a minha garganta. Depois lambe as gotas da minha pele com pequenos movimentos da língua.

A minha vagina contrai-se.

— C-como sabes tanto sobre ser um dom?

Simplesmente não consigo parar de interrogar o arguido.

Outro encolher de ombros casual. — É meu negócio saber o que as pessoas querem. O que estão dispostas a fazer para o conseguir.

Bebo o resto do meu vinho e coloco-o no bar. — Aposto que sim.

Ele indica o meu copo. — Queres outro?

Abano a cabeça. A Gretchen explicou que há um máximo de duas bebidas no Black Light. Eles não querem pessoas a brincar embriagadas, por isso é que a submissa teve o seu álcool contrabandeado confiscado.

— Gostaria de te ver embriagada — observa ele.

Ergo as sobrancelhas. — Porquê?

— Manténs-te muito contida. Pergunto-me o que poderia sair se te soltasses.

As suas palavras atingem um ponto sensível e estou perturbada com o quanto ele parece ver. — Bem, isso não vai acontecer — digo-lhe.

— É evidente. — Sempre a concordância fácil. — Pronta para o próximo lançamento?

Recuso-me teimosamente a mover-me. — Vais deixar-me vir?

Vejo o divertimento a dançar nos seus olhos. — Veremos, gatinha.

Grr.

CAPÍTULO 3

*L*ucy

Estou grata por poder ver e vestir o meu vestido para regressar ao palco. Atiro a bola para a roleta giratória. Ela salta contra as paredes e finalmente pousa num dos compartimentos.

Prendo a respiração. *Por favor, que não seja algo horrível.*

— Jogo anal para a Lady Luck — anuncia o DJ Elixxir.

O meu ânus contrai-se com o anúncio.

Meu Deus.

Não estou preparada para isto. Sou completamente virgem nessa área. Mas a quem é que estou a enganar? Tenho zero experiência com quase tudo o que está naquela roleta.

Pelo menos não calhou punho.

Ou qualquer uma das outras coisas que não eram suficientemente más para eu as ter escolhido como os meus quatro limites absolutos, mas que ainda me assustam por completo.

Lanço um olhar ao meu dominador, mas como de costume, ele não mostra nada na sua expressão. Apenas a mesma indiferença fria.

— Gosta de... jogos anais? — pergunto enquanto ele me

conduz para fora do palco. Não sei porque estou a tentar fazer conversa. Acho que apenas anseio por mais informação, qualquer informação, sobre o que esperar.

Ele encolhe os ombros. — É bom. Bom para si. Vai gostar.

Arqueio uma sobrancelha duvidosa e um canto da sua boca eleva-se num sorriso torto. — Ainda não acredita em mim?

— Estou a começar a acreditar — admito. Ele parece não só saber o que está a fazer, mas também compreender-me e às minhas necessidades muito melhor do que eu.

A minha resposta provoca-lhe um sorriso genuíno. — Não tenha medo, *kotionok*. Sei como torná-lo bom.

Regressamos à loja de presentes onde ele compra um plug anal, lubrificante e um vibrador. A vendedora entrega-lho num saco com cordões e um pacote selável de toalhetes desinfetantes.

Acho isso algo tranquilizador. Reparo que a maioria dos doms traz os seus próprios sacos de instrumentos, mas o meu veio de mãos vazias.

— Não traz os seus próprios brinquedos? — pergunto enquanto estamos no balcão a pagar.

Ele abana a cabeça. — Não. — Uma única sílaba. Sem elaboração.

Tento de novo. — Vem aqui muitas vezes?

Noto outro levantar dos seus lábios. — Isso é uma cantada, gatinha?

— Nem sonhes, meu amigo.

Ele vira-se para me encarar completamente. — Oh, eu não nos chamaria amigos. — O sorriso dele não chega aos olhos. — Ainda não, pelo menos.

O meu coração começa a bater mais depressa enquanto os nossos olhares se cruzam. Ele olha para mim impassivelmente, os seus olhos azuis não mostrando nada além de uma inteligência lúcida. O calor percorre a minha pele.

Bolas.

Estou a achar este homem cada vez mais atraente.

Não consigo decidir se é a sua natureza misteriosa ou a sua habilidade como dominador. Ou será apenas toda a atenção masculina que ele está a dedicar-me?

Não é algo que eu tenha tido muito. O Jeffrey não era o namorado mais sexual. Suponho que é por isso que a Gretchen achou que esta experiência iria dar o pontapé de saída à minha nova vida amorosa. Abrir-me para um novo mundo de possibilidades.

— Venha, linda. — Ele pega no meu cotovelo e leva-me para fora da loja de presentes, observando a sala grande.

Parece barulhenta e distrativa agora. Dou por mim quase a desejar a venda. A oportunidade de reduzir o meu mundo apenas ao homem ao meu lado e ao que ele vai fazer ao meu corpo. Por muito incómodo que tenha achado, tenho de admitir que o meu dom realmente sabe o que está a fazer.

Ele dirige-se a um daqueles bancos assustadores para palmadas, mas outro casal chega primeiro, por isso leva-me para um sofá em alternativa. — Vou colocá-la sobre o meu colo. É mais íntimo, não?

Encolho-me um pouco com a palavra íntimo.

Porque talvez a intimidade não seja propriamente a minha cena. Talvez se o Jeffrey e eu tivéssemos tido mais intimidade, não teríamos continuado por tantos anos sem realmente chegar a lado nenhum. Ele teria sabido o quão importantes as crianças eram para mim. Ou eu teria percebido que ele não estava assim tão interessado.

E a venda resultou para mim porque me manteve afastada da intimidade. Estava no meu próprio mundinho. Não tinha de pensar no homem que me tocava. Nas suas tatuagens ou cicatrizes. Nas coisas ilegais que ele provavelmente faz para ganhar a vida.

Ele senta-se no sofá e puxa-me de bruços para o seu colo,

demorando o seu tempo a arranjar uma almofada debaixo da minha cabeça e ombros.

— Está confortável, *kotionok*?

Aceno com a cabeça.

— Sim, Mestre — incentiva ele.

— Sim, Mestre. — Nem sequer resmungo. Talvez seja o crescente sentimento de gratidão que tenho pelo cuidado deste homem para comigo.

Ele levanta o meu vestido até às costas e passa a mão pelo meu rabo. Na minha mente, imagino aqueles nós dos dedos tatuados. Os antebraços musculados. O seu rosto brutal.

Por mais que o quisesse menos como parceiro por causa dessas coisas, fico húmida entre as pernas ao pensar nelas. Ele é assustador.

E uma parte de mim acha isso tão emocionante quanto a outra parte quer fugir na direção oposta.

Mas ele provou ser um parceiro atencioso e cuidadoso.

Ele puxa os meus braços para trás e amarra os meus pulsos com um tecido macio. Isso coloca-me imediatamente naquele espaço de impotência. Ainda gostaria que os meus olhos estivessem cobertos, mas posso virar o rosto para a almofada e bloquear tudo.

Tudo menos a mão dele a acariciar lentamente o meu rabo.

Crack!

Quase salto do sofá quando ele dá uma palmada numa nádega.

Muito mais forte do que eu esperava.

Ele bate no outro lado, depois repete à direita e à esquerda.

Meu Deus. Sim. Isso dói. Reviro-me no seu colo, tentando esquivar-me às palmadas, mas ele envolve-me firmemente a cintura com um braço para me manter no lugar.

Mordo os lábios para conter os meus gritos e enterro o

rosto na almofada. Ele continua, dando-me palmadas fortes e firmes até que todo o meu rabo arde.

— Ai — gemo finalmente.

— A dor convida ao prazer — diz-me ele, pousando a palma da mão na minha pele quente.

Sinto-me tentada a dizer várias coisas que não são próprias de uma senhora, por isso mantenho a boca fechada.

Ele desliza os dedos entre as minhas pernas e fico chocada ao sentir o quão escorregadia e molhada estou. Aparentemente, ele tem razão. A dor realmente convida ao prazer.

Ele esfrega levemente, o seu toque sem ambição, quase reconfortante. A sensação floresce em mais calor.

Mas depois ele separa as minhas nádegas e eu contraio-me em resposta. É embaraçoso. Expositor.

Não. Está. Certo.

Ouço o ruído do plástico e sinto o cheiro ligeiramente adstringente dos toalhetes com álcool. Ele está a limpar os brinquedos que comprou.

Estremeço com a gota fria de gel que cai no meu ânus. Espero ter de esperar, como ele me fez antecipar a cera, mas a ponta arredondada do plug anal pressiona imediatamente a minha entrada traseira.

Aperto tudo — os meus olhos, as minhas nádegas, o meu ânus.

Ele dá uma palmada na parte de trás da minha coxa, o que dói cinquenta vezes mais do que as palmadas no meu rabo.

— Ai! — protesto.

— Abra-se para mim.

Não quero. Mas já sei que não vale a pena recusar. Não planeio usar a palavra de segurança, por isso mais vale ceder.

Inspiro profundamente e expiro lentamente, forçando as partes do meu corpo a relaxarem. A abrirem-se.

Ele pressiona a cabeça bulbosa do plug contra o meu ânus e espera.

Não tenho a certeza do porquê.

Mas depois o anel apertado de músculos relaxa por si só e ele avança, como se esperasse por esse momento e estivesse à espera.

Mais uma vez, sinto-me aliviada por estar com um parceiro experiente.

Odeio a sensação do plug. A intrusão. Não porque doa, embora haja um pouco de estiramento. Mas é mais a humilhação da coisa. A sensação de incorreção.

O ardor do estiramento aumenta quanto mais ele avança.

Começo a apertar, mas ele faz um som negativo.

— Aceite o seu plug, gatinha.

Choramingo um pouco à medida que entra, mas depois de passar pela parte mais larga, assenta e o ardor desaparece. Agora apenas sinto a sensação de estar preenchida. E a estimulação à volta do meu ânus, onde o pescoço ainda o mantém aberto.

— Boa menina.

Expiro novamente. Não odeio. Também não adoro.

Mas depois ele começa a dar-me palmadas novamente. O plug chacoalha no meu rabo, proporcionando mais estimulação.

Aperto reflexivamente o ânus, mas com o plug, apenas recebo mais feedback.

E, caramba, estou a achá-lo excitante.

O que parece terrivelmente errado.

Ele dá uma palmada de um lado, depois do outro, fazendo-me saltar no seu colo. Cada sacudidela, cada movimento move o plug dentro de mim. Move-me à volta do plug. Torna-se intenso. Não doloroso — mal noto a picada das palmadas.

Toda a minha atenção está na sensação dentro do meu rabo.

Ele dá mais palmadas, ainda mais fortes. As minhas coxas apertam-se, mas descubro que ele está certo — quase agradeço a dor agora. É como coçar a comichão. Satisfaz a necessidade ardente que cresce mais quente a cada momento.

Há uma pausa e recupero o fôlego.

E depois suspiro quando o Mestre R traz a ponta vibrante de um dildo à minha vagina. — Oh — exclamo surpreendida.

Sim.

Sente-se. Tão. Bem.

Ele enrosca-o dentro de mim e deixa-o lá, depois dá-me mais palmadas.

Agora é demasiado. Não é a dor — é a sensação. Tudo de uma vez. O plug no meu rabo, agitando-se enquanto ele me dá palmadas. A vibração constante no meu núcleo. A picada da dor a cada palmada.

Preciso de completude.

Desesperadamente.

Para piorar as coisas, ele começa a foder o meu rabo com o plug, ainda a dar-me palmadas com a outra mão.

Estou envergonhada dos sons que saem da minha garganta.

Lascivos.

Necessitados.

Enlouquecidos.

— Por favor — imploro, embora nem saiba pelo que estou a implorar. Mais? Menos? Outra coisa?

Só sei que preciso de encontrar isso, seja lá o que for.

— Por favor, Mestre, posso vir-me — orienta-me ele.

A sério? Tudo bem.

— Por favor, Mestre, posso vir-me?

— *Da*. Venha agora, *kotionok*. Mas mostre-me a sua cara.

Não consigo focar-me no que ele disse para além de *venha*

agora. O meu centro aperta-se, a vagina contrai-se à volta do vibrador.

Ele agarra um punhado do meu cabelo e usa-o para virar o meu rosto na sua direção, continuando a foder o meu rabo com o plug o tempo todo.

Abro a boca num grito silencioso e o meu olhar enreda-se no dele. Os seus olhos estão escuros e vejo calor na sua expressão normalmente fria. Contraio-me à volta de ambos os falos, rebolando no seu colo e perguntando-me como seria ser preenchida por ele.

Será que vou descobrir?

O seu pénis pressiona firmemente contra a minha anca. Quero chupá-lo novamente. Quero retribuir este prazer incrível que ainda percorre o meu corpo no que deve ser o orgasmo mais longo registado.

Onda após onda de prazer fluem através de mim. Sempre que penso que acabou, o mais ligeiro movimento sacode os plugs e venho-me outra vez.

— É isso, minha lady da sorte. Continue a vir-se — incentiva ele, reduzindo a velocidade com que fode com o plug, mas ainda continuando. — Agora vê o benefício de adiar o seu prazer.

— Oh, meu Deus, sim — admito. Posso ser orgulhosa, mas estou certamente disposta a admitir quando estava errada.

Especialmente quando estou tão cheia de gratidão. E de prazer quente e delicioso.

RAVIL

Estou encantado.

Não sei o que é que acho tão fascinante nesta mulher, mas vê-la desfazer-se desfaz-me.

Quero obter o seu número. Namorá-la. Fazê-la apaixonar-se.

E eu não faço nada disso. Especialmente com mulheres com quem brinco num clube de sexo.

Não o farei. Não posso. Nem sequer vivo nesta cidade.

Mas perturba-me o quanto quero.

O seu rosto impecável está corado, o seu cabelo espalha-se à sua volta numa confusão selvagem.

Mas o que mais me comove é a forma como os seus olhos se fixaram nos meus. O êxtase surpreendido que se mostrava neles enquanto eu lhe arrancava orgasmo após orgasmo.

A nova suavidade que tem agora.

Que mudanças poderiam ocorrer nesta mulher poderosa e sexy se eu a fizesse vir-se assim todas as noites? Quem poderia ela tornar-se?

Porque a sexualidade é poder. E as mulheres que assumem a sua sexualidade dominam o mundo.

Deslizo o vibrador para fora dela e desligo-o. Depois acaricio as suas costas para que ela relaxe o suficiente para tirar o plug. Limpo rapidamente os dispositivos novamente e devolvo-os ao saco de onde vieram.

— Venha cá — ajudo-a a sentar-se no meu colo, depois viro as suas pernas na direção oposta para que ela possa deitar-se nos meus braços. — Apenas desfrute por um momento. — Afasto o cabelo do seu rosto, depois deslizo os dedos pelo seu braço. — Sente-se bem, não?

Tudo no seu rosto mudou. A tensão no seu maxilar desapareceu, a tensão no seu pescoço. — Muito bem — concorda ela. — Obrigada.

Estendo a mão e subo o vestido dela o suficiente para acariciar entre as suas pernas. Não para levá-la a outro orgasmo, apenas para relaxá-la.

Um arrepio percorre-a, mas ela faz um som de contentamento — um leve zumbido.

— O que faz na vida, gatinha? Vai dizer-me?

Parte da sua cautela retorna, e arrependo-me instantanea-mente de bisbilhotar. Nem sei porque o estou a fazer, de qualquer forma. Não voltarei a ver esta mulher. Pouco importa. Ela poderia ser o que eu imaginasse.

Ela abana a cabeça.

— Não devia ter perguntado — concedo. — O seu mistério é parte do seu encanto, de qualquer forma.

Ela pisca os olhos para mim. — Acha-me atraente?

Aceno com a cabeça. — Muito.

— Nem sequer sei o que estou a fazer.

Sorrio indulgentemente. — É parte do charme. — Deslizo a mão dentro do seu vestido e agarro um dos seus seios. — Está com sede? Precisa de água? Ou de outra bebida?

Ela senta-se e o meu corpo protesta contra a distância entre nós. Poderia tê-la mantido recostada nos meus braços a noite toda sem reclamação. — Eu gostaria de água, por favor. — Ela sorri timidamente. — Trabalho sedento, ter orgasmos.

— É verdade. — Levanto-a para se pôr de pé e sigo-a, depois levo-a de volta ao bar e peço uma garrafa de água para cada um de nós.

— Gostei de observá-la — diz o homem do outro lado de Lady Luck.

Os meus lábios curvam-se num rosno, mas contenho-me.

Ele inclina-se para a frente e olha para mim. — Eu teria fodido aquele rabo com força se fosse você.

Normalmente estou completamente sob controlo. Não mostro emoção, nada me perturba. Mas uma raiva ardente explode. E a retribuição rápida sempre fez parte do meu mundo.

A minha mão dispara e agarra o tipo pelo pescoço. — Desrespeite-a novamente e arrancarei a sua língua — aviso. Depois solto-o, tão rapidamente como comecei.

Quase ninguém à nossa volta viu. Talvez apenas a minha linda submissa.

O homem engasga-se e tosse, procurando apoio à sua volta enquanto eu o fulmino com um olhar mortal.

Um estrondo alto vindo de algum lugar próximo faz-me saltar, assim como a todos no bar, e viramo-nos. Um letreiro caiu do outro lado do bar. Sempre atento, noto o movimento de Lady Luck antes mesmo de me virar.

Então vejo-a afastar-se rapidamente, as ancas balançando, o cabelo jogado para trás com um movimento brusco da cabeça. A suavidade de há pouco desapareceu.

Agora, está toda decidida, dando longas passadas naqueles saltos como se tivesse nascido com eles, com as costas rígidas e direitas como uma vara.

Blyad.

Vou atrás dela.

Não quero criar uma cena. Black Light tem monitores de masmorra em todo o lado, e todos aqui consideram-nos parte do entretenimento. Não há privacidade no Black Light numa noite como esta.

Apresso-me para alcançar Lady Luck, sem chamar pelo seu nome.

Ela está perto da saída. — Espere. — Agarro o seu cotovelo, mas solto-o imediatamente quando ela se sacode do meu toque. — Não fuja.

Quando ela se vira, tem fogo nos olhos. — Vermelho.

Merda. Cubro a sua boca e empurro-a contra a parede. — Shh. Não. Por favor, não. Lamento que tenha visto aquilo. Sei que está chateada. Fica e fala comigo?

Solto a sua boca. Cobri-la foi uma violação direta das regras do Black Light. Não se pode silenciar uma palavra de segurança. Estou definitivamente a ultrapassar um limite aqui, mas não estou disposto a aceitar este final.

Não para nós.

Ainda não.

Ela olha-me fixamente. — Sei o que tu és.

As suas palavras atingem-me em cheio no peito. Mais forte que um soco do Boris, o meu executor principal. Mais forte que um tiro através de um colete à prova de balas. Ou o golpe esmagador do cassetete de um guarda prisional.

Conheci a vergonha. Vivi com a vergonha do que fiz. É um mundo violento aquele em que cresci. A maioria dos meus crimes, posso viver com eles. Alguns não posso.

Mas a vergonha que me atravessa agora é nova e potente e enrola-se por cada poro como um cancro.

— O que sabe? — Mal consigo dizê-lo.

O seu olhar é firme. Ela pode ter estado nervosa antes, mas agora vejo que era alimentada pela tensão sexual, pela incerteza sobre o seu papel. Agora, ela conhece-se. Sabe o que permitirá e o que não permitirá.

E está a cortar-me de fora.

— É *bratva. Mafia* russa. — Os seus olhos baixam para os meus antebraços expostos, onde a tinta negra marca o meu tempo na prisão, os meus crimes. — Sei o que esses símbolos significam. — Ela engole. Agora vejo um indício de medo. — É um assassino.

Uma única lágrima escorre pelo seu rosto. Nem sequer a vi a formar-se. Nenhuma outra parte do seu rosto parece que está a chorar.

Pode ser uma queda de submissão da cena que acabámos de ter. Ou o seu arrependimento por se envolver com um homem como eu. Pela sua atração por mim — porque mesmo agora o seu corpo responde. Ela suavizou-se contra mim onde estou a pressioná-la. Como se parecesse certo.

Limpo a lágrima com o polegar. Inclino a minha testa contra a dela. — Sim — admito.

Temia que a minha admissão a assustasse ainda mais, mas

em vez disso, parece acalmá-la. Como se ela apenas precisasse da verdade.

Por isso, dou-lhe mais. Nunca partilho segredos. Mantenho as minhas cartas bem junto ao peito, mesmo com a minha própria célula. Mas agora revelo tudo. — Vim a Washington D.C. para engraxar uma roda. — Inclino a cabeça na direção de Valdemar, que está a flagelar a sua submissa na cruz de Santo André. — A roda queria que eu viesse aqui com ele esta noite, e eu vim.

Ela não se mexe. Apenas absorve as minhas palavras como se estivesse a prender a respiração.

Há algo que eu possa dizer que mudaria a sua decisão de sair antes de terminarmos? Algo que eu possa fazer?

A lágrima desapareceu, mas continuo a acariciar levemente a sua bochecha com a palma do polegar. O facto de ela o permitir encoraja-me a continuar. — Nunca imaginei que conheceria... Bem, você é algo especial — admito. — Diferente. Disfrutei muito do nosso tempo juntos. Acho que você também.

As suas pestanas tremem e sei que tenho o seu acordo nisso, pelo menos.

— Lamento ter deixado as ruas de Leningrado transparecerem. Conheci a violência. Mas nunca pretendi assustá-la. Ou ofendê-la. Simplesmente não gostei de a ouvir ser desrespeitada daquela maneira.

Sinto um tremor começar no seu corpo. Uma vibração, um tremor. É de indecisão? É isso que faz a minha linda Lady Luck tremer? Ou é desejo?

— Por favor, não deixe que o meu erro acabe com a nossa noite juntos.

Ela tem olhos castanhos adoráveis. Grandes e ligeiramente virados para baixo nas extremidades.

— Por favor. Tem mais um giro na roleta. Dar-me-ia prazer mostrar-lhe mais prazer do que jamais teve.

— Já o fez. — É apenas um sussurro. Como se ela não quisesse admiti-lo ou que alguém além de mim ouvisse.

Encorajado, deslizo a palma da mão pelo seu lado. — Há muito mais, gatinha. Mais um giro. Por favor, fique. Não cortarei a língua a ninguém. Nem ameaçarei fazê-lo. Prometo.

Isto arranca-lhe um sorriso e o peso no meu peito alivia-se ligeiramente.

— Vai ficar?

As suas pestanas baixam. O seu rosto inclina-se. Para meu espanto, os seus lábios conectam-se com os meus.

Eu não beijo mulheres. Especialmente não num lugar como este. Sou do tipo que as fode com força e vai embora. Mas no momento em que sinto o seu beijo tentativo, estou todo sobre ela. Pressiono-a contra a parede e reclamo aquela bela boca dela. Uma perna insinuando-se entre as suas coxas, moldo o meu corpo sobre o dela, inclino os meus lábios e bebo dela.

O seu corpo fica suave, os lábios tornam-se ávidos. Encontro as suas mãos nos meus braços, incitando-me a aproximar-me. Esfrego a minha ereção na curva entre as suas pernas, trilho a minha boca aberta pelo seu pescoço para morder o seu ombro.

Ela morde-me de volta.

Bato as minhas ancas contra as dela, de repente desesperado para a consumir. De facto, estou prestes a encontrar um preservativo, colocá-lo e reclamá-la ali mesmo contra a parede, mas ela suspira: — Sim, está bem. Mais um giro.

Certo.

Mais um giro.

O jogo da roleta.

Sorrio e entrelaço os meus dedos nos dela, ajustando o meu pénis tenso com a outra mão. Caminho ao seu lado de volta ao palco.

Tenho mais uma cena com ela. Vou fazer com que seja boa.

CAPÍTULO 4

Lucy

É difícil ignorar o pulsar de calor entre as minhas pernas. O sabor do russo na minha língua.

Não o imaginaria capaz de paixão — ele tem sido tão frio e calculado, mas mostrou-me um pouco de si mesmo.

E essa é a única razão pela qual estou a voltar com ele.

A sua demonstração de fraqueza silenciou aquela voz persistente na minha cabeça que se perguntava que raio estou a fazer aqui.

Não devia ter mais confiança no mafioso agora, mas tenho.

Ouvi-lo ameaçar aquele outro homem — ver com que rapidez ele recorre à violência foi um alerta. Assustou-me. Lembrou-me exatamente quem este homem é.

Mas ele humilhou-se comigo. Ele implorou.

Isso afastou alguns dos meus medos. Devolveu-me o poder.

E ele não foi violento comigo. Tem sido apenas gentil. A sua ameaça foi em minha defesa.

E embora eu não aprove, não é assim tão diferente da

forma feroz como o meu pai usava o sistema legal para proteger e defender a família sempre que sentia uma ameaça.

Simplesmente vêm de mundos diferentes.

Olho para os nossos dedos entrelaçados. Há uma suavidade no gesto. É mais uma união do que a forma dominante como ele segurou o meu cotovelo anteriormente. Aquele toque era apropriado na altura. Este é mais apropriado agora.

E isso, mais do que tudo, alivia as minhas reservas.

O homem ao meu lado está completamente são. Ele está consciente. Sabe o que a situação exige. O que eu exijo.

Caramba, isso é mais do que alguma vez tive do Jeffrey, por mais simpático que fosse.

Subimos ao palco e o DJ cumprimenta-nos pelo nome. — Lady Luck e Master R regressaram para o seu último lançamento da bola. Força, Lady Luck. — Ele entrega-me a bola e eu lanço-a na roda giratória.

Engraçado como agora quase não me importo onde ela cai.

Confio no homem atrás de mim. Mesmo que caia em algo que me aterrorize completamente, tenho a sensação de que ele faria funcionar para mim.

Mas não é o caso.

A bola salta e cai no ato mais comum de todos — nem se pode chamar de fetiche: relação sexual vaginal.

Na verdade, rio-me um pouco.

O russo sorri, mas há um ar de conspiração naqueles olhos azuis. De alguma forma, duvido que o sexo seja totalmente convencional. Ele vai torná-lo pervertido de qualquer maneira.

O arrepio que me percorre é pura excitação.

Master R conduz-me para fora do palco e desce os degraus.

— Vou passar pela casa de banho — digo-lhe.

— Encontramo-nos à saída da loja de presentes.

— Sem preservativos? — pergunto surpreendida. Porque o que mais poderia ele precisar?

Ele sorri com malícia. — Tenho preservativos. E é uma surpresa. Encontramo-nos daqui a cinco minutos.

— Sim, Mestre — digo com um sorriso. É um pouco provocador, mas talvez também insinuante.

O olhar que ele me lança faz o meu coração bater mais rápido. É a mesma expressão indecifrável, com um ar de indulgência. Muito dominante. Muito sexy.

Desapareço para a casa de banho e quando regresso, encontro-o à minha espera em frente à loja de presentes.

Ele observa a área aberta do clube. A maioria dos bancos e mesas está ocupada.

Ele para e olha-me pensativo. — Exibicionismo não está no topo da tua lista de fetiches, certo?

Abano a cabeça. — Não está no topo, não.

— Vem. — Ele pega no meu cotovelo e leva-me para uma área que a Gretchen tinha mencionado com salas semicerradas por cortinas.

Talvez me tivesse assustado estar sozinha com ele mais cedo, mas agora estou apenas ansiosa.

Ele afasta uma cortina e conduz-me para dentro. Assim que entramos, atira o seu saco de brinquedos para o sofá e põe as mãos por todo o meu corpo. Como se tivéssemos tido um encontro quente e acabássemos de chegar a minha casa.

Beija-me, empurrando-me contra a parede enquanto as suas palmas deslizam sobre o meu rabo, percorrem a minha coluna. O meu vestido cai no chão com alguns puxões rápidos.

Recebo com agrado as suas mãos na minha pele. A dureza de aço do seu corpo pressionado contra o meu. Puxo a t-shirt dele para cima e ele tira-a pela cabeça.

Está coberto de tatuagens. No peito, nos ombros, nos

braços. Algumas são primitivas. Outras têm um fluxo mais artístico.

Ele é um animal perigoso, este homem. Um assassino.

E neste momento, isso só aumenta o seu sex appeal.

Acaricio com as palmas os músculos salientes do seu peito. Está coberto de pelos dourados, suaves e encaracolados sob os meus dedos. Quando mordo um dos seus peitorais, ele prende os meus pulsos ao lado da minha cabeça e empurra com força entre as minhas pernas.

— Já foste fodida contra uma parede, *kotionok?* — Outro impulso forte. Sinto o seu pénis pulsante sob as calças de ganga.

Abano a cabeça, negando.

— Vamos começar por aí, então. — Tira um preservativo do bolso traseiro e desabotoa as calças. Observamos os dois enquanto ele desenrola o preservativo sobre o seu membro rígido. Levanta um dos meus joelhos e esfrega-se na minha fenda molhada.

Gemo quando ele afunda em mim. Mordo-lhe a orelha.

— *Da.* Mostra-me as garras, gatinha. Eu sabia que eras feroz.

Nunca me considerei feroz na cama. No tribunal, claro. Mas a minha história sexual envolveu demasiada ansiedade para me perder na paixão.

O seu encorajamento estimula-me. Enrolo os braços à volta do seu pescoço e marco-o com as minhas unhas.

— Enrola essas pernas compridas à volta da minha cintura agora.

Levanto o outro pé do chão. O russo agarra o meu traseiro, os dedos a afundarem-se na minha carne enquanto investe em mim. As minhas costas pressionam contra a parede, suportando parte do meu peso enquanto ele gere o resto.

— Aperta o meu pau bem forte — diz-me.

Não é uma instrução que já me tenham dado antes, mas contraio os músculos à volta dele, praticando os exercícios de Kegel enquanto ele rosna de prazer.

— Isso mesmo, gatinha. Tão apertada.

Estou tonta de prazer e chocada com a forma animalesca como estamos a fazê-lo. Quão rapidamente passámos do ponto A para o ponto B. Quão longe do meu normal toda esta noite tem sido.

— Achas que te vou deixar vir assim? — rosna ao meu ouvido.

A minha respiração para por um momento enquanto essas palavras me inundam. Certo. Há esta coisa toda de pedir permissão para o orgasmo. Um dominador possui o teu prazer.

Será que ele quer que eu implore?

— Por favor? — pergunto, muito mais disposta a implorar do que teria sido há duas horas atrás.

Ele sorri — um sorriso genuíno que o faz parecer dez anos mais novo. — *Nyet.*

Eu arfo, cravando as unhas nos seus ombros. — O que queres dizer com *nyet*?

— Significa não.

— Sim, percebi isso, mas...

— Ainda não, gatinha. Tenho-te por mais quarenta minutos. Achas que vou deixar-te vir logo na nossa primeira posição?

Primeira... *posição?*

Meu Deus. Este homem é sexo puro.

Sabendo que haverá mais — muito mais — relaxo. Claro que isso torna-me mais difícil de segurar.

Ele afasta-me da parede e pousa-me nos meus pés. Assim que aterro, ele gira-me e empurra-me sobre o braço do sofá de dois lugares na sala. — Abre as pernas.

Espero, antecipando que ele me penetre novamente por

trás, mas em vez disso sinto a picada afiada do chicote, agitado como um açoite desta vez.

Eu arfo, a minha vagina contraindo-se no ar. — Ai!

Ele chicoteia-me novamente.

E de novo.

Após seis pancadas, a minha pele habitua-se ao contacto do chicote. O meu rabo fica quente e formigueiro. O meu centro torna-se incandescente.

Isto.

Isto é o motivo pelo qual as submissas anseiam pela dor. Eu compreendo agora, porque só quero mais. Cada pancada do chicote envia ondas de luxúria pelo meu corpo. Aperta a espiral do desejo.

Ele altera a forma como usa o chicote, girando-o em círculos — ou talvez seja um oito. As pontas roçam nos glóbulos do meu rabo como as franjas de uma escova de lavagem automática de carros movendo-se em torno do carro.

É... divino.

Mal uma picada. Tanto calor e prazer.

Ele move-se para as minhas coxas, depois para os meus ombros. Adoro cada parte.

Contudo, quando ele agita o chicote entre as minhas pernas abertas, eu guincho.

— Mantém-nas abertas. — A ordem é gutural. O seu sotaque tornou-se mais carregado.

Adoro saber que estou a ter um efeito nele.

Afasto mais os saltos de agulha. Nunca me senti tão sexy na minha vida. Cada parte de mim está viva. Ativada. A cantar.

Ele agita o chicote entre as minhas pernas novamente.

Prendo a respiração com a picada, depois gemo.

— Levanta-te.

O meu cérebro demora um momento a processar a

ordem, e sinto-me ligeiramente desiludida com a mudança. Cada vez que começo a afundar-me em algo, ele muda-o. Suponho que isso seja parte da estratégia.

— Vira-te para mim. Mãos entrelaçadas em cima da cabeça.

As minhas sobrancelhas arqueiam-se, mas obedeço. Ele ganhou a minha confiança agora. Além disso, deixei o meu orgulho para trás em algum lugar entre a primeira e a segunda volta da roda.

A posição ergue e separa os meus seios, apresentando-os a ele.

Ele toca no meu pé com o dele. — Abre mais as pernas.

Meu Deus. Alargo a minha postura. Agora estou realmente exposta para ele. Completamente nua, nada além dos meus saltos. De pé à sua frente como se estivesse sob prisão. Ou fosse uma escrava a ser leiloada.

E esse pensamento não deveria deixar-me tão molhada.

Ele começa a girar o chicote novamente. Sim — é um movimento em forma de oito — e desta vez gira as pontas do chicote pelos meus seios. Os meus mamilos endurecem e elevam-se sob o abuso, o rosa a escurecer junto com o resto da minha pele.

Mais uma vez, é maravilhoso. Tudo o que eu pensei que um chicote seria, e mais.

Ele sorri. — Tu gostas.

— Sim. — Sussurro.

Ele desce pelo meu abdómen e cruza a frente das minhas ancas. — Gosto quando sussurras *sim* assim. Da próxima vez diz em russo.

— *Da* — digo-lhe.

O seu sorriso alarga-se, o pénis oscila no vão das suas calças de ganga desapertadas.

— És tão inteligente quanto bonita, *kotionok*. Estou

contente por ter vindo aqui esta noite. Contente por poder brincar contigo.

— Eu também estou contente — murmuro.

Ele pega no saco da loja de presentes e tira uma pequena caixa de joalharia. Observo enquanto ele revela um par de... merda... molas de mamilo. Não tenho a certeza se gosto desta ideia.

Os meus mamilos estão quentes e formigueiros do chicoteamento. Ele abre uma mola. Estremeço quando ele a coloca sobre o meu mamilo.

— Inspira, gatinha.

Eu obedeço.

Ele fecha a mola. Eu arfo com a dor. O meu clítoris pulsa em resposta. Ele repete a ação com a segunda mola.

Deixo sair um gemido longo e lento.

Ele tira a minha mão de cima da cabeça e entrelaça os dedos dele nos meus, levando-me até ao sofá. Senta-se e puxa-me para o seu colo e dá-me uma palmada no rabo.

Ele está a recapitular por onde passámos, percebo. Primeiro o chicoteamento, agora as palmadas. E aprecio o lembrete. Porque é tão diferente da segunda vez. Antes estava relutante.

Agora estou preparada.

Pronta.

Com fome disso, até.

Ele atira uma das almofadas do sofá para os seus pés. Não compreendo até que ele levante uma das minhas pernas para me sentar sobre ele.

Grito quando ele me gira de bruços sobre as suas pernas, o meu rabo espalhado no seu colo com os joelhos dobrados e os pés no ar. Apoio as mãos no chão. A posição é completamente ignominiosa. A minha vagina e o meu rabo estão abertos e expostos à sua vista. Apresentados a ele. Enquanto eu estou virada para o chão.

Ou melhor, para a almofada. Ajeito-a debaixo da minha face e peito e agarro-me enquanto ele dá palmadas no meu rabo, primeiro na nádega direita, depois na esquerda. Ele esfrega para aliviar a picada, traçando o polegar ao longo da minha fenda. O vibrador reaparece, desta vez contra o meu clítoris.

Gemo e mordo a almofada e contorço-me enquanto fico cada vez mais desesperada.

— Por favor — começo a gemer.

— Por favor o quê?

— Por favor... posso vir-me?

— *Nyet*.

Ele aumenta a vibração do brinquedo e eu gemo lastimosamente.

Quando penso que é demasiado, ele adiciona o plug anal.

Estou um pouco dorida da última vez, mas entra mais facilmente. Sei que devo relaxar e respirar.

E como tudo o que experimentámos, o prazer é maior na segunda vez.

Mas também o é a necessidade. A parte interna das minhas coxas começa a tremer.

Rebolo no seu colo, esfregando o meu clítoris contra o vibrador enquanto ele bombeia o plug no meu rabo.

Começo a perder o controlo. Estou a cantarolar coisas — a implorar, acho. Talvez a balbuciar — nem sei.

— Sei do que precisas — está a dizer-me, acalmando-me com longas carícias da sua palma nas minhas costas.

Ele atira outra almofada para o chão. — De joelhos para mim, gatinha.

Ajuda-me a balançar as pernas para baixo do sofá para me ajoelhar na almofada. Quando me apoio nas mãos e joelhos, ele empurra entre as minhas omoplatas até eu deixar cair o torso para a almofada.

Ele gosta das poses humilhantes.

Aparentemente, eu também, porque ainda estou a gemer e a implorar. Através da densa névoa de luxúria, vejo-o colocar um novo preservativo antes de entrar em mim.

E então é puro êxtase.

Nunca soube que o sexo vaginal podia ser tão satisfatório. Nunca foi antes.

Mas cada investida, cada deslizar para dentro e para fora é uma descoberta. Estou a encontrar-me aqui. A encontrar prazer, a descobrir novos patamares que nunca soube existirem.

O meu rabo está esticado ao máximo com o plug, tornando cada investida dele vinte vezes mais potente. E o ângulo? É. Simplesmente. Perfeito!

— Por favor, por favor — balbucio, porque preciso tanto agora.

Preciso desse orgasmo mais do que da minha próxima respiração.

Ele agarra as minhas ancas e investe com força. Mais forte.

Choramingo por isso, mio. Imploro mais.

Mas ele é um garanhão.

O homem mantém-se assim até eu ficar tonta. A tremer da cabeça aos pés. Completamente perdida.

Ele estende o braço e liberta as molas dos meus mamilos. A dor do sangue a regressar faz-me suspirar.

E então ele diz.

— Vem-te, gatinha.

O prazer explode através de mim. Antes mesmo de ele investir profundamente e empurrar-me para a barriga. Antes de ele rugir algo em russo tão alto que os meus ouvidos zumbem.

Fico rouca com o meu próprio grito e quando a sala para de girar, encontro-me de barriga para baixo, o seu grande corpo estendido sobre o topo do meu. Os seus lábios na minha nuca.

Não quero mover-me nunca. Nem quero que ele se mova.

Estou num lugar feliz que nunca conheci.

Euforia.

Ele mordisca o lóbulo da minha orelha. Murmura algo em russo. Só capto a palavra *kotionok*.

Faço um som, abanando lentamente o rabo debaixo dele. A minha versão de ronronar.

Ele beija o lado do meu pescoço. — *Spasibo*.

— O que significa isso? — A minha voz está rouca.

— Significa *obrigado*. — Beija o meu maxilar desta vez. — Foste um prazer tão inesperado.

Ele sai de mim e eu gemo de desapontamento, mas depois o ar entre nós muda.

Ele puxa uma respiração irregular e pragueja em russo. Os cabelos na minha nuca eriçam-se e um arrepio desce pela minha pele, afastando o calor do momento.

Olho por cima do ombro.

— Desculpa, gatinha, o preservativo rompeu-se. — Mostra-o, a sua expressão ligeiramente aflita.

Engulo em seco. — Está tudo bem. — Levanto-me para os joelhos e ele ajuda-me a levantar. — Tomarei uma pílula do dia seguinte. Vai ficar tudo bem. Estou limpa. Tu estás?

— *Da*. Absolutamente. Estou limpo, sim.

— Ótimo. — A minha cabeça flutua no meu pescoço, como se não conseguisse decidir se estou a acenar ou a negar.

Master R descarta o preservativo e traz-me o vestido, ajudando-me a vesti-lo. Acaricia para cima e para baixo ambos os meus braços, como se estivesse a aquecer-me. — Estás bem?

— Sim, estou bem. Mesmo bem.

— Posso ver-te novamente? — Juro que ele quase parece surpreendido por estar a fazer a pergunta.

Abano a cabeça. Vim aqui para uma experiência, não para um parceiro. Tinha decidido isso antes de vir. Mesmo que não o tivesse feito, não acho que pudesse entrar em qualquer tipo de relação contínua com um membro da máfia russa.

Simplesmente não é algo que uma mulher inteligente faça.

E isso é uma coisa da qual sempre me orgulhei de ser.

— Não, tens razão. É melhor assim, sim. — E assim, simplesmente, acabou. Dois estranhos educados a agradecerem-se mutuamente. — Vem. — Ele pega no meu cotovelo. — Vamos buscar-te uma bebida.

*L*ucy

Sou uma pessoa diferente. Completamente mudada. A viagem de táxi de volta a casa da Gretchen é uma conclusão para o início da noite e destaca a minha transformação.

A minha vida pode para sempre ser ABL e DBL: Antes do Black Light e Depois do Black Light.

Acabei de ter todas as minhas barreiras derrubadas e a pessoa que encontrei por baixo delas é bonita. E eu nunca a conheci. Simplesmente mantive-a trancada com medo de que ela fizesse algo imperfeito ou errado.

A gratidão vibra no meu peito pela Gretchen, pelo Black Light. Pelo meu parceiro.

A Gretchen olha para mim e sorri maliciosamente. — Divertiste-te imenso.

Aceno com a cabeça. — Sim.

— Ele foi bom? Como se chamava? Nunca o vi lá antes.

— Master R. Não acho que seja membro, está aqui a visitar o outro russo, um diplomata.

— O Valdemar, certo. Aquele homem é um palhaço. Mas como foi o amigo dele?

Não consigo impedir o calor que percorre o meu corpo. A minha atração por ele ainda canta em cada célula. Mergulho na memória das suas mãos, da sua voz, do seu corpo. — Ele foi bom.

A subestimação do ano.

— Só bom? Em que atividades acabaram? Só ouvi a brincadeira com a cera.

— Estimulação anal e relações sexuais vaginais com preservativo. Só que o preservativo rompeu-se.

— Oh merda. Vais tomar a pílula do dia seguinte amanhã sem falta. — A Gretchen lança-me um olhar severo.

— Sim, claro — digo automaticamente.

Exceto que já sei que não a vou tomar.

Tudo o que sempre quis foi ter filhos.

Tenho trinta e cinco anos. Adiei o início de uma família porque queria terminar a faculdade de direito e estabelecer a minha carreira primeiro. Encontrar o namorado seguro, aquele que eu tinha certeza que estaria pronto para se estabelecer em breve e ser pai.

Mas tudo isso explodiu na minha cara. Estou a ultrapassar o meu auge agora, sem nenhum homem à vista.

Talvez isto tenha sido um acidente feliz.

Uma oportunidade de ter esse bebé sem lidar com um pai.

Nunca mais verei o Master R. Nem sequer sabemos os verdadeiros nomes um do outro. Ele não precisaria de saber.

Tenho condições para criar um filho sozinha. Tenho um emprego poderoso. Ganho bem como advogada de defesa no escritório do meu pai. Serei uma excelente mãe.

E a hipótese de uma mulher de trinta e cinco anos engravidar na única vez em que um preservativo se rompe é pequena.

Mas, por outro lado, sou a Senhora Sorte.

Esta noite fui escolhida pelo dom perfeito. Calhou-me os fetiches perfeitos.

E o preservativo rompeu-se.

Talvez, pela primeira vez, possa confiar no Universo para me entregar algo que desejo desesperadamente.

Um bebé.

FIM

Obrigada por leres . Se gostaste, agradeceria muito a tua crítica — elas fazem uma enorme diferença para autores independentes como eu.

O DIRETOR

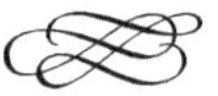

NOTA DA AUTORA

Caros Leitores:

Muito obrigada por escolherem o primeiro livro da minha nova série sobre a bratva. Se me têm acompanhado há algum tempo, sabem que o rapto/sedução é o meu enredo favorito. Quando comecei a escrever este, apercebi-me, claro, de que misturá-lo com o enredo do bebé secreto era bastante complicado! Não posso stressar uma heroína grávida, e no entanto adoro as minhas heroínas um pouco stressadas.

Apenas um lembrete de que isto é ficção e fantasia. Nem tudo o que Ravil e Lucy fazem na história pode ser medicamente aconselhado. Se estiverem grávidas ou planearem engravidar, por favor brinquem com responsabilidade. :-)

CAPÍTULO 1

ucy
Talvez esteja na altura de deixar de usar saltos. Ou escolher uns mais baixos.

Acabada de sair de mais uma vitória no tribunal, entro no elevador lotado. Escondo a minha expressão de dor, cortesia dos pés inchados enfiados nos meus stilettos de mulher poderosa - aqueles que uso para afirmar a minha superioridade, estatura e domínio geral no tribunal e, mais importante, dentro da firma do meu pai.

Quase estremeci novamente quando vi que o Jeffrey está nesta viagem.

Ele olha para a minha barriga inchada e depois encontra o meu olhar com um tormento de conflito por detrás dos seus olhos cinzentos.

Não é dele.

Terminámos seis meses antes de eu ter tido aquela aventura sexual muito fora do meu carácter em DC, que resultou na minha mudança de estado.

— Lucy — diz ele. É uma afirmação, não uma abertura.

Um reconhecimento dos oito anos que desperdiçámos juntos.

Reprimo um suspiro. — Jeffrey.

Felizmente, há outras quatro pessoas no elevador, por isso coloco-me rapidamente ao lado dele para fixar o olhar nas portas enquanto o elevador sobe.

— Como está o teu pai?

Oh, céus. Íamos mesmo fazer isto?

— Na mesma. — Faço o olhar obrigatório na sua direção.

— Lamento.

— Sim. Bem, é o que é.

Enfrento advogados hostis diariamente — na minha firma e do outro lado no tribunal. Consigo aguentar mais uma viagem de elevador com o meu ex. Mas a mistura de pena e remorso no olhar do Jeffrey faz com que o meu blazer Lafayette 148 New York — aquele com um botão a esticar acima da barriga — de repente se torne insuportavelmente apertado e quente.

Mas, bem, imagino que usar qualquer blazer em julho enquanto se está grávida seria insuportável.

Ainda assim, gostaria que ele resolvesse a sua porcaria emocional e deixasse de fazer da minha barriga crescente a fonte de algum conflito interno. Suponho que ele se questione como seria se fosse dele. Ou talvez se sinta culpado por eu estar a fazer esta coisa do bebé sozinha porque ele nunca quis comprometer-se.

O facto é que segui em frente sem ele.

Fim da história.

O elevador para no andar da sua empresa de arquitetura, mas ele hesita, movendo o braço à frente dos sensores, mas sem sair. — Vamos tomar uns copos ao The Rocket logo à noite, se quiseres juntar-te a nós — diz ele e faz uma careta, provavelmente a aperceber-se que os copos estão fora de questão para mim, considerando a pequena vida a crescer dentro de mim.

— Fica para outra vez — digo naquele tom de voz desinteressado que supostamente transmite *nunca*, mas que fica um pouco aquém. Talvez eu também tenha sentimentos mistos em relação ao Jeffrey.

Ou talvez esteja simplesmente aterrorizada por não conseguir fazer isto sozinha.

Mantenho a cabeça erguida, mantendo a minha postura de tribunal até as portas se fecharem. Depois, torna-se mais fácil de a manter quando as portas se abrem no meu andar, e finjo um passo confiante até à secretária partilhada.

— Primeira consulta? — Normalmente sei a minha agenda sem me dizerem. Sou o tipo de pessoa com a proverbial memória de elefante, mas as hormonas estão a afetar a minha memória, também. Sinto-me confusa. Menos definida nos contornos.

E odeio como isso me faz sentir vulnerável e fora de controlo.

— A primeira consulta é com Adrian Turgenev, o jovem acusado do incêndio criminoso da fábrica de sofás na 11ª — diz-me Lacey, a secretária.

Certo. *Mafiya* russa, ou bratva, como eles lhe chamam. O cliente foi recomendado por Paolo Tacone, um dos meus clientes da máfia italiana.

Curioso, será que os russos e os italianos andam agora metidos na mesma cama? Não importa. Não é o meu trabalho conhecer os detalhes reais do negócio deles.

O meu trabalho é apenas defendê-los com os factos recolhidos pelas autoridades.

Tenho de admitir o ligeiro pressentimento que me arrepia a nuca por me envolver com os russos. Não porque assuma uma posição moral elevada com as pessoas que defendo. Não podes ser advogada de defesa e montar esse cavalo.

Apenas por causa *dele*.

Master R, o criminoso russo sexy que conheci em Washington, DC, no Dia dos Namorados passado.

O dador de esperma involuntário para a minha aventura na maternidade solteira.

Mas ele estava em Washington, DC. Provavelmente zero ligação com a célula aqui em Chicago.

Destranco o meu escritório e entro, depois pego no ficheiro de Adrian Turgenev para rever as notas que a secretária fez sobre o caso. Sento-me atrás da minha secretária antes de tirar os saltos de oito centímetros, que estão a enterrar-se nos meus pés inchados.

Meu Deus. A gravidez não é para fracos. Especialmente não aos trinta e cinco anos.

— Lucy. Ouvi dizer que vais defender um novo grupo do crime organizado?

Tento não estreitar os olhos para Dick Thompson, um dos sócios do meu pai na firma. Conheço-o desde que era criança e tenho de trabalhar muito para impedir que ele continue a tratar-me como tal.

— Ouviste bem. — Ergo as sobrancelhas para indagar sobre o ponto dele.

Ele abana a cabeça. — Não sei se é boa ideia. Passámos muitas horas a deliberar sobre a sensatez de aceitar os Tacones antigamente quando o teu pai representou o Don Santo ou qualquer que fosse o nome dele. Não podemos deixar que esta firma seja arrastada para uma reputação desagradável.

Lembro-me. Trabalhei aqui durante as minhas férias de verão e inverno desde que tinha dezasseis anos. Também me lembro do que o meu pai disse na altura.

— Esta firma é famosa por defender assassinos e criminosos. O crime organizado simplesmente garante o retorno do negócio. — Agito as sobrancelhas com um sorriso frio.

Não se trata de alguma posição moral elevada. É o Dick a ser idiota. Ele provoca-me de propósito. Sempre o fez. Tive de trabalhar duplamente para provar que merecia o lugar nesta firma, tanto por ser mulher como porque o meu pai me ajudou a consegui-lo. Agora há algum tipo de campanha a decorrer nas minhas costas em relação à sociedade. O Dick está a construir um caso contra mim. Ou talvez contra o meu pai. Provavelmente contra ambos.

Veremos.

Como mulher num negócio implacável, numa das firmas mais implacáveis, estou sempre à espera da faca que está a centímetros das minhas costas.

O meu telefone toca.

— Deve ser ele. Tenho de ir — digo rapidamente ao Dick enquanto enfio os pés de volta nos sapatos de salto alto e atendo o telefone.

— Os senhores Turgenev e Baranov estão aqui para vê-la.

— Mande-os entrar, por favor.

Levanto-me e caminho à volta da minha secretária, pronta para apertar as mãos quando eles entrarem.

Devia ter estado preparada para isso.

Tive aquela sensação incómoda. Ainda assim, quando a porta se abre e vejo o rosto bonito e brutal do homem ali parado, a sala roda, inclina-se e fica momentaneamente escura.

É ele. *Master R.* O meu parceiro do Black Light, o clube BDSM em DC.

O pai do meu filho.

*R*AVIL

— Lady Luck.

Agarro o cotovelo da adorável advogada loira enquanto

ela cambaleia. Estou tão chocado por encontrá-la aqui — em Chicago, de todos os lugares — que inicialmente não noto a causa do seu desmaio.

Depois vejo. A barriga dela sobressai indelicadamente abaixo do botão do seu casaco de fato de marca.

A barriga *grávida* dela.

Faço as contas muito rapidamente. A noite dos Namorados. Preservativo rompido. Cinco meses atrás. Sim, a barriga dela tem o tamanho certo para ser meu. Mas poderia ter saltado o cálculo — está tudo lá no seu rosto sem cor.

Ela está à espera do meu bebé. E não queria que eu soubesse.

Blyat.

Posso ter pensado muitas vezes sobre a nossa noite juntos. Posso até ter voltado ao clube em DC para procurá-la — sem sorte. Mas os pensamentos dela sobre mim não foram tão afetuosos.

Ela definitivamente não está feliz por me ver. Na verdade, parece francamente alarmada.

Como deveria estar.

Inspiro profundamente.

— Sorte, de facto — murmuro, a soltar-lhe o cotovelo enquanto ela rapidamente se recompõe, a sua máscara de princesa de gelo a encaixar-se firmemente no seu lindo rosto.

Lady Luck foi o nome que ela escolheu no evento de roleta onde a conheci. Até hoje, não sabia o seu verdadeiro nome. Nem que vivíamos na mesma cidade.

— Sr. Turgenev. — Ela oferece uma mão delgada a Adrian, que se curva um pouco quando a aperta, intimidado pela presença dela. — E Sr. Baranov, não é?

— Chame-me Ravil.

Ou Master, como me chamou da última vez que estivemos juntos.

O seu olhar castanho escorrega novamente para o meu

rosto. Ela é ainda mais bonita do que me lembrava. A gravidez suavizou o seu rosto já adorável com alguns quilos extras. Tem um brilho radiante.

— Muito gosto em conhecê-los. Por favor, sentem-se. — Ela indica as cadeiras em frente à sua secretária.

— Você veio altamente recomendada, Dra. Lawrence. — Sento-me e observo-a enquanto mexe nos papéis do seu ficheiro. A mão dela treme ligeiramente. Quando ela nota que estou a olhar, imediatamente larga os papéis, a levantar bruscamente a cabeça e fixar Adrian com um olhar perspicaz.

— Então, está acusado de fogo posto agravado. Alegadamente incendiou a West Side Upholstery, onde trabalhava. A sua fiança foi fixada em cem mil dólares e foi paga pelo Sr. Baranov. — Lança-me um olhar rápido e depois volta a focar-se em Adrian. — Conte-me o que aconteceu.

Adrian encolhe os ombros. É um dos mais recentes a juntar-se ao meu grupo. O sotaque dele ainda é forte, apesar da minha ordem para que só fale inglês. Exijo isso de todos os meus homens porque é a forma mais rápida de aprender.

— Eu trabalhar na fábrica de sofás, sim. Mas não saber nada sobre o fogo.

— A polícia encontrou líquido de isqueiro no seu uniforme.

— Eu fiz churrasco depois do trabalho.

Ele fez mesmo. Logo depois de invadir a casa de Leon Poval, a espera para matá-lo com as próprias mãos. Quando descobriu que o apartamento do homem estava vazio, incendiou a fábrica para se consolar.

Ele é obviamente pouco convincente, ainda na sua postura defensiva de ser interrogado pela polícia. Não lhe digo para agir de outra forma. Não é meu hábito revelar cartas antes que devam ser viradas, mesmo que ela esteja a trabalhar para nós.

Também estou muito menos interessado no caso de Adrian agora que estou a tentar perceber o que se passa com a minha bela advogada. Por que não me contou?

— Só foi contratado lá na semana passada?

— *Da.*

Lanço-lhe um olhar.

— Sim — corrige ele.

— Antes disso trabalhava para o Sr. Baranov? — ela olha na minha direção. — Como... engenheiro estrutural?

Adrian encolhe os ombros novamente. — Sim.

— Por que aceitou um trabalho com salário mínimo numa fábrica de sofás quando é formado como engenheiro?

— Tenho interesse em construir mobília.

Lucy recosta-se, um lampejo de irritação atravessa o seu rosto. — Posso ajudá-lo melhor se me disser a verdade. — Olha para mim, como se a procurar apoio. — Sabe o que é o sigilo profissional entre advogado e cliente? Qualquer coisa que discutamos sobre o seu caso permanecerá confidencial e não pode ser exigida de mim num tribunal.

Não faço nada para intervir. Este é o trabalho dela. Ela pode trabalhar pelo meu dinheiro.

Adrian lança-lhe um olhar entediado.

Ela solta um suspiro. — Então não voltou à fábrica depois do trabalho naquela noite? Nem ficou até tarde?

Adrian abana a cabeça. — *Nyet*... não.

Ela continua a entrevistá-lo, a anotar coisas e estudar tanto ele como eu. Permaneço em silêncio. Que ela se questione e se preocupe.

Já estou a fazer os meus planos. Esta tarde preciso de descobrir tudo o que há para saber sobre Lucy Lawrence. E depois saberei exatamente que abordagem tomar com ela.

— Provavelmente posso negociar para reduzir a acusação para fogo posto simples. Implica entre três a sete anos de prisão em vez de quatro a quinze por fogo posto agravado.

— Não — interrompo. — Ele vai declarar-se inocente. É por isso que contratámos a melhor para representá-lo.

Ela não parece surpreendida. — Muito bem. Exijo um adiantamento de cinquenta mil dólares, pagáveis antes de eu apresentar a defesa. E precisarei de mais elementos se quero ganhar este caso.

Levanto-me, sinalizando o fim da entrevista. — Transferirei o dinheiro hoje, e discutiremos mais sobre os acontecimentos. Obrigado, advogada.

Ela levanta-se e caminha à volta da secretária. Os seus saltos altos diriam *fode-me* se fossem vermelhos, mas por serem nude são mais um *eu-fodo-te*. Especialmente pela forma como ela caminha neles como se vivesse naquela altitude. Aposto que é uma barracuda como advogada. Paolo Tacone disse isso mesmo.

A gravidez não faz nada para suavizar as arestas da sua imponente estatura. Se tanto, torna-a ainda mais parecida com uma deusa. A forma feminina a ser simultaneamente adorada e temida.

Exceto que sei que ela é quem prefere ser dominada.

Suponho que esse seja um segredo que não muitos partilham. Ela era inexperiente na submissão quando a tive. Se não a perseguiu desde então, posso ser o único homem que a dominou.

Esse pensamento não devia deixar-me duro, mas deixa.

Vou dominá-la novamente.

Ajusto o meu pénis ao pensar nisso, e o olhar dela cai para a minha virilha. Parte da sua compostura régia desaparece. Um rubor colora o seu pescoço e a carne visível no decote aberto de sua camisa cara.

Pego na mão dela quando ela a oferece, e aperto, mas não solto. O seu olhar castanho inteligente entrelaça-se com o meu, e mantenho-o.

A respiração dela hesita e para.

— Adrian, espera por mim no corredor. Estarei lá num momento. — Adrian sai, e fecho a porta atrás dele, ainda a segurar a mão dela.

Os olhos dela alargam-se ligeiramente. Ela recomeça a respirar com um pequeno suspiro enquanto puxa a mão como se eu a tivesse escaldado. — Ravil.

Um arrepio percorre-me ao som do meu nome nos seus lábios. Porque ela diz como se o estivesse a reclamar para si. Como se ela, também, se arrependesse da ausência de detalhes pessoais após o nosso encontro.

Mas isso é impossível. Se ela está a carregar o meu filho, tinha todas as razões, direitos e responsabilidade de contactar o Black Light e solicitar as minhas informações pessoais. De contactar-me com a notícia.

E não o fez. O que significa que não queria saber o meu nome.

— Tens algo para me dizer, Lucy Lawrence?

— Não — corta ela, a afastar-se, com o seu comportamento profissional em pleno controlo.

Agarro-lhe o braço, e ela volta-se como uma mola. Solto-a imediatamente quando ela lança um olhar laser fulminante para a minha mão.

— Devias mesmo ter telefonado. — Lanço um olhar significativo para a barriga dela.

Ela endireita-se, os músculos da parte da frente do pescoço a ficar rijos. — Não é teu — solta ela enquanto o rubor lhe inunda o rosto. As suas pupilas são pontos minúsculos de medo.

A mentira atinge-me em cheio no peito. Eu estava certo. Ela não queria que eu soubesse da existência desta criança.

Inclino a cabeça. — Por que mentir?

O pescoço e o peito dela também ficam corados, mas ela mantém a voz tão calma e baixa quanto a minha. — Sei o que tu és, Ravil. Não acredito que a tua — ela limpa a garganta para dar ênfase — *profissão* se preste à paternidade. Não vou pedir pensão de alimentos. Não peças direitos de visita. Não me obrigues a provar num tribunal porque és inapto para ser pai.

O meu lábio superior enruga-se perante a ameaça dela. Sou um homem que chegou ao topo da minha organização e desta cidade com um pensamento rápido e sem emoções. Normalmente não me ofendo. Normalmente não torno as coisas pessoais.

Mas desta vez, é pessoal como o caralho. Lucy Lawrence acha que sou inapto para ser pai do meu filho? Ela acha que vai manter esta criança longe de mim?

Que se foda isso.

Dou-lhe um sorriso que promete retribuição. — Não te preocupes, advogada. Não vou pedir.

Vou tomar.

— Estou ansioso por ver-te novamente. — Carrego tudo nas minhas palavras — insinuação e aviso — e ela lê tudo.

CAPÍTULO 2

*L*ucy

Apoio-me na minha secretária depois de Ravil e o seu jovem soldado da bratva saírem do meu escritório e respiro profundamente.

Não é uma respiração de ioga. É mais como aquele tipo de ofegar frenético para não desmaiar.

Quais são as malditas probabilidades?

Depois de toda a minha preocupação de que a minha melhor amiga Gretchen contaria a alguém no Black Light e que isso chegaria, de alguma forma, aos ouvidos do Master R, o meu parceiro daquela noite, ele acaba por aparecer no meu escritório puramente por acaso.

Uma referência do chefão da máfia italiana Paolo Tacone.

Gretchen vai chamar-lhe destino quando eu lhe contar. Ela acredita no Universo a entregar o nosso bem maior e todas essas tretas. Também me disse que eu tinha a obrigação de contar ao Ravil sobre a minha gravidez.

Mas eu tinha uma boa razão para não o fazer.

Meu Deus, não sei se fiz a coisa certa. Ameaçar um chefão

da máfia russa provavelmente não foi a minha jogada mais inteligente.

E sem dúvida que o ofendi.

Mas talvez ele não tenha interesse na criança. Pelo que sei, ele pode ser casado. Ou detestar crianças. Ou concordar comigo que a sua profissão não se presta à paternidade.

Um arrepio percorre a minha pele ao lembrar-me da forma como ele segurou a minha mão por demasiado tempo. Como me transformei numa corça à frente dos faróis, o seu magnetismo masculino a deixar-me de joelhos fracos mesmo quando sei que devia fugir.

Definitivamente não devia ter mentido. Não é o meu estilo e insultou a sua inteligência. Não havia forma de ele não adivinhar que é dele. Lembro-me de ele ser extraordinariamente perspicaz. De saber como eu reagiria a cada sugestão sua antes mesmo de eu o fazer. De planear as nossas cenas juntos com cada nuance de timing e ação perfeitos para provocar a minha rendição.

Também me lembro de ele estrangular um homem por dizer algo desrespeitoso sobre mim.

Ravil é perigoso. Letal, até. Ele está na bratva ou *mafiya* russa. Eu sabia disso quando o conheci no Black Light pelas tatuagens que cobrem a sua pele. Ele provavelmente é alguém importante, a considerar o diplomata russo com quem estava no Black Light. Ele opera fora das leis em torno das quais eu passo o dia a dançar. Ele toma o que quer.

Não me importo que um cliente seja letal. Tenho estado exposta à família Tacone desde que passei no exame da Ordem. Uma parte de mim acha o poder e o perigo que eles exercem emocionantes. Achei igualmente emocionante num parceiro de jogo no Black Light. Até que a violência se desenrolou diante dos meus olhos. Foi quando usei a minha palavra de segurança e saí.

E definitivamente importo-me que o pai do meu filho

seja letal. Alguém a preencher o papel de pai, não apenas a parte de dador de esperma. Como dador de esperma, Ravil Baranov é perfeito. Não conheço o seu historial médico, mas é fisicamente em forma e bonito, com olhos azuis penetrantes, cabelo claro e um corpo construído de músculo sólido. Também é altamente inteligente.

Simplesmente não é o tipo de homem que quero como modelo para o nosso filho.

Raios.

Agora estou em brasas, à espera da sua reação. Será que ele vai tentar inserir-se nesta gravidez, ou vai afastar-se? Ele está no controlo, comigo a antecipar que o céu vai cair.

E tenho receio que possa realmente cair.

Só não sei como. Ou quando.

Ravil

— É um rapaz — Dima, o melhor hacker deste continente e da Rússia, pisca-me o olho por cima do seu portátil.

Um rapaz.

Vou ter um filho.

Inclino-me sobre o ombro de Dima enquanto ele percorre os registos médicos de Lucy. Ordenei a Dima que me desse cada pedaço de informação que conseguisse encontrar sobre ela, a começar pelos registos médicos.

— A data prevista para o parto é seis de novembro — Dima lê em voz alta. O seu gémeo, Nikolai, paira sobre o seu outro ombro.

— Isso faz com que a data da conceção seja... espera... — os polegares de Nikolai trabalham no ecrã do seu iPhone. — Dia dos Namorados. — Ele encontra o meu olhar. — Mas tu já sabias isso.

Inspiro profundamente e esfrego o maxilar. Sim, eu sabia. O bebé é definitivamente meu.

Vou ter um filho.

Nunca pensei que seria pai.

— Teremos de partilhar o nosso papa com um novo irmão bebé — brinca Nikolai, a dar-me uma palmada no ombro. *Papa* é um nome às vezes usado para o *pakhan*, ou chefe da bratva. Não é um nome que eu alguma vez tenha reivindicado, mas os meus homens usam-no na brincadeira.

O olhar duro que lhe lanço faz com que ele retire imediatamente a mão. Ele encolhe os ombros. — Parabéns? Vais reconhecê-lo?

Parte do Código de Ladrões da bratva é renunciar a toda a família — dissociar-se de mães, irmãos, irmãs, esposas.

Amantes são aceitáveis porque não renunciamos ao sexo. Somos o oposto de monges.

Mas cortar laços é uma forma de proteger a organização. Mantém os interesses de todos limpos e desimpedidos. Protege os inocentes.

É uma das razões pelas quais nunca persegui Lucy depois do Dia dos Namorados, apesar do facto de ela me ter completamente cativado naquela noite. De eu não ter parado de pensar nela desde então. Descobrir que ela está grávida muda tudo e nada ao mesmo tempo.

Não que as regras da bratva não sejam quebradas.

Especialmente por aqueles que estão no topo.

Igor, o nosso *pakhan* em Moscovo, tem, segundo consta, uma bela filha ruiva. Ele não se casou com a mãe — ela tem sido mantida como sua amante todos estes anos, mas ele essencialmente tem uma família. Claro, o paradeiro deles é desconhecido. Ele tem que os manter em segurança. Quando ele morrer — e dizem que o seu cancro está a espalhar-se rapidamente — pode tentar deixar os seus interesses financeiros muito grandes para eles.

Nesse caso, aquela ruiva bonita provavelmente não sobreviverá ao seu funeral. Eu daria-lhe três meses após a morte dele, no máximo.

E agora terei uma criança para proteger, também.

Vou reconhecê-lo?

Lucy parece pensar que não tenho direito. Que não sou adequado.

— A criança é minha — digo sombriamente.

Ninguém leva o que é meu.

— Envia-me cada pedaço de informação que conseguires encontrar sobre Lucy Lawrence — ordeno a Dima. — O que ela faz. Onde come. O que compra. Para quem liga. Tudo.

CAPÍTULO 3

Lucy

Depois de parar num café perto do trabalho para jantar rapidamente, apanho um táxi para casa. Os meus pés estão demasiado inchados para sequer considerar apanhar o El e caminhar os poucos quarteirões até ao meu apartamento.

Saio coxeando do elevador e abro a porta do meu apartamento, deixando cair a minha pasta de trabalho junto à entrada. O meu apartamento é pequeno mas impecável, porque preciso de ordem à minha volta para gerir tudo o que tenho em mãos. Acendo o candeeiro junto à porta. Já tirei um dos sapatos de salto alto quando vejo a minha bagagem junto à porta.

Mas que...

Inspiro bruscamente, enchendo os pulmões para-

— Não grites. — Ele mal pronuncia as palavras. Apenas uma entoação baixa vinda da figura sombreada na poltrona da minha sala junto à janela.

O meu coração falha uma batida e bate dolorosamente

quando o identifico, com uma perna elegante cruzada sobre a outra, recostado como se fosse o dono do lugar.

Ele desdobra o seu corpanzil da cadeira com elegância.

— O-o que estás a fazer aqui? — Agarro as costas do sofá com as pontas dos dedos para me equilibrar quando a sala começa a girar. Maldito volume de sangue.

Ele não responde, apenas caminha na minha direção com um sorriso diabólico estampado na cara. Como se soubesse tudo o que está prestes a acontecer e se divertisse com o facto de eu não saber.

Maldito russo.

— Vim buscar o que é meu. — Ele avança lentamente.

O chão para de inclinar o suficiente para eu tirar a mão do sofá e enfiá-la na mala que ainda tenho ao ombro para procurar o telemóvel. Talvez consiga ligar para o 112-

Ravil agarra o meu pulso e tira-me o telemóvel, guardando-o no bolso.

Ou não.

Ele livra-me da mala, que deixa cair no chão junto à pasta.

Se ele parecesse zangado, se o seu toque me tivesse magoado, tenho a certeza que teria gritado. Pelo menos, é o que digo a mim própria.

Na realidade, estou presa no seu olhar azul, recordações de como ele comandou o meu corpo tão magistralmente da última vez que estivemos juntos inundam-me a mente.

Encontro indulgência nos seus olhos... não raiva. Apenas um ligeiro toque de perigo.

Coloco uma mão protetora sobre a barriga e dou um passo atrás em direção à porta.

Ele agarra novamente o meu pulso e puxa-me de volta. Coloca a minha palma de volta no sofá. — Gostei de ti onde estavas, *kotyonok*.

Kotyonok. O nome carinhoso que me dá.

Gatinha.

Ele pega na minha outra mão e coloca-a nas costas do sofá, e não tenho dúvidas do motivo pelo qual ele gostou desta posição. Estou perfeitamente apresentada para uma palmada. Ele pressiona as costas das minhas mãos, o seu corpo a amontoar-se sobre o meu por trás. — Não. Te. Mexas — murmura ao meu ouvido.

Rebelo-me instantaneamente, a levantar uma mão.

— Hmmm. — Ele é paciente. Agarra a minha mão e prende-a novamente. — Sem palavras de segurança para ti desta vez, gatinha. Mas serei gentil.

Ele prende um braço à volta da minha cintura e espalma a mão sobre a minha barriga em crescimento. — Não devias ter-me escondido isto.

Fico imóvel, com a respiração presa na garganta.

A agressividade de Ravil está contida. Suave. Ele não é mais ameaçador do que um encontro com mãos atrevidas, e ainda assim não sou tola o suficiente para o subestimar. Ele está confiante de que tem todas as cartas na mão, e até eu saber quais são essas cartas, tenho de ser cautelosa. Ele esfrega um círculo lento sobre a minha barriga de grávida.

Não insulto a sua inteligência tentando fazer-me de desentendida. Dizer que não sabia como contactá-lo. Ambos sabemos que eu poderia ter descoberto.

Mantendo a mão sobre a minha barriga, ele usa a outra para puxar a bainha da minha saia para cima nas costas.

Estou a usar meias de liga — não para ser sexy, mas porque as meias-calças normais são demasiado quentes para usar em julho. Especialmente para uma mulher grávida.

Ouço a respiração de Ravil quando ele as descobre. — Caraças — engasga-se. — Para quem te vestiste assim?

De repente, sinto-me tentada a mentir. A dizer-lhe que há outra pessoa. Que voltei para o Jeffrey, ou talvez tenha conhecido alguém novo. Talvez isso parasse os seus avanços sexuais.

Exceto que eu não *quero* parar os avanços sexuais. Eles são o que menos me assusta neste homem.

Ele já provou ser um amante atencioso. Deu-me os melhores orgasmos da minha vida.

E não estive com nenhum homem desde então.

Então, opto pela verdade. — São mais frescas do que as meias normais.

— Mais frescas. — Ele praticamente ronrona a sua aprovação. Acaricia com a palma da mão à volta do globo esquerdo do meu rabo. — Sim. Isso seria importante. — Ele arranja a saia do meu vestido acima da cintura e empurra os meus pés para mais longe. Cambaleio, ainda meio dentro de um salto, e ele curva-se para o tirar.

Como um Príncipe Encantado dos tempos modernos, só que a sua forma de encanto é bastante mais aterradora.

— Os teus pés estão inchados — observa ele rispidamente. — Não mais saltos para ti, gatinha. — Atira o sapato pelo corredor.

Sinto-me tentada a desafiar o seu direito de fazer regras para mim, mas tenho medo de descobrir a sua resposta. Ele certamente acredita que tem esse direito.

Estou inclinada a acreditar que ele poderá ter.

A sua mão bate no meu rabo com uma palmada surpreendente.

— Ei! — Endireito-me e tento rodar as ancas para longe dele, mas o seu aperto à volta da minha cintura torna isso impossível.

— Shh, *kotyonok*. O castigo é necessário. — De alguma forma, ele faz com que soe mais como uma iguaria do que algo a temer. Mas depois, já me submeti à sua dominância antes. Outra palmada, desta vez na outra nádega. Ele bate com força — força suficiente para que o local onde a primeira palmada aterrou comece a arder e a picar.

— Ravil — arfo, e ele acaricia a palma da mão sobre as minhas bochechas ofendidas.

— Gosto de te ouvir dizer o meu nome, linda Lucy. Não trocámos nomes da última vez, o que pareceu uma grande vergonha. — A sua mão deixa o meu rabo, e preparo-me para outra palmada. Ela vem, seguida de um aperto rude e possessivo.

— Mas, claro, a maior vergonha é esta. — Ele acaricia a minha barriga. — Não é que estejas a ter o meu filho, mas que quiseste escondê-lo de mim.

Fico zonza ao ouvir que ele sabe que estou a ter um rapaz. Isso apoia a minha teoria de que ele me armou uma armadilha, e eu já caí nela. Raios! Por que é que não tomei conta da situação no meu escritório esta manhã?

— Peço desculpa — digo.

— Não acredito em ti. — O seu sotaque torna-se mais forte. Ele bate no meu rabo novamente, três vezes, com força, e depois desliza as minhas cuecas de cetim até às coxas.

— Peço desculpa por te ter ofendido — corrijo. Ele tem razão, não lamento ter tentado esconder a criança dele. Ainda gostaria que ele não soubesse.

E com boas razões, pois agora sou objeto do seu castigo.

Não que não haja algo deliciosamente erótico e prazeroso nisso. Especialmente quando ele desliza os dedos entre as minhas pernas e passa-os sobre as minhas pregas extraordinariamente molhadas.

— Isso pode ou não ser verdade, gatinha. — Ele continua a explorar entre as minhas pernas, a deslizar um dedo lubrificado até ao meu clítoris e batendo suavemente.

Deixo escapar um gemido ofegante. Não é intencional — estava só a tentar expirar, mas tem um som lascivo que faz Ravil ronronar aprovadoramente.

— Mas vou certificar-me de que és bem castigada pela ofensa que me deste.

Tap-tap-tap.

Contorço-me com o toque no meu clítoris — sugestivo e insuficiente.

— E acredita, gatinha, se alguma vez quiseres gozar novamente, farás o que eu digo.

O meu coração ribomba porque sei que não estamos apenas a falar de sexo aqui. Há um perigo inconfundível na sua voz, embora ele só tenha ameaçado reter o meu orgasmo.

— Tu... tu precisas de sair agora — digo, mas não me movo da posição em que ele me colocou. Não me afasto bruscamente nem fecho as pernas, nem faço nada fisicamente para mostrar que não quero o seu toque.

Porque eu quero o seu toque.

Bastante desesperadamente.

Tenho de dizer que as hormonas da gravidez transformaram-me na fêmea mais excitada e insatisfeita de todo o estado de Illinois. Passo as noites com o portátil aberto em pornografia e os dedos entre as pernas, mas nunca fico saciada.

E culpo Ravil pela minha escolha de pornografia. BDSM — preferencialmente russo. E acredita, há muita pornografia russa por aí. Nunca tive o mínimo interesse em nenhum dos dois antes do dia dos Namorados.

Tap-tap-tap.

Choramingo.

— Vou sair, gatinha. E tu virás comigo.

Começo a abanar a cabeça, mas ele escolhe esse momento para aumentar a pressão no meu clítoris, circulando-o lentamente com a almofada do dedo.

Choramingo novamente.

— Eu... eu não vou a lado nenhum contigo — afirmo.

Ambos sabemos que é mentira. Só não tenho a certeza de como ele planeia fazer-me ir.

— Abre mais as pernas.

O facto de eu obedecer diz tudo. Ele detém todo o poder aqui. Não por causa das suas ameaças — ele ainda não as fez, embora eu tenha a certeza de que irá.

Mas por causa da magia dos seus dedos.

Quero mais.

Preciso de mais.

Tão desesperadamente.

Ele empurra as minhas cuecas para baixo, como se precisasse de as tirar do caminho. — Tira-as — ordena. A sua voz é áspera e gutural. Ele não está indiferente ao que me está a fazer.

Com a respiração a vir em rajadas irregulares, pontapeio as cuecas para fora e retomo a minha posição.

Ravil dá-me uma palmada entre as pernas.

Arfo, a tentar instantaneamente fechá-las. Posso deixá-lo dar palmadas no meu rabo, mas a minha vagina é algo diferente. Está tão inchada e escorregadia agora com os meus fluidos. Embaraçosamente inchada. É assim cada vez que me masturbo desde que engravidei.

Demasiada testosterona do bebé, imagino.

"Abre." Uma palavra, muito firme.

Eu faço, apenas porque quero que ele continue. Posso não ter gostado de levar palmadas na vagina, mas só serviu para me deixar mais necessitada. Mais desesperada.

Ele dá-me outra palmada ali. E outra.

— Gatinha malcriada. Vou gostar de te castigar.

Fico corada de calor, a pulsação entre as minhas pernas a deixar-me louca.

Ele para de dar palmadas e esfrega os dedos pela minha humidade novamente. — Agora, se quiseres que eu termine isto mais tarde de uma forma que te faça gritar o meu nome, farás exatamente o que eu disser.

O meu pulso acelera.

Ele remove os dedos, dá uma palmada no meu rabo de

cada lado novamente, e puxa a minha saia para baixo sobre as minhas nádegas nuas e ardentes. — É hora de ir. Vens viver no centro da cidade comigo pelo resto da tua gravidez. Dirás ao teu escritório que estás em repouso e não podes mais ir. Permitirei que mantenhas o teu trabalho e amizades remotamente, desde que nunca menciones a mim nem à tua situação. Estarei a monitorizar.

Endireito-me mas agarro-me às costas do sofá com uma mão para estabilidade. — E se eu não o fizer?

A pergunta que temo fazer.

— Então levar-te-ei para a Rússia até o bebé nascer. Sem promessa do teu regresso seguro quando acabar. — Ele omite completamente se o meu filho estaria comigo quando — se — eu regressasse, por isso acho que a resposta é não.

A sala gira.

Devo parecer que vou desmaiar porque Ravil pega-me nos braços, em estilo lua-de-mel. — Vem, não há necessidade de ficar chateada. Certificar-me-ei de que tens todo o conforto e necessidades para esta gravidez. — Ele leva-me até à porta da frente e abre-a. — São orientações fáceis de seguir.

Atrás da porta está um gigante. Mais um urso do que um homem, com ombros largos, como Paul Bunyon, uma barba desgrenhada e olhos escuros penetrantes.

Dou um pequeno grito.

— Shh. É o Oleg. Ele levará-te para o carro.

— Não preciso de ser carregada — digo rapidamente. Não acho o homem ameaçador, propriamente, mas ele é enorme e um estranho. E não gosto que Ravil me entregue a outra pessoa.

Ravil coloca-me no chão. — Sairás comigo calmamente? Sem alertas ou alarmes. Sem problemas da tua parte?

Olho para os meus pés com meias. — Preciso de sapatos.

— Não os saltos — diz Ravil firmemente. Ele inclina a

cabeça para Oleg e diz algo em russo ao gigante, que entra. Ficamos silenciosamente no corredor do meu apartamento. A minha mente corre o tempo todo.

O que faria eu se um vizinho aparecesse? Tentaria sinalizar por ajuda apesar do aviso de Ravil?

Não. Acredito na ameaça dele.

Se ele me levasse para a Rússia, eu teria ainda menos meios de fuga. Não falo a língua. Não conheço ninguém lá para me ajudar. E as hipóteses de escapar seriam quase nulas.

Oleg regressa a carregar as minhas quatro malas de uma só vez, juntamente com a minha mala e a pasta de trabalho em couro.

Ravil inclina-se para abrir uma das malas, parecendo saber exatamente onde procurar, e tira as minhas chinelas. Deixa-as cair no chão para mim. Oleg pega na mala e marcha em direção ao elevador sem uma palavra.

Tento enfiar os pés nas chinelas com as meias-altas ainda calçadas, mas não consigo realmente meter o separador entre os dedos.

— Espera, gatinha. — Ravil surpreende-me agachando-se à minha frente para puxar uma das minhas meias para baixo. Inclino-me para ajudar com a segunda, e ele empurra-me para trás, prendendo a minha pélvis contra a parede. — Não me apresses. — O seu sotaque torna-se mais forte. — Estava a gostar da minha vista.

Ele enrola a segunda meia pela minha perna abaixo e tira-a do meu pé, mas mantém a mão que prende as minhas ancas contra a parede firmemente no lugar. — Que pernas tão longas. — Ele agarra atrás do meu joelho para puxá-lo ligeiramente para a frente e beija o interior da minha coxa.

Formigueiros sobem pela minha perna diretamente para o meu sexo já necessitado. Ele desliza a mão pela parte interna da minha coxa para roçar a minha vagina nua e depois levanta a minha saia e coloca o rosto entre as minhas pernas.

Gemo antes mesmo da sua língua fazer contacto. — Uhn. Ravil.

— Isso mesmo, gatinha. Diz o meu nome.

A minha vagina contrai. Estou irritada com a minha própria necessidade. Definitivamente não devia estar a implorar a este homem por nada — especialmente não por sexo. Ele não merece a minha rendição. Está essencialmente a roubar-me da minha vida, e só Deus sabe o que ele planeia fazer comigo e com o bebé depois de nascer.

Mas a ponta da língua dele dá uma volta ao redor do meu clítoris, e gemo novamente.

Ravil agarra ambas as minhas coxas e rodopia novamente, mas depois afasta-se, a deixar cair a minha saia e levantar-se, os meus fluidos a dar brilho aos seus lábios. Ele lambe-os. — Sabes ainda melhor do que me lembrava.

As suas palavras minam as minhas defesas. Talvez seja apenas algo que ele diz a todas, mas gosto de ouvir que ele pode ter passado tanto tempo a lembrar-se de mim como eu me lembrei dele. Duvidei que o tivesse feito. Eu era uma principiante desajeitada, apenas a descobrir do que gostava, e ele era obviamente um dominador experiente, confortável com a sua habilidade e sexualidade.

Mas depois, ele disse-me naquela noite que se sentia diferente em relação a mim. *És algo especial*, disse ele. E eu quis acreditar nele. Não o suficiente para procurar algo além daquela noite. Apenas para preservar as memórias do homem que me deu o presente desta criança.

O que eu tão desesperadamente queria do Jeffrey, mas que ele nunca me daria.

Mas agora a frustração sexual está a apoderar-se de mim. Quero pontapear Ravil por me provocar assim. Parece extremamente cruel considerando que as hormonas da gravidez me deixam quase febril por satisfação.

Enfio os pés nas chinelas e sacudo o cabelo comprido enquanto caminho para o elevador. Oleg já desceu, por isso demora um momento a regressar, e fico ali, a olhar para as portas de aço em vez de olhar para o homem ao meu lado.

— Não podes manter-me prisioneira — digo finalmente, embora seja apenas um pensamento esperançoso.

— Não prisioneira — diz ele suavemente. — Convidada especial. Devo manter-te perto, para poder proteger-te e ter a certeza de que és muito bem cuidada. Carregas uma carga preciosa, claro.

Agora lanço-lhe um olhar. — Vou contra a minha vontade. Sob protesto.

Os seus lábios tremem. — Anotado.

Raios. Não devia achar tão sexy discutir com ele.

Devem ser as hormonas a falar.

Porque o meu pior pesadelo sobre ter um bebé com um membro da bratva russa está a tornar-se realidade.

E pareço ser incapaz de o impedir.

CAPÍTULO 4

Ravil

Subimos pelo elevador dos fundos até ao último andar. Sou proprietário de todo este edifício no centro da cidade — o Kremlin, como é conhecido no bairro. Todos os que aqui estão são russos.

E dei a palavra antes de sair para invadir o apartamento dela. Todos falam russo à frente de Lucy. Nada de inglês.

Se ela quiser alguma coisa, vai ter de contar comigo.

Lucy disse-me que já tinha jantado, por isso liguei durante o caminho e cancelei o pedido para uma refeição completa, pedindo em vez disso para prepararem uma variedade de snacks e comodidades.

Mantenho a minha mão nas suas costas enquanto avançamos. Não gosto da expressão tensa no seu rosto nem da sua palidez geral.

É uma linha muito ténue a que percorro aqui — certificar-me de que ela leva a minha ameaça suficientemente a sério para não me desobedecer, mas mantê-la relaxada e confortável, para que se mantenha saudável e possa descansar à vontade.

Já estou a questionar o meu plano. Não sou de guardar rancor. Lembro-me dele, arquivo-o para usar como razão para qualquer vingança que esteja a executar, mas não mantenho a emoção.

Ainda assim, não esperava encontrar-me tão ansioso por vê-la sob o meu domínio, pernas abertas, corpo rendido ao meu saque.

Não acho que ela quisesse mesmo render-se a mim no apartamento dela. Foi como se não conseguisse evitá-lo. O seu cérebro revoltou-se, mas o seu corpo disse *sim*.

Disse *mais*.

Disse *por favor*.

E agora já estou a planear a nossa noite juntos. O castigo dela.

Possivelmente até uma recompensa.

Blyat. Ela vai enrolar-me à volta do dedo dela se eu não tiver cuidado. Simplesmente por ser Lucy.

Não sei o que é que há nela, mas senti-o desde o início. No momento em que a vi no Black Light, desejei-a. Talvez reconheça nela algo semelhante ao que há em mim.

Aquela busca pela perfeição. Excelência. Como se tivesse algo a provar e quisesse fazê-lo bem.

Isso faz-me querer ajudá-la a chegar lá. Protegê-la do fracasso.

No Black Light, fez-me querer extrair a sua rendição. Mostrar-lhe que podia confiar em mim para não a humilhar ou degradar, mas ainda assim possuir cada resposta dela, cada tremor, cada orgasmo.

E continuo a ter esse impulso, apesar das ideias muito desrespeitosas que passam pela minha mente.

Ela definitivamente vai levar umas chicotadas.

Provavelmente vou amarrá-la — mas com algo suave e indulgente, como uma gravata de seda. A minha mão desce mais para o seu traseiro. Saber que ela não está a usar cuecas faz-me ficar meio excitado.

Entramos no último andar — a minha sede.

Depois de o comprar há cinco anos, remodelei todo o edifício, um pouco todos os anos, a usar apenas trabalhadores russos. Muitos deles também vivem aqui, nos andares inferiores. Fazem o seu melhor por mim porque cuido bem deles. Pago bem, ajudo-os quando há um problema, e proporciono proteção contra a lei americana e o mundo exterior. Além disso, vivem numa localização privilegiada por uma fração do preço que normalmente pagariam.

Como nenhum dos bratva tem as suas próprias famílias, os meus brigadeiros vivem todos neste andar comigo. Formamos a nossa própria família.

Agora, eles saem dos seus quartos para admirar a minha princesa capturada. As suas costas endireitam-se ainda mais — rígidas como uma barra de ferro.

— Lucy, estes são os meus homens. Já conheceste Oleg, o meu executor, caso não tenhas adivinhado.

Oleg levanta o queixo num fantasma de saudação.

— Maxim é um pouco como eu — é o arranjador.

— *Rad vstreche*. — Maxim aperta a mão dela. O seu inglês é excelente, mas está a colaborar comigo. Ninguém vai deixar transparecer que consegue entender Lucy enquanto ela estiver aqui. A menos que eu altere o meu édito. A minha palavra é lei neste edifício.

— Nicholai é o meu contabilista. — Claro que por contabilista, quero dizer *apostador*.

— Dima, o seu gémeo, é o especialista em informática. — *Hacker*.

— Gémeos — murmura ela, a olhar de um para o outro. Não sei porque é que toda a gente acha os gémeos tão fascinantes, mas entre os dois, Dima e Nicholai conseguem muito mais mulheres do que o resto dos homens do edifício.

— Pavel é um *brigadier*.

— O que é um brigadier? — Gosto de como ela assimila tudo rapidamente e faz perguntas. Tem uma mente inquisitiva. Será difícil manter-me três passos à frente dela, mas conseguirei.

— É como um capitão.

— Capo — diz ela.

— Sim, como o *capo* italiano.

— E qual é o seu trabalho? Também é arranjador?

Abano a cabeça.

— Sou o diretor. *Pakhan* da Bratva de Chicago.

— Papa — diz Maxim com um sorriso malicioso.

Lanço-lhe um olhar de aviso. Ele não deveria entender o que estou a dizer. E não me trato por *Papa*. Igor ainda é tecnicamente Papa, mesmo estando no leito de morte e na Rússia.

Ela olha à volta para a disposição do andar. Originalmente consistia em quatro apartamentos de cobertura de 325 metros quadrados cada. Derrubei as paredes de dois deles para criar uma mansão gigante com alas separadas.

— Vivem todos aqui? Juntos?

— Sim. Somos uma família.

Maxim e Dima observam a sua reação com divertimento. Eles gostam dos meus jogos, e o facto de este ser dirigido a uma mulher bonita torna-o ainda mais divertido. Partilhar o nosso espaço com ela será uma novidade para todos nós.

— Vem. — Pego-lhe no cotovelo e guio-a em direção à minha suite principal, onde Oleg já trouxe as suas malas. Como tudo no último andar do edifício, está decorada com luxo total — todos os acessórios são de alta qualidade, os pisos de carvalho brasileiro, as bancadas da casa de banho e o duche de quartzo branco suave com manchas de redemoinhos doirados e púrpura.

Ela olha em volta duvidosamente.

— Este é o seu quarto?

— Sim. É aqui que vais ficar. Para que eu possa cuidar das tuas necessidades.

— Eu quero o meu próprio quarto.

Não estou surpreendido com o seu pedido. A verdade é que eu debati a escolha. Tê-la no meu espaço vai desgastar-nos a ambos.

Mas, em última análise, quero que ela seja desgastada. Quero que ela viva sob o meu domínio benevolente constante até que me aceite.

Pelo menos durante a gravidez.

Mantê-la permanentemente pode não ser do maior interesse para nenhum de nós.

— Vais ficar aqui comigo — digo firmemente. — Se te deixo sair deste quarto depende de quão bem segues as minhas regras.

As narinas dela dilatam-se e os olhos faíscam, mas ela não diz nada. Não é do tipo que faz birras. Não tenho dúvidas de que quando ela escolher a sua batalha, estará bem armada. Recolherá mais informações antes de fazer a sua jogada.

Ela e eu somos muito semelhantes.

Isto é um jogo de xadrez que estamos a jogar. Pode ser prazeroso para ambos, mesmo que um de nós — *eu* — vá sempre ganhar.

Ouve-se uma batida na porta.

— Entre.

Valentina, a nossa governanta, entra com um jarro de água gelada cheio de fatias de pepino, assim como um prato de aperitivos — quadrados de queijo e chocolates, algumas uvas e cerejas frescas. Ela serve um copo de água de spa para Lucy e estende-o.

— Beba muita água. É importante para o bebé — diz ela em russo, a acenar com a cabeça e sorrindo.

— Esta é Valentina. É a nossa governanta. Ela prepara

alguns dos alimentos, mas também temos um chef que prepara e cozinha as nossas refeições principais.

Lucy pega no copo de água.

— Obrigada.

Outra batida soa na porta, e Oleg entra, a carregar a mesa de massagem para grávidas que comprei hoje. Natasha, a nossa terapeuta de massagens residente, entra atrás dele, a carregar um cesto de suprimentos e sorrindo para mim. Ela está encantada por eu ter comprado esta nova mesa para ela usar e por requerer massagens diárias para a minha cativa.

O seu inglês é perfeito — a jovem de vinte e cinco anos cresceu na América — mas ela faz uma ótima encenação, ao virar-se para Lucy e oferecer um fluxo de russo.

— Olá, deve ser Lucy. Parabéns pela sua gravidez. Estou muito feliz por apoiá-la durante este período. Trabalho com muitas mulheres grávidas porque a minha mãe é parteira.

A testa de Lucy franze-se.

— Esta é Natasha, a tua massagista.

Lucy dá um passo atrás, recuando.

— Oh não. Não. Obrigada, mas tenho de recusar.

Arqueio uma sobrancelha. Ela estava tão disposta a aceitar prazer dos meus dedos mais cedo, não esperava resistência agora. Não sei se devo sentir-me lisonjeado por ela gostar tanto do meu toque ou consternado por ela não estar disposta a aceitar este simples prazer que posso proporcionar-lhe.

— Quero que o stress da tua mudança de residência seja apagado — digo firmemente. — O bebé não deve sofrer simplesmente porque os seus pais estão em guerra.

— Eu disse não — diz Lucy, com a mesma firmeza. — Não gosto de massagens.

— Porquê, *kotyonok?*

Ela olha para Natasha.

— É sequer seguro durante a gravidez?

— A mãe de Natasha é parteira. Ela massaja mulheres grávidas o tempo todo. Sabe exatamente do que precisas.

Natasha acena com a cabeça, obedientemente.

— Diga-lhe que tenho uma certificação especial para massagem na gravidez e massagem linfática, bem como massagem com pedras quentes, reflexologia, acupressão, tui na, cranial sacral, reiki, ponto de gatilho, watsu, Zero Balancing e Access Bars. Se ela estiver nervosa, posso fazer apenas uma cura energética fora do corpo hoje.

Traduzo a essência disso para inglês para Lucy, que suga o lábio inferior contra os dentes como se estivesse incerta. O facto de ela não gostar de ser tocada por um estranho não deveria surpreender-me. Faz-me sentir um pouco presunçoso sobre quão facilmente ela se rendeu a mim no seu apartamento. Não esperava isso. Tinha sido mais difícil arrancar uma resposta dela no Black Light, e desta vez, estávamos em desacordo. Talvez ela tenha pensado carinhosamente em mim.

— Vais gostar da massagem — digo firmemente. — Deita-te na mesa e relaxa. A partir de agora, eu cuidarei das tuas necessidades.

— Eu *preciso* de dormir na minha própria cama — responde ela bruscamente. — Eu *preciso* da minha liberdade.

— E eu preciso de te manter por perto — digo suavemente, parando para me virar à porta. — É um compromisso.

Ela resfolega.

— Concessões unilaterais não são compromissos, Ravil.

Dou-lhe um sorriso perigoso. Eu gosto quando as suas garras saem.

— Os últimos cinco meses nas trevas foram a minha concessão. É assim que me pagas.

Vejo a máscara de gelo dela escorregar quando fecho a porta, e sorrio com malícia.

O meu plano está a correr exatamente como pretendido.

~

Lucy

Uma deslumbrante suite de cobertura com vistas para o Lago Michigan, uma massagem na suite e chocolates. Do que é que me posso queixar?

Nada, se não fosse uma prisioneira. Se tudo isto não me estivesse a ser imposto por um homem louco.

Mas não, isso está errado. Ravil não é louco. Ele está a jogar um jogo aqui. A ensinar-me uma lição. É uma lição suave, sem dúvida porque estou grávida. Qualquer stress que ele me inflija vai diretamente para a nossa criança.

Estou grata por ele pelo menos entender isso.

Ele não é um homem louco.

Olho para a bonita massagista ruiva. Ela tem cabelo loiro-avermelhado e pele pálida, sem sardas. Eu diria que ela tem vinte e poucos anos.

Estou cética quanto às suas habilidades. Posso confiar que a formação e certificação na Rússia é a mesma que aqui? Será que ela realmente sabe como massajar uma mulher grávida em segurança?

Mas, além da barreira da língua, ela parece perfeitamente capaz. Parece até americana, com os seus calções curtos e t-shirt de mangas curtas, com uma asa de pássaro tatuada no bíceps.

Ela prepara a mesa, que tem espuma para os meus seios e barriga, e cobre-a com dois lençóis. Fico de pé e observo-a desajeitadamente. Não consigo largar a sensação persistente de que algo mau vai acontecer-me, embora ela pareça perfeitamente de confiança.

Mas, claro, eu sou prisioneira do chefe da bratva de Chicago, por isso esse sentimento não é injustificado.

Ela tagarela comigo em russo, com um sorriso fácil e

reconfortante. Vai até à casa de banho da suite e fecha a porta, a gesticular para a mesa coberta e para mim, como se estivesse a dar-me instruções. Depois de se fechar lá dentro, percebo que ela está à espera que eu me dispa e suba para a mesa.

Fecho os olhos e forço-me a expirar. Que se lixe.

É melhor aproveitar. Se Ravil quer contrariar o stress que infligiu com uma massagem, eu não devia ser tão rancorosa a ponto de cortar o meu próprio nariz.

Tiro o meu vestido e soutien. As minhas cuecas ainda estão no chão do meu apartamento, um pensamento que agora me faz ranger os dentes. Não deveria ter deixado que ele me fizesse aquelas coisas.

Tu querias, sussurra uma vozinha.

E é verdade. Mesmo agora, só de me despir no quarto de Ravil deixa-me húmida. Como se o meu corpo soubesse que finalmente vai receber a atenção que tão desesperadamente deseja.

E essa atenção não era uma massagem.

Mas com certeza vou aproveitar esta. Subo para debaixo do lençol de cima e posiciono-me de bruços na mesa, a alinhar a minha barriga com o espaço disponível.

Natasha bate à porta e entreabre-a, a perguntar algo em russo.

Eu murmuro de cara para baixo.

Música de spa começa a tocar de um altifalante que ela colocou na cómoda.

De repente, desejo que ela falasse inglês. Quero extrair-lhe informações sobre Ravil. Há quanto tempo o conhece, como é que ele trata os seus funcionários, como ele é. Qualquer coisa que haja para verificar ou refutar as ideias que já tenho sobre ele.

A imagem dele a sufocar o homem no Black Light aparece novamente na minha mente.

Ravil é violento. Ele ameaçou cortar a língua do homem se ele falasse desrespeitosamente sobre mim outra vez.

Mas ele foi gentil comigo.

Muito mais gentil do que a maioria dos dominadores que vi a fazer cenas com as parceiras no Black Light. Não houve canas e chicotes pesados. Ele não deixou marcas na minha pele nem me humilhou muito. Mais do que isso, ele foi ponderado. Controlado. Ele captou as minhas respostas e ajustou-se conforme necessário. Existíamos dentro da mesma versão da realidade.

Este é o mesmo debate interno que tive cada vez que tive dúvidas sobre a minha decisão de não lhe contar sobre a gravidez. Se ele merecia saber. Se era seguro para ele saber.

Certamente não parece seguro agora.

Não consigo decidir se isso significa que fiz a escolha certa ou errada ao esconder-lhe isto. Será que ele teria sido razoável se eu tivesse sido direta e honesta desde o início? Ou esta chantagem era inevitável?

Ouço o estalido de uma tampa e o esfregar das palmas de Natasha, e depois ela faz contacto. Eu estremeço de início. Até ao ataque-sedução-*o que quer que seja* anterior do Ravil, não tinha sido tocada em meses. Certamente não de uma maneira prazerosa. Claro, abraço a minha mãe uma vez por semana quando me encontro com ela no centro de reabilitação do meu pai, mas é por aí.

Os meus músculos encolhem-se e tensionam-se sob os seus movimentos lentos, mas eventualmente, relaxo. Ela acalma os meus nervos agitados, e a tensão liberta-se pouco a pouco. Ela é boa. Muito boa. Não penetra fundo e não me mata a trabalhar os nós, mas encontra-os todos, e de alguma forma suavemente persuade-os a sair da sua contração.

Gradualmente, relaxo e eventualmente começo a entrar e sair de um sono leve. Acordo quando ela murmura algo em russo com a sensação de que estava muito, muito longe. Não houve sonhos perturbadores e frenéticos — não aqueles em que estou a tentar provar-me no escritório de advocacia ou no tribunal, nem aqueles em que estou no meu casamento, mas não consigo encontrar o meu noivo.

Nada disso. Apenas uma profunda sensação de paz.

De mim.

É como voltar a casa.

Ela toca levemente no meu ombro e murmura novamente.

A massagem acabou. Ela entra na casa de banho e fecha a porta, e eu levo alguns minutos para me orientar e encontrar a minha saída da mesa. Abro uma das minhas malas e tiro um pijama. Não faz sentido voltar a vestir as roupas de trabalho — especialmente se Ravil não me vai deixar sair deste quarto.

Natasha emerge e acena em direção à poltrona estofada junto à janela. Aquela com uma vista magnífica para a água. Ela dirige-me para lá e enche novamente a minha água e entrega-ma.

— Obrigada — digo, embora não tenha certeza se ela me entende. — Foi magnífico. És verdadeiramente uma curadora talentosa.

Ela sorri, recebendo a minha gratidão quer entenda as palavras ou não.

Ela retira os lençóis da mesa e dobra-a, levando-a para o closet, onde a encosta a uma parede. Diz mais alguma coisa em russo e acena para mim enquanto sai, com o seu grande cesto de vime com os lençóis, óleo de massagem e altifalante, pendurado no ombro.

— Adeus. Obrigada novamente. Desculpe ter duvidado de ti.

Ela dá um sorriso travesso antes de acenar novamente e sair.

Bem, nem tudo é mau. Deveria ter-me oferecido uma massagem há meses. Foi puro céu.

∼

Ravil

Os rapazes estão reunidos na sala quando saio, sem dúvida à minha espera. A televisão está ligada, mas Oleg baixa o volume quando entro.

Dima já tirou o portátil de Lucy da mala dela e está a fazer o seu trabalho com ele. A tornar cada parte dele acessível para mim. Inserindo chips de rastreamento nele, na sua bolsa e no seu telefone caso ela consiga fugir de alguma forma.

— Ela é bonita — observa o seu gémeo, Nikolai, de uma poltrona, ainda a falar em russo como ordenei.

Uma linha de irritação percorre-me. Não sou do tipo ciumento, mas suponho que sou possessivo. Não que eu acredite nem por um microssegundo que algum destes homens tocaria no que me pertence. Somos irmãos de armas, e eu sou o seu *pakhan*. A lealdade é profunda entre nós.

— Vão fazer bebés bonitos — concorda Maxim em inglês.

— *Russkom* — rosno.

Ele revira os olhos mas continua na nossa língua materna.

— Primeiro ordenas a todos que falem apenas inglês. Agora todo o edifício deve falar russo. E para quê? Por quanto tempo? Deixa-nos saber o teu plano, Ravil.

Enfio as mãos nos bolsos para esconder a minha irritação. Não me sento com eles. Ainda não. Eles esperam notícias do líder.

— Ela é minha prisioneira até que o bebé nasça. Depois disso, não decidi.

— Isto realmente só pode ir numa direção — diz Maxim. Ele está recostado no grande sofá vermelho, os pés apoiados no otomano, as mãos atrás da cabeça. Como eu, ele prefere roupas caras — camisas abotoadas e calças. Sapatos brilhantes.

Os outros estão com trajes mais casuais — t-shirts e jeans ou calças caqui.

Arquejo uma sobrancelha. Normalmente, aprecio a opinião dele. Ele é um líder e estrategista nato. Se não tivesse sido mandado embora por Igor, ele seria o próximo na linha como *pakhan* para toda a organização quando Igor morrer.

— Que direção é essa?

— Tens de a manter. Seduzi-la. Fazer com que ela se apaixone. Caso contrário... ela é uma advogada de defesa de alto poder. Tem a inteligência e conexões para nos derrubar. Não queres transformá-la numa arma contra nós.

Esfrego o rosto.

— *Nyet*.

Maxim está certo, mas quero socar-lhe a garganta por isso.

Faz com que ela se apaixone.

Dima ri da sua mesa de trabalho. Ele está a usar uma t-shirt preta com a imagem de linhas brilhantes de código de *The Matrix*, o seu filme favorito. Dima tem um escritório, mas insistiu em montar uma estação de trabalho aqui, para poder assistir televisão com o resto deles enquanto quebra todos os códigos já escritos.

— Fazer com que ela se apaixone pode não ser tão difícil.

Maxim põe os pés no chão e inclina-se para a frente.

— O que é que encontraste?

— Bem, o Kindle dela está cheio de romances vikings, todos comprados depois do Dia dos Namorados. Antes disso, ela só lia não-ficção.

— E então?

Ele encolhe os ombros.

— Ela tem uma queda por ser levada por homens grandes e louros. Mas fica melhor. Muito melhor. Adivinha o que a tua senhorazinha pesquisa no Google tarde da noite quando está sozinha?

Arrepios percorrem a minha pele.

— O quê?

— É bom. Vais gostar disto. — Ele olha à volta, sorrindo e mexendo as sobrancelhas para todos nós, para ter certeza de que estamos a ouvir.

— O quê? — pergunto com impaciência.

— Espera.

— Dima — rosna Nikolai.

— Diz-nos! — Maxim eleva a voz.

— "Russo... spanking!" — grita Dima com alegria.

A sala explode com zombarias e risadas.

Uma parte de mim quer esmagar todos eles por rirem às custas dela, mas estou demasiado satisfeito com a informação.

A minha adorável advogada realmente sentiu a minha falta.

Quando a dominei no Black Light, tinha sido a primeira vez dela a brincar com BDSM. Ela estava numa fase de recuperação, e a amiga dela em DC convenceu-a a ir. Ela entrou vestida toda errada, mas perfeitamente, num vestido vermelho de envolver. No momento em que a vi, soube que a queria, mas a noite estava montada como um jogo de roleta. Os parceiros eram escolhidos pela regra da bola na roda. Eu tinha planeado comprá-la a quem quer que fosse o seu par, mas, felizmente, Lady Luck — o nome de cena de Lucy — foi emparelhada comigo.

— Bateste nela, Ravil? — Pavel soa um pouco alarmado. Ele é mais jovem—na casa dos vinte anos. A sua experiência sexual pode não ser tão colorida como a minha.

Todos os olhares fixam-se em mim, à espera da minha resposta.

Encolho os ombros.

— *Da*. Claro. Conheci-a no clube BDSM onde Valdemar me arrastou em DC. — Dei-lhe uma surra dos diabos. Sobre os meus joelhos com um plug no seu traseiro. Foi mais quente que o Hades.

— Certo. O clube exclusivo onde tens de pagar para chicotear uma mulher — diz Maxim, repetindo as minhas próprias palavras quando me queixei de ir.

— Exatamente isso.

— Parece que fizeste muito mais do que bater-lhe — observa Nikolai.

— Basta. — Lucy pode ser minha prisioneira, mas ainda não gosto que ela seja desrespeitada.

Os meus homens forçam o riso a sair das suas faces, resultando nos lábios trémulos e olhares furtivos de rapazes de escola.

— Então vais dar-lhe o que ela precisa e fazer com que se apaixone. Quando o bebé chegar, ela ficará — resume Maxim a sua visão da situação.

Crispos lábios.

— Veremos.

— Sou o único imbecil a apontar que famílias são contra o Código? — pergunta Nikolai. Ele não foi separado do seu gémeo quando eles se juntaram, apesar do édito, mas eles eram uma exceção.

A alegria desaparece da sala. Oleg senta-se para a frente, com uma ruga na testa.

Eu não respondo. Claro, isso tem estado na minha mente desde o início. Também estou no ponto em que tendo a fazer as minhas próprias regras.

Mas isso abrir-me-ia para substituição. Quebrar o Código significaria que teria de me preocupar com alguém a enterrar uma faca nas minhas costas para me mandar embora.

— Quero dizer, não estou a desafiar-te, Ravil. Sabes disso. — Nikolai adota um tom conciliatório. — Estou com a minha família. — Ele inclina a cabeça na direção de Dima. — Mas ele também está na irmandade.

Faço-lhe um aceno.

— Alguém em Moscovo poderia desafiar-te — diz Maxim. — Especialmente se Igor morrer.

As palmas carnudas de Oleg formam punhos, a ruga na sua testa a aumentar. Acho que isso significa que ele tem as minhas costas, mas é difícil dizer. Ele foi fodido pela própria célula na Rússia. Ele tem sido nada além de leal a mim, mas não sei quais são os seus sentimentos sobre quebrar o Código. E bem, Oleg não comunica muito.

— Seria melhor — começa Pavel, depois levanta as duas mãos em rendição —, não estou a dizer que deverias... mas estariam mais seguros se os deixasses em paz? Mantivesses alguma distância entre vós? Poderias mantê-la como uma amante secundária, da maneira que Igor tem a sua amante e filha.

— Ela fica aqui — rosno.

O meu bebé. A sua bela mãe. No *meu* edifício.

Como deve ser.

— Vou protegê-los. E se algum de vós — todos os homens imediatamente começam a abanar a cabeça — quiser desafiar-me sobre quebrar o código...? — Lanço um olhar gelado sobre todos eles, mesmo que claramente não o vão fazer. — Bom. Então tereis as minhas costas.

— Sempre — murmura Dima.

— *Da* — concorda Nikolai. Maxim e Pavel também dão o seu assentimento.

Oleg acena.

— Obrigado.

Sento-me no sofá ao lado de Maxim.

— Mais alguma coisa interessante nesse portátil? — pergunto a Dima.

— Podes ver por ti mesmo. — Ele entrega-me o meu

portátil, que estava aberto ao lado dele. — Fiz-te uma ligação para tudo, mas aqui estão alguns dos sites em que ela aterrou, se quiseres algumas dicas. — Ele sorri enquanto um som de palmada e um grito soam do portátil, e ele vira-o para nos mostrar alguma cena de pornografia amadora com uma rapariga inclinada sobre as costas de um sofá.

— Menciona isto novamente, e morres — digo friamente. — Não vou permitir que ela seja ridicularizada.

Dima instantaneamente fica sóbrio.

— Desculpa. Claro que não. — Ele baixa a cabeça, mas não antes de eu ver os seus lábios tremerem.

Cabrão.

avil

Lucy não tenta sair do quarto quando a sua massagem termina, apesar de eu não ter trancado a porta nem colocado um guarda. Ainda estou a ponderar quão duro devo ser com ela.

Tenho de me lembrar constantemente que ela queria criar o nosso filho sem que eu alguma vez o conhecesse. Que ela pensa tão pouco de mim que não me considera digno de ser pai dele.

Talvez não seja. Tive origens humildes. Era um filho pobre de uma prostituta. Corria pela neve e lama de Leninegrado com botas cujas solas se abriam, roubando fruta ou remexendo no lixo para ter o suficiente para comer.

Foi aí que Igor me encontrou. Onde aprendi o Código dos Ladrões. Não pagar por nada que possas roubar. Renunciar a toda a família pela irmandade. Subir na hierarquia com a minha lealdade e coragem.

A bratva tornou-se a minha identidade. Dentro dela, sou respeitado. Dentro dos meus círculos, sou Deus. Lá fora, no entanto? Nas ruas de Chicago? Um homem coberto de tatuagens de prisão com sotaque russo não inspira muito respeito.

Suponho que foi por isso que criei o Kremlin. Comprei este edifício na área mais cobiçada de Chicago e enchi-o com a minha própria gente. É por isso que exijo que todos aqui pratiquem o seu inglês. Aprendam a cultura e as leis, para que possam ser manipuladas em benefício da nossa gente.

A rejeição de Lucy—saber que a bela advogada, bem-educada e respeitada nesta cidade—não me achava bom o suficiente... Bem, isso fere-me onde dói.

E por isso, pretendo magoá-la um pouco em troca.

Ninguém tira o meu filho de mim.

Entro no quarto onde a encontro de pé à janela, a olhar para as luzes dos iates na água.

O meu pénis fica duro porque ela não está a usar nada mais do que uns calções minúsculos e uma camisola de alças, ambos esticados em torno das suas curvas de gravidez.

Blyat.

Quero-a agora.

Mas agir movido pelo desejo nunca é uma estratégia vencedora. Ajusto o meu pénis rígido.

Ela vira-se e olha para mim por cima do ombro, com a boca numa linha apertada.

—O que acontece com o bebé?

Ah. Finalmente a pergunta que tenho estado a antecipar. E, no entanto, a minha resposta mudou várias vezes na minha própria mente. Ainda assim, vou jogar duro. Ela pode tentar suavizar-me se quiser. Tem quatro meses para tentar.

—O bebé fica aqui, neste edifício. Se quiseres fazer parte da vida dele, vais comportares-te bem comigo.

Ela permanece muito quieta. Apenas a mais ligeira dilatação das narinas e o apertar dos dedos mostram a sua ira. Ela esperava isto.

—Tu não podes...

—Tu sabes que posso, então deixemos as pretensões. As tuas leis não me podem tocar. Se tentasses, eu desapareceria com a criança em questão de horas. Nunca mais o verias.

Estou preparado para qualquer argumento que ela apresente. O que não espero é que os seus olhos fiquem brilhantes com lágrimas.

Isso faz algo áspero e duro ao meu interior.

Ela pisca para as afastar sem mudar nada no seu rosto. Não a tenho como uma chorona, mas tenho a certeza de que as hormonas a tornam mais suscetível.

Terei de me certificar de não a empurrar tão longe novamente, porque não gosto de como isso me faz sentir desequilibrado.

—Tentaste esconder o nosso filho de mim — digo, com demasiada dureza. Estou a lembrar-me tanto a mim como a ela. — Estou a ser muito mais generoso contigo. Tudo o que precisas de fazer é cooperar comigo, e manterás o teu filho. Poderás amamentá-lo e criá-lo. Ensiná-lo e vê-lo crescer.

—Todas as coisas que desejaste privar-me.

Ela vira-se para longe de mim, de volta para a janela.

Tenho o impulso de virar e sair. Mas é o meu quarto, e escolhi colocá-la aqui comigo por uma razão.

Preciso de derrubar as suas muralhas... não fortalecê-las. Mesmo quando quero construir as minhas próprias.

Vou até ela. Tocá-la antes foi elétrico. Ela tinha sido tão recetiva. Mais recetiva do que na noite de São Valentim. Era como se o seu corpo estivesse preparado para mim, à espera do meu toque.

Ela pode não me ter achado adequado para ser pai, mas agora sei com total certeza o quanto ela adorou o meu domínio no Black Light.

Deslizo uma mão sob a camisola de alças para acariciar o seu seio, a outra sobre a sua barriga, acariciando mais abaixo.

— Ainda temos o teu castigo para resolver — digo contra a concha do seu ouvido.

Fico satisfeito ao sentir o arrepio percorrer o seu corpo. Ela não responde, mas sinto o seu corpo a escutar. À espera. Como antes no seu apartamento, ela quer isto. Ou pelo menos o seu corpo quer.

Adoro ver a transformação que o corpo dela sofreu com a gravidez. Em fevereiro, ela era magra demais. Como se mantivesse o corpo num padrão rígido de peso. Agora ela tem curvas—não apenas a barriga e os seios maiores, mas todo o seu corpo tem uma bela suavidade. Amasso o seio dela suavemente.

—Estes estão muito maiores do que antes. Estão sensíveis?

—Sim. — Ela agita-se contra mim—pequenos espasmos e solavancos, como bolsas de resistência absorvidas nas minhas mãos.

Belisco o seu mamilo, a puxá-lo até ficar duro e inchado. Ela muda de posição nas pernas, com a respiração a acelerar. Deslizo a outra mão para dentro dos seus pequenos calções de pijama, curvando os dedos para moldá-los sobre o seu monte de vénus.

Ela engole e dá-me mais do seu peso, a inclinar-se contra o meu corpo. — O castigo não contraria a massagem? Não estavas a tentar manter-me sem stress?

—Todo o stress que eu infligir será aliviado quando eu terminar. A menos que desobedeças.

Sinto um tremor nela—excitação, presumo, não medo. Se ela estivesse com medo, afastar-se-ia.

Ela não o fez.

Esfrego os meus dedos sobre o seu sexo. Ela fica quase instantaneamente molhada, como se a sua vagina estivesse à espera que eu a acariciasse. Puxo a pequena camisola de alças pela cabeça e atiro-a ao chão.

—Vem. — Viro-a em direção à cama. — Quero-te de joelhos para mim. — Ela hesita um pouco, mas depois permite que eu a direcione. — Para cima — ordeno.

Por um momento, ela fica rígida, como se tivesse acabado de decidir que não deveria ceder-me.

—Porta-te bem, ou não te darei a satisfação que sei que o teu corpo deseja.

Ela olha por cima do ombro, a examinar o meu rosto. A sua máscara de advogada está no lugar, e é difícil lê-la. Interrompo qualquer debate interno que ela esteja a ter com uma palmada forte no seu traseiro, e arrasto lentamente os seus calções pelas pernas abaixo.

—De joelhos. — Seguro o seu cotovelo e levanto-o para mostrar que a quero de joelhos na cama. Passei toda a tarde a pesquisar sobre gravidez. O que é seguro para ela, o que não é. Quais as posições melhores. Quais são contraindicadas. Como torná-la confortável. Como castigá-la.

Coloco um travesseiro e a grande almofada corporal que pedi ao Nikolai para comprar para ela no centro da cama. — Rabo para cima. — Dou uma palmada na nádega pálida para pontuar a ordem.

Ela ajoelha-se à frente do travesseiro. Arranjo a almofada corporal sob o seu torso. — Peito para baixo, gatinha. Põe-te confortável.

Em vez disso, ela permanece de joelhos com as mãos apoiadas. Deixo que ela tenha a sua pequena rebeldia. O verdadeiro castigo é mantê-la aqui. Isto, na realidade, é o prazer da situação.

Para ambos.

Ela olha por cima do ombro novamente, os olhos castanhos nublados de desconfiança. Passo a palma da mão sobre o seu traseiro.

—Relaxa, *kotyonok*. Sei o que precisas.

Pego num chicote de couro—outra compra da tarde—e

arrasto os fios suaves pela sua pele. — Da última vez que te açoitei, tinhas o meu pénis na boca — recordo.

—E não me deixaste vir — diz ela imediatamente, como se a cena estivesse tão fresca na sua mente como está na minha.

Dou uma risada. — Não, fiz-te esperar por isso. Mas viste os benefícios de adiar o orgasmo.

Ela vira a cabeça para olhar para a almofada. Posiciono-me atrás dela e começo a girar o chicote em forma de oito, fazendo com que apenas as pontas rocem a sua pele.

Ela solta um surpreendido — Mm. — Continuo, a aproximar-me, para que mais fios entrem em contacto. Posso dizer que está a ficar mais ardente pela forma como o seu rabo se contrai e a sua respiração se retém. Ela não se move da posição, no entanto. Ela certamente quer isto.

Puxo o braço para trás e deixo as franjas do chicote balançarem, a açoitá-la firmemente uma vez.

—Ai! — Ela inspira bruscamente.

—Aguenta, gatinha. — Açoito-a novamente. Uma marca rosa floresce onde a atingi pela primeira vez. Volto aos meus oitos mais suaves para difundir a ardência e aquecer todo o seu traseiro.

Ela geme e afunda-se, primeiro para os cotovelos e depois para descansar o peito na almofada que lhe forneci.

—Boa menina — elogio, mesmo que ela não o esteja a fazer para ser obediente—está a fazê-lo para se sentir mais confortável. Ainda assim, é assim que ela aprende a confiar que as minhas ordens são para o seu próprio bem. É assim que ela aprende a confiar.

Lembro-me do Black Light, como demorou a ganhar a sua confiança, e isso foi apenas como parceiro para a noite. Agora, estou a olhar para algo completamente diferente.

O meu direito de ser pai do nosso filho.

Aumento a força por trás das rotações, batendo um pouco

mais forte, e ela encolhe-se, apertando as nádegas. Alivio novamente e desço pelas costas de cada coxa e depois sobre as suas costas. — Devia fazer-te chupar o meu pénis esta noite — observo. — Exceto que não tenho a certeza se confio que não o mordas.

Ela murmura o seu consentimento na almofada, e sorrio para mim mesmo.

—Terei que tirar o meu prazer — digo, a voltar a minha atenção para o seu traseiro. Toda a sua pele tem um leve brilho rosado. Começo a escurecer esse tom no seu traseiro.

Os dedos dela apertam a almofada, o seu ânus contrai-se e relaxa.

Paro de açoitar e arrasto as franjas levemente sobre a sua pele avermelhada entre as nádegas, contra a sua vagina. Balanço-o e açoito levemente a sua vagina.

Ela guincha. Dou outro golpe. E outro.

Depois, largo o chicote e esfrego a sua abertura com os meus dedos.

Tão molhada. Incrivelmente inchada. Muito convidativa.

Se eu me importasse mais com o prazer dela, arrastaria esta cena como fiz no Black Light. Mas parte de mim ainda está zangada. Então considero primeiro os meus próprios desejos.

Neste momento, quero foder a minha nova advogada até que o quarto gire. Desaperto as calças e liberto a minha ereção rígida.

—Estou limpo — digo-lhe, com a voz rouca de desejo. — Não estive com ninguém desde que estive contigo.

Não tencionava dizer-lhe isso. Não tenho certeza porque o fiz.

A irritação comigo mesmo faz-me entrar nela sem esperar pelo seu acordo, pelo seu reconhecimento do meu plano de penetrá-la sem preservativo.

—Eu também não estive — ela ofega enquanto a força da minha investida a empurra para a frente.

Agarro as suas ancas, o meu coração de repente alojado mais alto no meu peito.

Não devia estar surpreendido com a confissão dela, a considerar o que encontrei no seu portátil. É mais que ela a partilhou voluntariamente comigo.

Mas os meus pensamentos começam a desenredar-se porque estar dentro do seu canal quente e húmido parece melhor do que me lembro. Melhor do que qualquer foda que já tive.

Será porque sei que ela está a carregar o meu filho? Algo primitivo e cavernícola em mim acha-o tão atraente?

Ou será que o corpo dela é simplesmente muito mais acolhedor sob a influência de todas as hormonas? De qualquer forma, delicio-me com a maneira como a sua carne parece segurar o meu pénis firmemente enquanto entro e saio dela.

Agarro o seu longo cabelo loiro e enrolo-o num punho, a usá-lo para levantar a sua cabeça. — Tu precisavas disto — digo-lhe, o meu próprio desejo furioso a tornar-me arrogante como o diabo. — Precisavas do meu grande pénis russo a foder-te sem sentido. Não é verdade, linda?

Ela apenas mia em resposta. Não esperava que ela concordasse. — Pensavas que tinhas desistido disto para sempre, não é? É por isso que tens andado a ver pornografia russa?

Ela agita as ancas com surpresa, e aperto o meu abraço, a aumentar o ritmo da foda. — Precisavas de uma boa palmada russa?

—Cala-te! — ela dispara.

Envergonhei-a. Não me importo. Estou a ser um *mudak*, eu sei. No calor do momento, estou a deixar transparecer a minha própria mágoa.

—Vai-te foder, Ravil.

Dou uma risada. — Como quiseres, linda. — Entro com mais força, a fechar os olhos para saborear a sensação. Um raio atinge a base da minha coluna, as minhas coxas tremem à medida que os meus testículos se contraem com a necessidade de vir.

Estendo a mão e esfrego o seu clitóris rudemente algumas vezes, mas estou muito perto. Preciso disso tão desesperadamente. Seguro a sua nuca para mantê-la no lugar enquanto a fodo com força e rapidez. Grito quando gozo—rujo, na verdade—e alcanço o seu clitóris, dando-lhe a minha total atenção.

Ela vem quase imediatamente, o seu canal a apertar e soltar à volta do meu pénis, extraindo mais e mais da minha semente.

—*Blyat*, Lucy. *Blyat*. — Passo as minhas mãos por todo o seu corpo, a gratidão seguindo rapidamente após o meu prazer.

Perdão.

Afeição, até.

Espero até o orgasmo dela passar e ela recuperar o fôlego antes de sair suavemente e pegar numa toalha para limpá-la.

Ela não espera e passa por mim em direção à casa de banho. Entrego-lhe a toalha, e ela aponta para a porta. — Um pouco de privacidade?

Abano a cabeça. — Sê simpática ou usarei o meu cinto da próxima vez que te castigar.

Os olhos dela dilatam-se, mas tenho certeza que é metade de excitação. Saio e fecho a porta. Que ela tenha a sua privacidade. Terá muito pouca dela aqui comigo.

Vou possuí-la a cada minuto. Monitorizar cada comunicação sua, controlar toda a sua existência.

Então sim, se ela quer lavar-se sozinha depois de eu a foder, ela pode ter essa pequena vitória.

Não haverá muitas mais.

~

Lucy

As minhas pernas tremem e o meu traseiro formiga de calor. Principalmente, sinto apenas prazer. O langor pós-orgástico de membros pesados e felicidade.

Todas aquelas noites a ver pornografia russa atentar masturbar-me, nunca obtive satisfação. Mesmo quando conseguia chegar ao orgasmo.

Mas estou condenada se disser ao Ravil que ele me satisfez.

Idiota.

Odeio-me um pouco agora por o ter deixado fazer aquilo. É que ele já provou ser um amante cuidadoso e atento. E esta gravidez deixa-me tão excitada.

Além disso, sou feminista. Não acredito que o sexo seja o único poder que uma mulher tem—um presente a ser dado ou retido. Isso é treta. Um resquício do domínio patriarcal. Não é algo a que precisemos de aderir.

Esse sexo foi para mim, mesmo que parecesse degradante.

E consegui o que precisava dele.

E se ele por acaso também gostou, bem, bom para ele. Pode ajudar as nossas negociações.

Uso a casa de banho e depois ligo o chuveiro. Enquanto estou a entrar, Ravil bate levemente e abre a porta. Ele levanta o meu estojo de cosméticos para eu ver e coloca-o no balcão antes de recuar novamente e fechar a porta.

Um arrepio percorre a minha espinha ao lembrar que aquele homem arrumou as minhas coisas hoje. Mudou-me para a casa dele. A sua ameaça de me levar para a Rússia durante a gravidez é suficientemente credível para me assustar. Ele obviamente tem muito dinheiro e conexões. Não se importa com leis. Faz o que quer.

Leva o que quer.

Este é o tipo de homem que eu queria fora da vida do meu filho.

Mas a menos que eu encontre uma maneira de me livrar de Ravil, isso não será possível.

Não sou capaz de assassinato. Então resta a prisão. Preciso de usar o meu tempo aqui para observar e recolher provas de crimes. Poderia construir um caso e entregá-lo ao procurador distrital. Fazer com que Ravil seja preso.

Teria de encontrar uma maneira de garantir que aquilo por que o incrimino resulte. E o mantenha lá dentro por pelo menos vinte anos.

Um desconforto arrepia toda a minha pele. A possibilidade de tal plano fracassar é grande. Se tentasse prendê-lo—fosse bem-sucedida ou não—as hipóteses de haver retaliação são boas. Se não dele, então da sua "família". Eles parecem unidos. E ele ainda poderia dar ordens da prisão.

Tremo debaixo da água quente.

É um mau plano. As minhas opções são severamente limitadas. Continuo a pensar.

Melhor plano—recolher as provas. Guardá-las num local muito seguro. Usá-las como influência sobre ele.

Sim, essa é uma estratégia decente.

Então só preciso de tratar o meu tempo aqui como uma oportunidade para espiar Ravil.

Descobrir tudo o que puder sobre ele e a sua operação.

E se por acaso ele satisfizer as minhas necessidades sexuais bastante vorazes durante este tempo, não há mal nenhum nisso, pois não?

Não.

Termino o meu duche e saio, pegando numa toalha cinzenta macia do suporte. É fofa e absorvente, e sente-se celestial contra a minha pele sensível. Bem, pelo menos posso viver no luxo enquanto estou aqui.

Enrolo a toalha no cabelo e saio, nua. — Estou com fome. — Normalmente não sou rude ou exigente, mas francamente, ele merece.

Ravil está sentado na cama, encostado à cabeceira. Ainda está com a camisa abotoada e as calças de tecido, que mal tirou para fazer sexo comigo. O contraste da roupa formal com as tatuagens nos seus dedos e no pescoço é mais sexy do que deveria ser.

O bad boy que chegou. Que alcançou o auge do sucesso apesar dos seus modos de bad boy.

— O que te apetece comer, *kotyonok*? — Ele está imperturbável com a minha reclamação.

— Asas de frango — disparo. — Com molho de mel e barbecue. — É verdade, é exatamente o que estou a desejar, mas também estou a testá-lo. Ele disse que estou aqui para que possa cuidar de mim durante a gravidez. Vou fazê-lo trabalhar. Vou agir como uma verdadeira diva grávida.

Não parece afetá-lo minimamente. Ele pega no telefone e pressiona um botão. Diz algo em russo a quem quer que atenda, e depois termina a chamada.

— As tuas asas estão a caminho — diz ele calmamente.

Estou irracionalmente feliz com isso. Apenas porque quando uma mulher grávida tem um desejo, realmente parece o fim do mundo se não o satisfaz. Juro que, às vezes, fico com tanta fome que quero chorar. Ainda não recorri a encomendar comida para fora às dez da noite ou que horas forem agora, mas certamente já quis.

O olhar de Ravil percorre o meu corpo nu.

Eu não odeio estar grávida como algumas mulheres. Na verdade, pensei que pudesse, mas depois de terminar com Jeffrey, temia que fosse tarde demais para mim. Que nunca aconteceria. E assim, até agora, este bebé tem parecido um pouco um milagre. Deleitei-me com todas as mudanças pelas quais o meu corpo passou. Mesmo as menos agradáveis como levantar-me para fazer xixi duas vezes no meio da noite e querer chorar com anúncios melosos.

Ainda assim, ninguém me viu nua desde que mudei de forma.

—*Prekrasnyy,* — murmura Ravil.

— O que significa isso?

— Linda. Verdadeiramente. Nunca vi nada ou ninguém tão lindo na minha vida.

Três coisas aquecem simultaneamente—o meu peito, o meu pescoço e as minhas partes íntimas.

— O que mais posso trazer-te, gatinha? Mais isto? — Ele estende o copo de água com pepino.

— Posso ter apenas água normal? — Os pepinos foram bons no início, mas já não me apetece.

— Claro. — Ele pega no telefone novamente. Quando desliga, puxa os lençóis da cama. — Vem. Cobre-te. Ou veste o teu pijama. Se os meus homens te virem nua, terei de os matar.

Lanço um olhar para o seu rosto porque não tenho certeza do quão sério ele está. Ele realmente sente-se possessivo em relação a mim?

Ele não sorri.

Muito bem, então.

Isso coloca os meus pensamentos numa roda de hamster. Será que ele pensa que lhe pertenço agora? Está a reclamar-me junto com este bebé? Ou tenho alguma hipótese de ele me deixar ir? Claro, eu não gostaria de sair sem o meu bebé, e ele sabe disso. Na verdade, esse seria o pior resultado possível.

Então devo *querer* que ele me reclame também?

Esse pensamento é louco demais para considerar.

Visto a camisola de alças e os calções de pijama e entro

debaixo do lençol. Ele entrega-me o portátil com o meu telemóvel em cima.

— Ouve-me, Lucy. — Ele não liberta o portátil quando tento tirá-lo dele.

Encontro o seu olhar azul glacial.

— Farás como eu disse. Amanhã vais ligar para o teu escritório e dizer-lhes que tens de trabalhar remotamente. Podes ligar, enviar e-mails ou estar em contacto com quem precisares para fazer o teu trabalho, mas estarei a monitorizar as tuas comunicações. Uma palavra—um pedido de ajuda ou pista sobre a tua situação, sobre mim—e vais para a Rússia. Se voltares—e isso é um grande se—será sozinha. Compreendes?

Pego no copo de água com pepino e atiro-lho à cara. É infantil e estúpido, mas que se foda. — Odeio-te — cuspo.

Ravil não se move. Ele pisca as gotas de água das pestanas enquanto me olha friamente. — Tem cuidado, gatinha. Também posso tirar privilégios.

Fecho os olhos porque sinto as lágrimas a virem novamente, e não quero que ele veja. — Odeio-te — repito.

Ele abana a cabeça. — Não digas isso outra vez. O nosso filho está a ouvir.

É uma coisa louca para ele dizer. Não tenho certeza se ele realmente acredita nisso ou não, mas faz-me hesitar. Gretchen, a minha melhor amiga da faculdade de direito, diria que ele está certo—que o bebé sentiria isso energeticamente.

— O teu filho estava a ouvir quando ameaçaste tirá-lo da mãe, também — retorqui. — Não me ameaces novamente. — Há um tremor na minha voz que eu odeio.

Ele fixa-me com o seu olhar azul. — Muito bem. Compreendes o nosso acordo?

— Compreendo — digo firmemente.

— Bom. Não tenho desejo de te ameaçar novamente.

As lágrimas queimam atrás dos meus olhos mais uma vez.

Forço-me a engolir. Sou salva do seu escrutínio por uma batida na porta.

Ele puxa o lençol mais para cima sobre mim antes de responder em russo.

A porta abre-se, e Pavel entra com um copo alto de água com gelo e outro sem gelo. Ele olha para mim e diz algumas frases em russo. Acho que é algo como ele não sabia de que maneira eu gostava da água, por isso trouxe as duas opções.

— Obrigada. — Estendo a mão para a água com gelo.

—*Pozhaluysta* — diz Pavel. O seu sorriso é caloroso e amigável, como se eu realmente fosse uma convidada e não uma prisioneira. Vejo-me a acenar com os dedos para ele quando ele se vira para dizer algo à porta.

—*Pozhaluysta*. Isso significa *de nada*?

— Sim. E também *por favor* — diz Ravil.

— Ninguém aqui fala inglês além de ti?

— Eu serei o teu tradutor.

Ah não. Que se lixe isso. Ele acha que sou estúpida? Se vou ser prisioneira num prédio cheio de pessoas que só falam russo. Tenho a certeza que ele adora a ideia de eu estar indefesa por aqui, mas isso não vai acontecer. Vou inscrever-me em aulas de russo naquela aplicação de idiomas logo amanhã. Até o bebé nascer, vou estar fluente em russo.

Esse objetivo tira algum do medo de acabar na Rússia. Saber o idioma certamente tornaria esse cenário menos aterrorizante.

Bebo a água, mesmo sabendo que garante que estarei acordada daqui a duas horas para fazer xixi, e deito-me de costas para Ravil. Vou apenas fechar os olhos até a comida chegar.

CAPÍTULO 6

avil

Lucy não acorda quando a comida é entregue, por isso mando Pavel levá-la para o frigorífico da cozinha, dispo-me até ficar apenas de boxers e meto-me debaixo dos lençóis com ela.

E depois fico ali deitado, acordado, com as mãos atrás da cabeça. A pensar.

Não cheguei à minha posição no topo da *bratva* a mudar de ideias depois de tomar uma decisão. Isso não significa que não modifique um plano em andamento. Apenas que quando defino um alvo, não paro até conseguir o que quero.

Neste caso, talvez não tenha sido totalmente claro sobre o que quero.

É a Lucy? Ou apenas a criança? Ou será que é principalmente para punir a Lucy pela ofensa? Um bom *pakhan* é capaz de ver a sua própria fraqueza. Conhecer os seus motivos.

Blyat. Eu queria puni-la.

Algum fragmento daquele rapaz esfomeado de Leninegrado ainda existe em mim e acredita que pessoas como

Lucy Lawrence são melhores do que eu. Que quando decidem que não sou digno de respeito e decência, devem ter razão.

E depois o eu mais velho, aquele que se provou com punhos e facas, tem de esmagar essas pessoas para provar que não é verdade.

E a Lucy desrespeitou-me por completo.

Passa uma hora. Depois outra. Analisei todos os ângulos de todas as possibilidades vezes sem conta apenas para conhecer as minhas opções. As decisões continuam a não surgir.

Lucy mexe-se, depois senta-se.

— Tens fome, gatinha?

Ela dirige-se à casa de banho com uma mão sobre a barriga. — Hum, *sim*.

— Queres aquelas asas picantes agora?

— Não — geme ela. Fecha a porta, e ouço-a a fazer xixi do outro lado.

Levanto-me da cama. — O que te apetece comer?

— Não sei. Comida.

— Muito útil, Doutora. Vem. Levo-te à cozinha.

— Ohh, o meu próprio escolta. Acho que devia agradecer-te por me deixares sair da minha cela.

— Depois do incidente com a água? Sim — digo eu, embora não seja verdade. Não guardo rancor por isso. Amea-cei-a. Ela retaliou à sua maneira. Gosto da sua ousadia. Agora podemos seguir em frente.

Se ao menos eu tivesse a certeza de como deveria ser esse "em frente".

Pego-lhe no cotovelo e levo-a até à enorme cozinha, rezando para que nenhum dos rapazes esteja por ali porque não quero que ninguém a veja com aquele pijama minúsculo.

— Por favor, diz-me que tens mais do que apenas comida russa — sussurra ela enquanto acendo a iluminação baixa por cima do fogão. É uma cozinha de sonho, ou pelo menos é o que me dizem.

Eu não cozinho. A cozinha é adjacente à sala de estar, aberta de um lado, com um bar de pequeno-almoço e uma ilha central, tudo em granito rosa e preto. Os eletrodomésticos são em aço inoxidável. Os armários são de ácer maciço com sistema de fecho suave e iluminação incorporada por baixo. Também ligo o interruptor dessa luz. Se ligasse a luz principal, ficaríamos ambos cegos.

O brilho suave ilumina a pele pálida e o cabelo da Lucy. Está lindamente desalinhada. Tenho vontade de acariciar aquela barriga inchada, mas não estamos propriamente nesses termos de momento.

Abro o frigorífico e espreito lá para dentro. — Tens algo contra a comida russa?

— Bem, a tua cultura não é exatamente conhecida pela sua fineza culinária.

— Tem cuidado ou não vais comer nada além de borscht e pierogies pelo resto da semana.

Ela pisca os olhos para mim, e eu espero outro insulto, mas ela diz: — Tens pierogies?

Sorrio, indulgente. — Isso parece-te bem, gatinha?

— Talvez.

Tiro um recipiente. — Tens de pelo menos experimentar estes. São os melhores pierogies que já provei. Feitos pela Sra. Kuznetzov do quarto andar. — Destampo-os e coloco-os na bandeja do forno tostador. Aprendi que a massa exterior fica mole se tentares aquecê-los no micro-ondas. — Apenas alguns minutos. — Volto a minha atenção para o frigorífico. — O que mais te apetece? Alguns frutos silvestres? — Tiro um recipiente de mirtilos orgânicos.

— Mmm. Sim. — Ela pega nele e leva-o para o lava-loiça, a enxaguar os mirtilos sob um fio de água. Observo o seu rabo. De costas, não daria para saber que está grávida. Ela carrega à frente, por isso ainda parece ter cintura. O rabo está mais cheio do que estava no Dia dos Namorados, redondo e fodível. Muito sexy.

Passaram-se algumas horas, e estou pronto para atacar aquele rabo novamente.

A noite toda.

Pena que ela precise de descansar.

Claro, um orgasmo pode ajudá-la a dormir.

O forno tostador apita, e verifico os pierogis, a certificar-me de que aqueceram por completo.

Lucy coloca alguns mirtilos na boca. — Qual é a tua comida preferida?

— Comida russa?

Ela acena, a mastigar um mirtilo suculento.

Abano a cabeça. — Não gosto de comida russa.

— Vês? — diz ela, depois tapa a boca com a mão porque foi demasiado alto.

Sorrio porque adoro vê-la um pouco descontraída. Quero mais disso.

Ela olha para mim, o seu olhar descendo do meu rosto para o meu peito nu, sobre as minhas tatuagens. O seu olhar continua pelos meus abdominais até aos meus boxers, onde o meu pénis saúda o seu interesse.

A sua expressão é difícil de ler, mas pela forma como os seus mamilos marcam a sua camisola fina, sei que ela gosta do que vê.

— Queres mais? — pergunto, dando um aperto brusco no meu pénis.

Ela engole em seco, erguendo o olhar novamente para o meu rosto. Vejo indecisão ali. O seu corpo quer. A sua mente resiste. Ela teve o mesmo dilema no Black Light, embora agora eu ache que é mais por não querer ceder-me nada do que por se render aos seus desejos.

Torno as coisas mais fáceis para ela, ao entrar no seu

espaço e pousar levemente as mãos na sua cintura. Viro-a para ficar de frente para o balcão. — Nem sequer te vou dar palmadas desta vez — murmuro.

Ela não se mexe. Também não me recusa. Com ela, tomo isso como um sim. Ela não me vai pedir, mesmo que saiba que é o que quer.

Deslizo a minha mão para baixo, entre as suas pernas. — Faço-te uma aposta. — Roço os meus lábios pelo seu pescoço, as mechas sedosas do seu cabelo loiro a deslizar pelo meu rosto com a barba por fazer. — Aposto que consigo fazer-te gozar antes do tostador apitar.

Ela olha para o forno tostador. Faltam dois minutos.

— Pensei que os homens deviam orgulhar-se de demorarem muito tempo... não pouco tempo. — A voz dela está espessa.

Deslizo os dedos para debaixo dos pequenos calções do pijama e acaricio as suas dobras. Ela já está molhada.

A escorrer.

— Isso seria eu aguentar muito tempo. Estamos a falar de tu gozares. — Afundo um dedo dentro dela. — Nem sequer vou usar o meu pénis. Trato feito?

Ela apoia as mãos no balcão polido. — Na verdade — olha por cima do ombro para mim, com uma expressão imperiosa no rosto — quero o teu pénis.

Sorrio maliciosamente. — É mesmo? — Esfrego a minha ereção contra o seu traseiro macio.

— Os dedos nem sempre funcionam comigo — confessa.

Puxo os calções dela para baixo com um movimento rápido, e eles caem para o chão da cozinha. No segundo seguinte, tenho a cabeça do meu pénis a esfregar sobre a sua entrada. — Os teus dedos ou os meus?

Ela inspira quando penetro a sua entrada, a empurrar suavemente para dentro. — Os meus — confessa.

— Garanto-te que os meus são mais habilidosos — gabome, o que pode ou não ser verdade. Consegui arrancar-lhe muitos orgasmos da primeira vez que estivemos juntos. Empurro para a frente até estar completamente dentro, depois retiro-me lentamente, quase por completo. Ela estremece em resposta. — Mas vou deixar-te mandar esta noite.

Entro e saio lentamente, depois agarro as suas ancas para uma série de estocadas curtas e superficiais.

A respiração dela acelera, os dedos esticam-se sobre o balcão.

Envolvo um braço à volta da sua cintura, para saber que a sua barriga está protegida e invisto mais forte e mais profundo.

Ela geme, e eu cubro a sua boca com a minha mão, não que me importe que os rapazes nos oiçam, mas ela pode importar-se. Não vou envergonhá-la. Cavalgo-a com a minha mão sobre a sua boca, depois afroujo o aperto e deslizo a mão pelo seu pescoço, prendendo-a ali levemente.

— Acho, no entanto, *kotyonok*, que preferes quando eu estou no comando.

A sua vagina aperta o meu pénis, mesmo enquanto ela abana a cabeça negando.

Deslizo a minha mão mais para baixo, até ao seu peito, onde belisco o seu mamilo.

A sua respiração transforma-se em soluços. Continuo a descer, pousando a almofada do meu dedo indicador sobre o pequeno botão do seu clítoris.

— Gostas dos meus dedos agora, gatinha?

— *Ung*. — Ela faz um som necessitado.

Olho para o temporizador no forno tostador. Estou a ficar sem tempo. Esfrego um pouco mais forte.

Ela grita.

— Queres mais forte, *prekrasnyy*?

Ela arqueia-se mais, a empurrar contra mim. Tomo isso como um sim.

Abandono o seu clítoris para agarrar as suas ancas com ambas as mãos e fodo-a com força, os meus quadris batendo contra o seu rabo pálido, enchendo a cozinha com o som do sexo.

As minhas bolas apertam-se. As coxas tremem. Posso gozar.

O temporizador está quase no zero. — Goza para mim, gatinha. — Fecho os olhos e deixo-me sucumbir ao prazer de estar dentro dela — como o encaixe é incrivelmente suculento e ajustado, como se sente proibido com ela a odiar-me, aqui como minha prisioneira. Como é certo.

Perco o controlo e mergulho fundo para gozar. No momento em que o faço, ela tem espasmos à volta do meu pénis, ordenhando-o para o meu esperma, tendo um orgasmo em perfeita sintonia comigo, como se os nossos corpos fossem feitos um para o outro. Como se só pudéssemos gozar juntos.

— É isso, linda. — Esfrego o seu clítoris novamente, lentamente agora.

O temporizador apita.

Beijo-lhe o pescoço e saio devagar, para pegar em alguns guardanapos para nos limpar.

Ela soluça, baixando-se sobre os antebraços no balcão, como se não fosse capaz de ficar de pé.

— Estás com tonturas, *kotyonok*? — Limpo-a com o guardanapo.

Ela inspira lenta e profundamente. — Estou bem.

Deito fora os guardanapos e pego nos calções do pijama dela do chão, a agachar-me para ajudá-la a vesti-los.

Ela equilibra-se com uma mão na minha cabeça. Depois de subir os calções, dou uma mordidela, depois planto um beijo entre as suas pernas, erguendo o olhar para o dela.

Ela larga a minha cabeça e dá um passo atrás. Ela pode

deixar que a satisfaça, mas a intimidade pós-coito ainda não está em cima da mesa.

Levanto-me e lavo as mãos, depois tiro a bandeja do forno tostador e coloco os pierogies quentes num prato. — Se *tivesse* de escolher uma comida russa favorita, seria esta — digo-lhe, oferecendo o prato. — Experimenta um.

Ela estende a mão para pegar e depois para. — Com os dedos ou um garfo?

Pego num com os meus dedos e levo-o aos seus lábios. — Quem se importa? — murmuro, enquanto ela abre a boca. — Estás numa cozinha escura a meio da noite. Não há nada para acertar ou errar, gatinha. — Já sei que ela é do tipo que quer fazer tudo certo. Há demasiado controlo nervoso na sua vida. Tive de a vendar no clube para ela se sintonizar comigo e com o seu corpo.

Ela morde o pastel de carne e geme. — Meu Deus, isto é bom — diz ela com a boca cheia, a apanhar as lascas de massa dos lábios com as pontas dos dedos. — Que especiaria é essa?

— Endro.

— Endro? — pergunta incrédula, a segurar o pastel à altura dos olhos e a observar o seu interior.

— Carne de vaca. Batata. Queijo. E endro. É perfeito, não é?

Ela dá outra dentada como se estivesse subitamente esfomeada. — Tão bom — murmura.

— Vem cá. — Levo-a pelo cotovelo até um dos bancos do outro lado do bar de pequeno-almoço. — Podes sentar-te quando comes.

— Posso? O que mais me vais permitir, *mestre?* — As suas palavras são ácidas, mas não há agressividade nelas. Ela lança-me um olhar rápido como se se tivesse lembrado tarde demais que já me chamou *Mestre* antes.

E gostou.

Sirvo um copo de leite e coloco-o à sua frente, depois

inclino-me no balcão, a observá-la comer. Ela devora três pierogies e bebe o seu leite.

Quando olha para cima, mantém o meu olhar. — Lamento não ter tentado contactar-te, Ravil. — Sinto a sinceridade na voz dela, e quase acredito nela, até ouvir o seu tom. — Mas encontraste-me agora. Não vou tentar afastar o nosso bebé de ti. Deixa-me ir. Vamos estabelecer um acordo de custódia. Cinquenta-cinquenta se é isso que queres.

Sei que é uma grande concessão. Ela não me quer de todo na vida do nosso filho. Mas não estou interessado. Abano a cabeça. — Não estamos a negociar, Doutora. Perdeste a janela para isso. Agora eu é que conduzo, e tu vais ser uma boa menina e fazer tudo o que eu pedir.

Os seus olhos estreitam-se. — Não podes...

— Ah, mas posso. Estou a fazê-lo, gatinha. Habitua-te.

Ela levanta-se do banco e afasta-se decidida, diretamente para a porta da frente.

Que giro.

Ela alcança a maçaneta.

Ela não conseguiria sair. Mesmo que eu a deixasse atravessar esta porta, tenho um homem no elevador e outro ao nível da rua. Ela nunca sairia do edifício a menos que eu permitisse. Ainda assim, ordeno: — *Não* — com toda a autoridade que tenho.

Ela congela, com a mão em volta do puxador.

— Este é o teu único aviso.

Vejo o arrepio percorrê-la.

Para ajudá-la a salvar a face, vou buscá-la, agarro-lhe o cotovelo e guio-a de volta ao meu quarto. Ela não diz nada, mas sinto uma tempestade a formar-se dentro dela.

Não é bom para o bebé.

Nem para ela.

Não me importo que ela esteja frustrada, mas não posso

deixá-la stressada. Raptar uma mulher grávida do meu filho talvez não tenha sido a minha decisão mais inteligente.

Fecho a porta suavemente atrás de nós, e ela liberta-se do meu aperto. — Acalma-te, gatinha. Não é assim tão mau. O que te está a deixar em pânico?

Acendo um candeeiro para ver o seu rosto. Está corado de raiva, e ela respira rapidamente.

— A minha vida! — ela lança os braços ao ar.

— Vais trabalhar remotamente.

Ela abana a cabeça. — Os meus pais.

Aceno com a cabeça. — Visitas-os aos sábados.

Ela fica imóvel. — Fizeste o teu trabalho de casa.

Encolho os ombros. — Gosto de estar preparado. O teu pai é sócio na firma onde trabalhas. Teve um AVC recentemente.

— Sim — sussurra ela. — Se não for vê-lo no sábado, a minha mãe saberá que algo está errado. Se eu lhe disser que estou de repouso, ela virá ao apartamento.

Abano ligeiramente a cabeça. — És uma mulher muito inteligente. Tenho a certeza de que vais encontrar algo para lhe dizer.

Os lábios de Lucy afinam-se. — Não me pareces louco, Ravil. Pareces-me um homem muito razoável e perspicaz. Porque estás a fazer isto?

Deito-me na cama. — Tu própria és uma mulher perspicaz. Descobre. — Desligo a luz.

Ela fica imóvel na escuridão por vários segundos e depois dirige-se à casa de banho.

Olho para o teto ou para onde veria o teto se não estivesse escuro.

Engraçado. Quero que ela descubra quando nem eu mesmo tenho a certeza.

CAPÍTULO 7

Lucy

Não pensei que conseguiria adormecer novamente porque estou perturbada, mas consigo. Os meus sonhos são sensuais e exuberantes. Como muitos dos sonhos desde que fiquei grávida, estes incluem o Ravil e o Black Light. Desta vez, a Gretchen e eu chegamos ao clube de BDSM de elite. É a minha primeira vez de volta desde o Dia dos Namorados. Estou à procura do Ravil - ele é o único com quem quero brincar. No sonho não estou grávida. Ravil encontra-me, mas está zangado.

Eu nunca liguei.

Ele leva-me para a grande estrutura em cruz para me amarrar e chicotear. Estou assustada, mas também totalmente excitada. Ele prende algemas nos meus pulsos e tornozelos...

E depois acordo.

Excitada.

Desiludida por não ter conseguido terminar o sonho.

E furiosa por ser uma prisioneira no domínio deste homem.

Olho para o relógio. É muito mais tarde do que costumo dormir. Se estivesse a ir para o escritório, já estaria a sair porta fora a correr. Ainda bem que vou ligar a avisar.

Risca isso do registo. Não é bom. Sou uma prisioneira que está a ser impedida de ir.

Ravil sai da casa de banho, com uma toalha enrolada à cintura. É todo músculo. Pele dourada com uma leve camada de pelos, tatuagens no peito, ao longo dos braços e até nos nós dos dedos. As tatuagens fazem parte da bratva. Marcas de crimes, tempo na prisão, células. Foi assim que reconheci o que ele era quando me associei a ele. Por isso é que não queria ser emparelhada com um homem como ele, apesar de ele ter acabado por ser um parceiro atento e ponderado.

É pena que continue a ser um criminoso que pensa que pode fazer o que quiser.

Correção — que provavelmente *pode* fazer o que quiser.

Ele entra no closet e deixa cair a toalha, por isso tenho a vista completa do seu corpo nu. Não sou o tipo de pessoa que fica a olhar para a constituição física dos homens, mas até eu sei que ele é um espécime perfeito. Glúteos firmes que se flexionam quando ele veste as cuecas boxer. Músculos que ondulam nas suas costas largas quando veste uma t-shirt branca.

Ele é sexy. Tudo nele é sexy, desde o sotaque até ao comportamento frio e confiante, até aos olhos azul-gelo. Quem me dera não ser tão afetada pela sua presença. Talvez conseguisse pensar numa maneira de sair desta situação. Por outro lado, talvez tornasse esta situação um milhão de vezes pior. Porque a única coisa que a torna minimamente tolerável é a satisfação sexual.

— Vais ligar para o trabalho esta manhã — diz ele sem se virar, sabendo que o estou a observar.

Não respondo.

— Diz-lhes que tens pré-eclâmpsia. Posso arranjar-te uma nota do médico caso precises.

Acho que ele pensou em tudo.

— Uma secretária será entregue daqui a uma hora.

Franzo o sobrolho, mas pego no telemóvel, que encontro a carregar ao lado da cama. Ligo para o escritório.

Que merda.

O eufemismo do ano.

Começo pelo Dick porque ele é o imbecil que me vai criar mais problemas. Assumo o meu tom mais brusco e profissional. Nada como ligar ao típico chefe machista com problemas femininos. — Olá Dick, é a Lucy. Vou ligar para os Recursos Humanos a seguir, mas queria começar por ti. O médico mandou-me ficar em repouso. Vou trabalhar a partir de casa e estarei totalmente disponível por vídeo ou teleconferência. Não preciso de nenhuma redução de carga de trabalho e posso tratar de todos os meus casos.

— Repouso? — resmunga ele. — O que aconteceu?

— Isso, claro, é pessoal. Terei todo o gosto em fornecer os meus registos médicos ao RH se for necessário.

— E quando fores necessária no tribunal?

— Ainda não sei, mas vou elaborar um plano e manter-te-ei informado. Tudo o que precisas de saber é que nenhum dos meus casos vai sofrer com esta mudança. Na verdade, provavelmente todos beneficiarão, já que vou poupar tempo na deslocação.

— Percebo. Bem, espero que esteja tudo bem. Sabes, com o bebé. — Ele arrasta a última sílaba como se estivesse a esperar por mais informação, mas não vou dar mais nada ao cabrão.

— Estarei tão disponível como sempre — digo firmemente. É ilegal discriminar-me por causa desta situação, mas tenho a certeza de que todos vão tentar.

— Tens a certeza? Quero dizer, se precisares de tirar uma licença...

— Não preciso — interrompo e não digo mais nada, deixo a censura na minha voz reverberar.

— Está bem. — Ouço a dúvida fabricada na voz dele e, como de costume, quero dar-lhe um pontapé nas canelas com os meus sapatos mais pontiagudos.

— Preciso de fazer mais algumas chamadas, Dick. Falamos mais tarde.

— Sim. — Ele desliga.

Inspiro profundamente e expiro lentamente.

— Gosto da tua voz de chefe autoritária — diz Ravil da entrada do closet, a apertar o seu pénis através das calças bem engomadas.

Passo por ele a caminho da casa de banho. — Pensei que gostavas de estar no comando.

— Não é uma questão de gostar, gatinha. Eu *estou* no comando. — Ele coloca um Rolex no pulso. — Sempre. Mas é mais prazeroso assumir o controlo de uma mulher forte. Ganhar a tua rendição é um desafio que aprecio.

— Não vais conseguir — digo-lhe enquanto fecho a porta da casa de banho.

— Veremos — diz ele suavemente. — Vou buscar o teu pequeno-almoço. Queres ovos? São uma boa fonte de proteína quando se está grávida.

Alguém andou a fazer a sua pesquisa.

Não sou do tipo diva exigente, mas é tentador testar quantas exigências posso fazer. Ravil prometeu cuidar bem de mim durante a minha gravidez. Tenho curiosidade em saber até onde posso ir. Abro ligeiramente a porta. — Aceito uma omelete de espinafres — três ovos — com queijo. Torradas com manteiga e algum tipo de fruta.

Ele acena com a cabeça sem comentar e sai.

Ok. Vou continuar a forçar os limites, então.

Tomo um duche rápido. Quando saio, descubro que ele arrumou as minhas roupas no closet dele. Não sei como ele soube o que trazer, mas escolheu as minhas roupas de trabalho favoritas, sem os saltos altos, bem como uma seleção decente das minhas roupas de casa. Quero reclamar, mas na verdade, não há nada para protestar. O homem é algo sobrenatural na sua capacidade de me decifrar.

E nem tenho a certeza se sei decifrar-me a mim mesma metade do tempo.

Visto um vestido de transpassar — o meu básico favorito da gravidez, já que se adapta aos meus seios e barriga em crescimento. Faço o resto das minhas chamadas para o trabalho, a verificar com o RH, a secretária que partilho com outros três advogados, e o estagiário de verão que foi designado para me ajudar em alguns casos. Não tenho ideia do que vou fazer em relação ao tribunal, mas acho que resolverei esse problema quando chegar a altura.

Experimento a porta para descobrir que está trancada pelo lado de fora — um perigo de incêndio, devo notar. Vou registar essa queixa ao Ravil imediatamente.

Ouve-se uma batida e Valentina está ali com um tabuleiro contendo uma omelete de espinafres, torradas e morangos cortados. Começo a passar por ela, mas o gigante russo — Oleg, creio eu — está sentado do lado de fora da minha porta, com a cadeira virada para mim. Ele olha-me impassivelmente.

Saio do quarto.

Ele levanta-se.

— Ceeeerto — digo para ele. — Acho que és o meu guarda prisional?

Nada muda no rosto dele. Ele não me fala em russo como os outros fizeram. Não mostra sequer que me ouviu.

Viro-me em direção à cozinha e dou um passo, e ele

move-se para posicionar o corpo à minha frente, a bloquear o meu caminho. Caramba, ele é grande.

Bem, acho que não preciso de me preocupar com o perigo de incêndio. O gigante certamente deixar-me-ia sair.

Se o cheiro da comida não me estivesse a fazer crescer água na boca, eu poderia ter ficado para lutar com o meu guarda, mas a considerar que a comida está no quarto e o meu corpo está ocupado a desenvolver um bebé, viro-me e volto para dentro.

Posso lutar com o Hulk mais tarde.

Valentina colocou o tabuleiro na mesa de cabeceira, como se eu estivesse mesmo de repouso.

— Não vou comer na cama — digo-lhe, embora ache que ela também não fala inglês.

Ela olha para mim sem expressão. Aponto para a poltrona e mesa junto à janela. Mais vale aproveitar a vista. Pelo menos a minha gaiola é dourada.

Ela acena com a cabeça e obedece, a colocar o tabuleiro e a tagarelar comigo em russo.

Gostava de ter uma pista do que ela está a dizer. Vou começar com essa aplicação de idiomas... agora mesmo, enquanto como. Sento-me e ataco a comida, que está deliciosa. Aparentemente há mais do que apenas comida russa neste lugar, graças a Deus.

Devoro tudo enquanto começo a praticar russo. Pelo menos tenho algo em que me focar. Isso impede-me de entrar em pânico com a minha situação.

Ainda assim, quando Ravil entra, estou pronta para esfolá-lo.

Ravil

A secretária chega exatamente a horas, e mando os

rapazes levá-la para o meu quarto. Sigo-os para atuar como tradutor desnecessário.

— Onde gostarias que colocasse a secretária, Lucy?

Ela fulmina-me com o olhar. — No meu próprio escritório. Na minha própria casa.

Vendo que ela escolheu sentar-se junto à janela para tomar o pequeno-almoço, indico aos meus homens que a montem em frente à janela, para que ela possa ter as vistas espetaculares do Lago Michigan enquanto trabalha.

— *Spasibo* — agradece ela em russo quando eles terminam.

Escondo a minha surpresa. Advogada astuta. É claro que já está a ensinar-se russo. A minha bela prisioneira não vai sentar-se e fazer de Rapunzel para mim. Está a reunir os seus recursos e a planear a sua fuga.

Esse pensamento faz-me sorrir.

Adoro mesmo um adversário competente.

Especialmente uma tão bela como ela.

— É bom que estejas a aprender russo — digo-lhe quando os homens saem. — Caso contrário, o nosso filho e eu poderemos falar sobre ti nas tuas costas.

Ela pisca os olhos. Tenho a certeza de que a minha apresentação da ideia dos três a funcionarmos como uma família é um choque. Honestamente, também me surpreende, de uma forma decididamente agradável. A imagem de mim e do nosso filho a passarmos pelo prestigioso escritório de advocacia da Lucy, o nosso pequeno rapaz a carregar a flor que comprei para ele lhe dar como surpresa, passa pela minha mente. Não tenho ideia porque terei fabricado tal fantasia, mas o seu apelo é real.

Agora, ela está a vestir aquela persona forte como aço de tribunal. Leva as mãos à cintura e endireita-se. Tenho a sensação de que ela sente falta dos saltos de dez centímetros.

— Ravil, isto é loucura. Vou enlouquecer fechada neste

quarto. Queres-me saudável e calma para o nosso bebé? Isso não vai acontecer comigo confinada aqui. Por mais bonita que seja a vista. — Ela gesticula para a janela.

Inclino a cabeça na direção da porta. — Não disse que não podes sair do quarto, embora use isso como castigo se te comportares mal.

Ela estreita os olhos. — Então o que faz o gigante lá fora?

— Se saíres do quarto, serás acompanhada por mim. Qualquer saída será a meu critério.

Os lábios dela comprimem-se.

Coloco as mãos nos bolsos. — Gostarias de ir dar um passeio?

Ela olha pela janela. — Lá fora?

— Sim.

Ela acena. — Sim.

Sinto-me tentado a corrigi-la. A fazê-la chamar-me *Mestre*, mas ela já está furiosa. Não seria bem recebido agora. Pode nunca mais ser bem recebido, apesar do interesse dela em ser dominada sexualmente.

Ela vai ao closet e calça o par de ténis que trouxe para ela. Quando passa por mim em direção à porta do quarto, deixo-a ir, a dispensar Oleg do seu posto e seguindo-a até à porta da frente.

Ela hesita à entrada, talvez a lembrar-se que a detive ali na noite passada. Estendo o braço e abro a porta para ela, pousando a minha mão na parte inferior das suas costas. — Vamos, linda.

Ela lança-me um olhar de soslaio e entra no corredor e depois no elevador comigo.

Lá em baixo, paro na receção para a apresentar ao Maykl. — Lucy, este é o Maykl, o porteiro e membro da nossa célula. — Em russo, digo-lhe: — E esta é a Lucy, a bela mãe do meu filho. Não a deixes sair daqui sem mim em momento algum.

Ela é minha cativa. Entendido? — Já lhe disse isto, mas não faz mal repeti-lo.

— Entendido. — Ele inclina a cabeça com respeito. Para Lucy, diz em russo: — Prazer em conhecê-la, cativa.

O olhar dela desce para os nós dos dedos dele, onde tem uma tatuagem, e depois sobe para o rosto. — *Zdravstvuyte.* — Ela cumprimenta-o em russo — o seu sotaque não é mau, a considerar que provavelmente só começou a aprender hoje.

O rosto dele abre-se num sorriso. — *Zdravstvuyte.*

— Vem. — Uma onda de possessividade invade-me. Pego na mão dela e levo-a para fora.

— Agora andamos de mãos dadas? — A mão dela está frouxa na minha.

— Sim. A menos que prefiras que te algeme a mim?

Ela olha-me de relance como se estivesse a verificar se estou a falar a sério. Não estou, mas não sorrio para dar a entender.

A mão dela ganha forma, a ajustar-se à minha palma, a segurar a minha mão de volta. É uma sensação agradável. Em vez disso, entrelaço os nossos dedos e levo-a para o lago.

É uma manhã de verão quente — ainda não muito quente, especialmente com o vento vindo do lago. Levo-a para o caminho pedonal ao longo da margem. Está cheio de pessoas a desfrutar do lindo dia. Crianças a correr pela areia, a gritar e rir, pessoas em bicicletas, em skates, com cães. Uma jovem mãe passa a empurrar um carrinho vazio, um bebé gordinho a dar pontapés preso ao seu peito. Ele estende um dedinho rechonchudo para apontar para Lucy, e ela para, sorrindo para ele.

Não é um sorriso sereno, mas o sorriso gigante e sem censura reservado para bebés. O tipo que ilumina todo o rosto e faz os pássaros cantarem.

Os meus joelhos fraquejam ao vê-lo nela. Nunca vi esse nível de alegria nela — não que não seja fabricado. Mas ainda assim. De repente, faz-me querer ganhar esse sorriso para mim. Faz-me ansiar por vê-la a brincar com o nosso bebé. A segurá-lo nos seus braços. Ou preso ao peito dela como a jovem mãe que ri e arrulha para o seu filho enquanto se afasta, devolvendo o seu próprio sorriso a Lucy.

Ou melhor ainda, eu usarei o bebé preso ao meu peito, e então poderei ver os sorrisos também.

De repente, Lucy para de andar, a sua mão solta-se da minha para segurar a barriga. As pessoas atrás de nós resmungam enquanto passam por nós. Empurro-a contra o parapeito para sair do fluxo de pessoas.

— Estás bem? O que foi? — Ocorre-me que ela poderia estar a fingir numa tentativa de fuga, mas então vejo que o seu rosto está cheio de espanto.

Os olhos dela brilham com lágrimas. — Ele deu um pontapé.

Pressiono a minha mão na barriga dela também. — Primeiro pontapé? Ou a primeira vez que o sentiste? — Eu queria perguntar-lhe porque tinha lido que a primeira manifestação do bebé deveria estar a acontecer em breve.

Ela acena com a cabeça, um sorriso a puxar os cantos da boca.

Escuto com os meus dedos.

— Aí? — diz ela. — Sentes? — Ela pressiona a mão sobre a minha, a empurra-la mais fundo na barriga.

Levemente, como pequenas bolhas ou vibrações, registo algo. Aproximo-me mais dela, a moldar o meu corpo ao seu, a ocupar todo o seu espaço pessoal. — O nosso filho — murmuro contra o seu pescoço.

A respiração dela soluça.

Passo levemente os meus lábios pela sua pele.

Ela não move a mão da minha. Não se move de todo. Mordisco levemente. Mordo o lóbulo da sua orelha, beijo o seu queixo.

Levanto-lhe o queixo para olhar para aqueles olhos casta-nhos caídos. — Percebo agora porque chamam à gravidez um milagre.

Ela examina-me, como se estivesse a medir a verdade. — Sim — acena após um momento de escrutínio. — Eu também.

— Este bebé é um presente.

Um que ela tentou esconder de mim. Mas não digo isso. Não guardo ressentimento dela agora. Só quero absorver o momento. A doçura do nosso bebé a dar pontapés.

Sinto uma corrente de tensão percorrê-la, mas ignoro-a e baixo os meus lábios para os dela. Fodemo-nos duas vezes, mas é o nosso primeiro beijo desde o Black Light, e tomo o meu tempo, a roçar suavemente sobre a maciez, a mordiscar e finalmente a descer para um gole profundo e completo da sua boca.

Quando me afasto, o rosto dela está corado, os olhos dilatados.

O corpo dela é tão responsivo ao meu, mesmo quando o resto dela me odeia. Isso faz-me querer beijá-la novamente, por isso faço-o. E depois um terceiro beijo, uma pontuação para os dois primeiros. Não espero que ela processe, mas deslizo um braço pelas suas costas e guio-a para o fluxo de pessoas, acompanhando o seu ritmo enquanto caminhamos alguns quilómetros para cima e para baixo ao longo da margem.

Quando ela abranda e está a respirar com dificuldade, guio-a de volta para o meu edifício.

— As pessoas do bairro chamam-lhe o Kremlin — digo-lhe enquanto nos aproximamos. Maykl sai de trás da mesa para nos abrir a porta. Não é uma cortesia que normalmente emprega — ele está definitivamente estacionado ali mais por segurança — mas a mãe do meu filho recebe tratamento especial.

— *Spasibo* — diz ela, a praticar o russo. Para mim, diz: — Só permites que russos vivam aqui?

— Não é uma regra rígida, mas sim. Foi assim que aconteceu.

— E todos estão... *na* tua organização?

— Não. De modo algum. A maioria não está.

Ela reflete sobre isso enquanto entramos no elevador. — Que tipo de negócio tens, Ravil?

— Importações. *Contrabando.*

— Legal? — Mulher esperta.

Encolho os ombros e deixo-a interpretar isso como quiser. Ela acena como se entendesse perfeitamente.

— Também microcrédito.

Ela observa-me como se estivesse a tentar descobrir se isso é legítimo. — Agiota?

Sorrio. — Já não. A maioria dos meus clientes vive no edifício. Invisto nos seus pequenos negócios. Ou pagam-me juros ou tornam-me sócio. É uma situação vantajosa para ambos.

— Conta-me sobre o incêndio.

Abano a cabeça. — Essa é a história do Adrian para contar.

— Foste tu que o ordenaste?

— Não.

— Foi negócio da bratva?

— Não.

Os olhos dela estreitam-se como se não acreditasse em mim. — Disseste ao Adrian para não me contar a história completa?

Inclino a cabeça para o lado. — Não, mas também não o encorajei a falar. — No que me diz respeito, ela não precisa de saber a história do Adrian a menos que ele queira contá-la, e duvido que ele queira. Eu não o impedi de tentar queimar aquele edifício, e não o impedirei se ele continuar a perseguir o dono do edifício, Leon Poval. Ele tem todo o direito.

Adrian é novo na América e novo na minha célula, mas se me tivesse pedido ajuda para acabar com Poval, eu tê-la-ia dado. Ainda darei.

Chegamos ao nosso andar e acompanho-a para fora do elevador.

Oleg, Nikolai e Dima estão na sala de estar, como de costume, quando entramos.

— *Privet, kak dela?* — Lucy chama alegremente. O sotaque dela precisa de trabalho, mas a saudação, "Olá, como estás?", é totalmente reconhecível.

Nikolai exagera a sua surpresa, sorrindo para Lucy. — Ela fala russo! — exclama ele em russo. — Estou bem, querida, obrigado por perguntares.

O seu gémeo também sorri. — Sim, tudo bem por aqui. Provavelmente melhor do que tu, a considerar que estás a ser mantida prisioneira pelo nosso chefe.

— Cuidado — digo eu. — Ela é esperta. Na próxima semana, provavelmente já vos vai entender.

— Na próxima semana, ela terá descoberto que todos nós falamos inglês — diz Dima.

— *Privet, Oleg.* — Lucy faz questão de acenar para Oleg, que, claro, não respondeu.

Ele levanta o queixo um pouco para reconhecê-la.

— Oleg não fala — digo-lhe. — A célula da bratva em que ele estava cortou-lhe a língua para o impedir de falar sobre as coisas que tinha visto antes de o deixarem assumir a culpa. Ele passou doze anos numa prisão siberiana antes de ser libertado e fugir para a América.

Os olhos de Lucy arregalam-se, e ela engole em seco. — Lamento, Oleg. Como se diz *lamento*?

— *Izvinite* — digo-lhe.

— *Izvinite* — diz ela.

Oleg ainda faz pouco sinal de reconhecimento, o que não é incomum. O homem é como uma rocha. Enorme, sólido e tão expressivo quanto. Acho que quando perdeu a língua, deixou de tentar comunicar de qualquer forma que não fosse com os punhos e o puro tamanho.

— Precisas de alguma coisa? — pergunto.

Ela abana a cabeça. — Tenho trabalho para fazer.

Levo-a até ao quarto. — Claro. Programei o meu número no teu telemóvel. Manda-me uma mensagem quando estiveres pronta para o almoço.

Ela lança-me um olhar endurecido. — Não vou comer no quarto outra vez.

Faço uma pausa à entrada e pego na mão dela, levando o seu pulso aos meus lábios. Roço um beijo leve sobre o seu pulso. — Queres reformular isso, gatinha?

Um músculo contrai-se no seu maxilar. Ela não quer pedir-me nada, isso é óbvio.

Ela bufa um pouco. Em vez de pedir educadamente, levanta o queixo e encara-me diretamente. — Não me obrigues.

Isso é o mais próximo que ela chegará de implorar, imagino.

— Vou buscar-te para o almoço, então. Meio-dia.

Ela vira-se para o quarto sem dizer palavra.

— Manda-me mensagem se tiveres fome antes. — Não posso deixar que o açúcar no sangue dela baixe.

Ela mostra-me o dedo do meio por cima do ombro, e sorrio ironicamente porque o gesto é mais juvenil do que eu esperaria da profissional durona, mas adoro-o mesmo assim.

Fecho a porta e chamo Oleg para se sentar novamente lá fora.

Para vigiar o meu belo pássaro na sua gaiola.

CAPÍTULO 8

Lucy

Passo a manhã a trabalhar nos meus casos e a comunicar com o escritório — a tentar garantir que todos percebam que continuo disponível e a trabalhar tão arduamente como sempre, mesmo não estando presente fisicamente.

Com a votação para o cargo de sócia a aproximar-se, não me posso dar ao luxo de cometer quaisquer deslizes.

Apesar da insanidade da minha situação atual, sentir o bebé a dar pontapés anima-me. Não sou do tipo espiritual que acredita no "estava destinado a ser" como a Gretchen, a minha melhor amiga da faculdade de direito, mas pareceu uma mensagem do universo de que tudo está bem.

Ou para não me preocupar com coisas pequenas, porque tudo são coisas pequenas. Porque, no panorama geral, estou a ter um bebé, e esse bebé está saudável. E, de facto, é tudo com que me posso preocupar de momento. Quanto à forma como vou sair desta prisão ou o que acontecerá depois do nascimento do bebé... só posso viver um dia de cada vez.

Aprender russo já me faz sentir melhor em relação à

ameaça do Ravil de me enviar para a Rússia. Tenho uma cobertura cheia de pessoas com quem praticar a língua. Cada palavra que aprendo liberta-me da sua tirania.

E estou a ficar cada vez mais certa de que ele não me vai magoar. Ele tem cuidado das minhas necessidades físicas com enorme atenção. Não tenho qualquer queixa para além de querer a minha liberdade.

Portanto, talvez isto tenha acontecido por uma razão. Alguma razão que não consigo ver ainda. É o que a Gretchen diria.

Como se a Gretchen sentisse os meus pensamentos, ela escolhe exatamente este momento para ligar. Olho para o ecrã. Estou a morrer de vontade de falar com ela. É a única pessoa que sabe sobre o Ravil. Ela sabe como o conheci e o que ele é. Mas isso significa que falar com ela e manter a minha situação atual em segredo seria demasiado difícil. Quereria contar-lhe tudo.

Deixo ir para o voicemail com um suspiro.

Opto por mergulhar no caso do Adrian já que estou aqui, envolvida no mundo do Ravil. Abro novamente o seu processo. Ele também vive no Kremlin. Que surpresa. Revejo a nossa interação, que foi breve. Na altura, só conseguia pensar no facto de o pai do meu bebé estar no meu escritório e conhecer o meu segredo.

Agora, examino as poucas palavras que trocámos.

Ele falou em russo e o Ravil corrigiu-o. Parecia algo que já tinham discutido antes — um lembrete. Bato com o dedo indicador nos lábios. Isso não combina com o homem que me disse que ninguém aqui fala inglês.

Para mim, soa ao oposto. Como se ele insistisse que aprendessem e usassem inglês. Por isso, acho que o Ravil está a tentar enganar-me. Manter-me indefesa.

Sinto um pequeno impulso de satisfação ao perceber isto. O meu instinto para aprender russo estava certo, mas pode nem ser necessário. Só preciso de enganar um deles para me responder.

Então o Ravil está a jogar jogos comigo. Sobre que mais terá ele mentido? Enviar-me para a Rússia? É a única ameaça real que fez. Não jurou tirar-me o nosso bebé, apenas que o nosso bebé fica aqui. Isso significa que eu também fico? Ele deixou tudo muito nebuloso.

Pego no telemóvel e ligo à Sarah, a estagiária de verão, para lhe dizer que solicite uma cópia de todas as provas contra o Adrian, incluindo mandados de busca e registos de detenção. Quero pedir-lhe que investigue também o registo de detenção do Ravil, mas não me atrevo. Ele disse que estaria a monitorizar as minhas comunicações. Seria estúpida se assumisse que isso também era um bluff.

Um email do Jeffrey aparece na minha caixa de entrada com o assunto: "A pensar em ti."

O meu estômago afunda-se um pouco.

Por amor de Deus. Não preciso da crise de meia-idade do Jeffrey e das realizações pós-separação por cima de tudo isto.

Abro o email.

Olá Luce,

Estás com um ótimo aspeto — a gravidez assenta-te bem. Podemos almoçar juntos hoje? Tenho saudades tuas e adorava pôr a conversa em dia.

Sem assinatura.

Algo antigo e angustiante enrola-se no meu plexo solar. A velha ansiedade familiar de me perguntar se as coisas com o Jeffrey poderiam resultar. Se poderíamos ser um casal. Se ele seria o pai que eu queria que fosse para a família que queria que criássemos.

Teria ficado muito satisfcita com este email há quatro meses. Antes de me envolver com o Ravil. Talvez mesmo depois de saber que estava grávida, quando percebi como seria assustador fazer isto sozinha.

Mas agora?

Agora é extremamente inconveniente.

E, de certa forma, ainda dói.

Talvez *dor* não seja a palavra certa, mas não gosto do que me faz sentir. Reabre velhas feridas. Eu a questionar-me porque não sou boa o suficiente para o Jeffrey querer pôr-me um anel no dedo. A questionar-me quando estaria pronto. A dobrar-me e a contorcer-me para me encaixar na sua linha temporal muito longa para quando as coisas deviam acontecer. A querer fazer tudo funcionar na perfeição para ele, para que pudéssemos ser nós. E finalmente a perceber que a sua linha temporal nunca iria acelerar para o ritmo que eu precisava se quisesse ter um bebé antes de o meu corpo ficar demasiado velho.

Estivemos juntos oito anos. Lamentei a minha decisão quando a tomei, não porque fosse errada, mas porque amava o Jeffrey. Tinha todo o tipo de visões de um futuro com ele como o marido e pai estável e amoroso. Mas essas eram projeções, não realidade.

Clico em responder.

Olá Jeffrey. Na verdade, estou de repouso na cama, por isso não posso encontrar-me hoje nem num futuro próximo, mas agradeço os teus pensamentos.

-Luce

A resposta dele é imediata.

Meu Deus, está tudo bem? Queres que vá visitar-te? Do que precisas?

Bolas. Não é disto que preciso. Definitivamente não preciso disto. Contenho as lágrimas, a pensar que se estivesse realmente de repouso — se o Ravil nunca tivesse aparecido, e se o Jeffrey tivesse voltado — provavelmente estaria tão aliviada por tê-lo de volta na minha vida. Mas apenas porque ele é familiar. Como família.

Não porque acredite que ele realmente apareceria da

forma como eu precisava. Duvido que ficasse por perto e fosse pai do bebé. Apenas me faria ter esperança e agarrar-me à ideia de que o faria.

Mas e se fosse dele? Será que então ficaria?

Provavelmente não.

Ugh. Abano a cabeça rapidamente. Estes pensamentos não são minimamente úteis. Não é o bebé do Jeffrey, e ele perdeu a sua oportunidade. Eu pensava que ele seria um tipo de pai estável e seguro. O homem que parece bom no papel. Na realidade, seria?

Ou seria eu quem ainda tentaria orquestrar tudo nas nossas vidas para que funcionasse para ele?

Penso na forma como o Ravil me encostou à parede da praia, com a mão na minha barriga, os lábios no meu pescoço. *O nosso filho.*

Ele soava tão maravilhado. Partilhámos o momento de igual para igual. Se o Jeffrey fosse o pai, sentiria a mesma reverência? Duvido seriamente. Ele não é insensível, mas também não parece capaz de sentir muito. Como se quisesse importar-se, soubesse que devia importar-se, mas fosse ambivalente sobre tudo na sua vida, especialmente eu.

O Ravil quer este bebé.

Muito mesmo.

Ele não é o homem que quero para o meu filho, não é o pai que imaginei, mas pelo menos importa-se.

Isso já é alguma coisa.

Clico em responder e escrevo: *Não, obrigada. Estou bem, apenas preciso de seguir as ordens do médico por agora. Obrigada.*

Alguns minutos depois, o Ravil abre a porta sem bater. — Quem é o Jeffrey? — exige ele.

Franzo a testa para ele, a tentar esconder o arrepio que percorre o meu corpo. A sua monitorização definitivamente não era um bluff.

Olho para ele com frieza. — O meu ex.

— O homem que foste esquecer no Black Light.

Ele lembra-se. Adivinhou naquela noite que eu estava a recuperar de uma separação. Foi um daqueles momentos de perceção extraordinária que me impressionou.

Aceno com a cabeça.

O Ravil observa-me, uma sombra no seu rosto normalmente impassível. Enfia as mãos nos bolsos e encosta-se ao batente da porta, a sua postura enganosamente casual. — Livra-te dele.

Levanto as sobrancelhas. — Obviamente que leste os emails. Fiz o meu melhor. Estou a seguir as tuas diretrizes, *Diretor*.

O Ravil abana a cabeça. — Livra-te dele completamente. Da tua vida.

— Ou quê? — respondo, irritada.

— Ou eu farei isso. — Ele é o tipo de homem que baixa a voz quando faz uma ameaça em vez de a elevar, e isso envia brasas de gelo pelas minhas veias.

O medo genuíno pelo Jeffrey faz-me agarrar à borda da secretária. Não sei muito sobre o Ravil, mas imagino que possa ser capaz de coisas terríveis. Incluindo assassinato.

Olho fixamente para ele. — Está bem.

A ideia de dizer algo que cortaria completamente o Jeffrey da minha vida faz-me sentir náuseas. Deixámos as coisas amigáveis — fomos gentis um com o outro durante a separação. Ele ajudou-me a mudar para o meu novo apartamento quando disse que me ia embora. Não houve discussão nem coisas odiosas ditas.

Mas acabou. E não quero colocá-lo em perigo.

— Vou tratar disso. — Estreito o olhar para ele. — Sai.

Os lábios do Ravil franzem-se, e ele sai sem comentários.

Não fico surpreendida quando ele volta atrás no seu plano de me deixar sair para almoçar e envia a Valentina com um tabuleiro de comida em vez disso.

*R*AVIL

Não estou com ciúmes. Simplesmente não sou um homem ciumento. Aprendi em criança a não cobiçar o que outra pessoa tem, mas a trabalhar ainda mais para a ultrapassar.

Mesmo assim, levo o dia todo a ultrapassar a irritação com o Jeffrey.

Blyat.

O Dima já tinha um ficheiro de dados sobre ele, e eu revejo-o. Quero matar o homem, e tudo o que ele fez foi mostrar que ainda se importa com a mãe do meu filho. Mas isso lembra-me, novamente, o facto de que a minha adorável advogada me considerou inadequado para o nosso filho.

E aquele idiota era suficientemente bom?

Que se lixe isso.

Fiel à sua palavra, a Lucy envia-lhe um email a terminar as coisas definitivamente.

Jeffrey,

Obrigada por entrares em contacto hoje, mas é demasiado confuso e doloroso para mim reabrir as coisas contigo. Por favor, respeita os meus desejos e dá-me o espaço que preciso para seguir em frente.

Obrigada,

Luce

Luce. Ela é a merda da *Luce* para ele. Uma pontada de irritação atravessa-me diretamente a testa ao ler a alcunha. E *doloroso*? A sério? Ela ainda estava a lamentar aquele idiota?

Ela pesquisou pornografia russa, lembro-me a mim mesmo. Já o superou. Pelo menos sexualmente. Pelo menos isso tenho com ela.

E quanto ao resto? Bem, merda. Nem sequer decidi se quero mais do que usar o seu corpo para o meu prazer enquanto ela está aqui. Não é como se estivesse a tentar conquistar o seu coração.

No entanto, o resumo do Maxim volta à minha mente. *Fá-la apaixonar-se.*

Que se lixe isso. Ela aprenderá a render-se. É tudo o que preciso dela.

Não preciso do seu amor.

À tarde, ligo à mãe da Natasha, uma parteira e educadora de parto, para vir verificar a Lucy.

Ao contrário da Natasha, que ficou entusiasmada com o trabalho garantido da minha parte e com o facto de eu lhe ter comprado uma marquesa de massagem para grávidas, a Svetlana vê o panorama mais amplo e dá-me cabo da cabeça.

— Porque não posso falar inglês com ela? Porque é que ela está trancada?

— É para a sua própria proteção — tranquilizo-a. — Ela está a carregar o meu filho; se os meus inimigos descobrissem, ambos estariam em perigo.

É um exagero. Tendo a eliminar os meus inimigos bastante rapidamente. A menos que os ucranianos se tornem um problema, as únicas ameaças que enfrento são de dentro da minha organização, e eles eliminar-me-iam a mim, não ao meu filho por nascer.

A Svetlana estreita os olhos para mim. — Então mantém-la prisioneira? Contra a vontade dela? — A mulher sabe que vive num edifício pertencente à bratva. Que beneficia disso de várias maneiras simplesmente por ser russa. Ela tem estado feliz por aceitar a minha generosidade e proteção sem questionar nenhum dos meus métodos até se tratar de uma mulher grávida.

O seu domínio.

— Estás a recusar-te a ajudar-me? — Faço a pergunta suavemente, mas a cor desaparece do rosto dela.

— *Nyet.* Claro que farei o que pedes. — Ela endireita-se.

— Mas se vir que o teu tratamento desta mulher coloca o bebé em perigo, não podes contar com o meu silêncio.

Mantenho o olhar fixo no dela em silêncio, e o desconforto volta à sua postura. Conheci grande violência na minha vida, mas prefiro simplesmente usar a aura de perigo para conseguir o que quero. Não tenho de fazer muito, apenas sugerir uma ameaça.

Aprendi a observar filmes americanos. Aqueles que mais te mantêm na ponta da cadeira — os que realmente incutem medo são aqueles em que o perigo é desconhecido. É o som de arranhões e batidas no escuro, a música que te faz saltar ou te mantém em alerta, não o cnredo em si. A maior tensão ocorre antes de o público realmente ver o que está a fazer aqueles sons. Uma vez que o perigo é realmente identificado — quando o público viu o extraterrestre ou a rapariga no poço ou o que quer que seja — perde muito do seu poder.

A imaginação das pessoas costuma criar consequências muito piores do que aquelas que eu estaria realmente disposto a aplicar.

Svetlana engole em seco, a respiração tornando-se superficial. — Não pretendo ameaçá-lo, Sr. Baranov.

Agora posso ser magnânimo. Levanto a mão. — Não faz mal. Fico contente que a sua principal preocupação seja a saúde do meu bebé e da mãe dele.

Ela acena rapidamente com a cabeça. — Sim, é.

— Ótimo. Venha vê-la.

Destranco a porta do meu quarto e abro-a. Lucy está à secretária, a digitar rapidamente no portátil.

— Lucy, esta é a tua parteira, Svetlana. Ela veio ver-te. — Faço sinal para Svetlana entrar e fecho a porta atrás de nós.

O cabelo loiro comprido de Lucy balança em volta do seu ombro quando ela se vira. — A minha o quê?

— A tua parteira. Svetlana é especialista em partos domiciliários. Tens a extraordinária vantagem de ter a tua própria parteira aqui mesmo neste edifício, por isso ela estará perto quando chegar a hora do parto.

Lucy gira na cadeira e levanta-se. — Desculpa, disseste parto *domiciliário*?

Ergo uma sobrancelha como se a pergunta dela fosse absurda. — Sim. — Na verdade, não seria contra um parto hospitalar, especialmente se isso for o que Lucy necessita. Mas estou a jogar um jogo agora onde eu dito os termos de tudo relacionado com o parto dela.

— Eu tenho um obstetra — olha para Svetlana — Sem ofensa. — Foca o seu olhar em mim. — E vou ter este filho no St. Luke's.

— Partos geridos medicamente resultam em trinta por cento de maior probabilidade de lesão para a mãe ou para a criança. Vais dar à luz naturalmente aqui no edifício. Svetlana tem vinte e cinco anos de experiência a ajudar mulheres a dar à luz tanto na Rússia como neste país. Ela dá aulas de parto, treina doulas e pode até proporcionar-te um parto na água. Estarás em muito boas mãos. Ou não acreditas que uma russa seja digna de ajudar no parto do teu filho?

Lucy fica corada. — Eu... Ravil. — Respira fundo e coloca os punhos nas ancas. — Não finjam nem por um minuto que achas que tenho preconceito contra o teu país ou os seus antigos cidadãos.

Inclino uma sobrancelha. — Não tens?

O seu rubor intensifica-se, como se a própria sugestão de ter um preconceito a perturbe. — Não. — Ela olha para Svetlana antes de voltar a olhar para mim. — Tu sabes que o meu preconceito se baseia na tua... profissão.

Svetlana escolhe este momento para interromper. A falar em russo, ela instrui Lucy a sentar-se na cama. Lucy obedece aos seus gestos.

— Ah, então afirmas que tinhas um conhecimento completo da minha profissão, exatamente o que faço e como gerio o meu negócio? Investigaste isto minuciosamente antes de tomares a decisão de esconder o nosso filho de mim?

Svetlana tira a braçadeira de pressão e coloca-a no braço de Lucy.

O olhar de Lucy desce do meu rosto para a braçadeira de pressão, as bochechas manchadas de rosa. — Eu já pedi desculpa por isso — murmura.

— Não — digo firmemente. — Não pediste. — Ela pode ter oferecido alguma versão de um pedido de desculpa, mas não foi por isso, e não foi aceite.

Ela observa Svetlana a verificar a sua tensão arterial e a registá-la num gráfico. Ela lança uma olhadela aos números.

— Esse gráfico está em inglês! — Lucy aponta. — Svetlana, falas inglês, não é?

Svetlana é sábia o suficiente para não levantar a cabeça ou reconhecer as palavras.

— Vá lá, sou suposta acreditar que ela é uma parteira licenciada neste país e não fala inglês? Não sou tola, Ravil.

Cruzo os braços sobre o peito, os meus lábios a curvar-se ligeiramente. Maxim tinha razão. Nem sequer demorou uma semana para ela perceber. — Isso não significa que alguém vai responder-te em inglês, gatinha.

Observo como essa noção se estabelece sobre ela e não gosto necessariamente da forma como cai. Com Svetlana, eu queria criar desconforto. Quando o faço com Lucy, algo se retorce nas minhas entranhas.

Seja um instinto protetor pelo nosso filho ou porque não suporto ver Lucy tão desequilibrada, não consigo ter certeza. Sempre fui protetor com ela, mesmo no Black Light.

Svetlana entrega a Lucy uma tira de teste e um copo e, em russo, diz-lhe para fazer xixi nela.

Aparentemente Lucy está familiarizada com o teste porque leva-o para a casa de banho e regressa uns momentos depois, a devolver a tira. Svetlana compara as cores na tira de teste com o seu gráfico. — Está bom — diz em russo enquanto o regista. Tira o estetoscópio e ausculta o peito de Lucy, depois a sua barriga.

Svetlana apalpa a barriga de Lucy e depois tira um instrumento em forma de cone, colocando-o na lateral da barriga e auscultando-o.

— Estás a ouvir o batimento cardíaco do bebé? — pergunto.

— Sim. — Svetlana afasta o ouvido. — Queres ouvir?

Blyat.

Como anteriormente, quando Lucy sentiu o bebé a dar pontapés pela primeira vez, a ideia de ouvir o seu batimento cardíaco torna-o tão real. O nosso bebé, a nadar dentro de Lucy neste momento. Ajoelho-me ao lado de Lucy e coloco o ouvido na extremidade pequena do cone. Demoro um momento a concentrar-me. A ouvir realmente. E então ouço-o — o ritmo constante e rápido. O batimento cardíaco do nosso bebé.

Tão pequeno. Tão fraco. Tão precioso. Este pequeno e indefeso milagre estará a entrar nas nossas vidas.

Os meus olhos ardem. Pestanejo rapidamente enquanto ergo a cabeça para encontrar o olhar de Lucy fixo em mim. Os dedos dela erguem-se para cobrir a boca. — Benjamin — diz abruptamente.

— Benjamin — repito.

Ela solta o ar de uma só vez com as suas palavras. — Não sei, simplesmente surgiu na minha cabeça. Acho que o nome dele é Benjamin. — Os olhos dela ficam brilhantes.

Procuro a mão dela e seguro-a, sem me mover do meu lugar aos pés dela. — Benjamin é um nome perfeito.

Svetlana pega suavemente no cone e guarda-o na sua mala. Mal reparo quando ela tira algumas folhas de papel e as coloca na cama. — Peça-lhe para preencher a dieta dela para acompanhar a proteína nesse gráfico. Não preciso de vir durante mais um mês, mas se quiser, volto na próxima semana.

Não desvio o olhar do belo rosto de Lucy. Adoro vê-lo suave e dominado pela emoção, tão mudado como eu estou pelo batimento cardíaco de um bebé. — Sim, na próxima semana — digo a Svetlana, a apertar a mão de Lucy novamente.

Svetlana sai, e ainda não me mexo, exceto para abrir as pernas de Lucy. Acaricio com os polegares a parte interna das suas coxas, a puxar o tecido da saia para cima.

O conflito roda nos olhos dela. Ela move a pélvis na cama, provavelmente excitada. Provavelmente contra a sua vontade.

Então ela dá-me uma bofetada. — Isso é por dizeres a todos para falarem russo à minha volta.

Deixo passar, depois agarro o pulso dela e levo os seus dedos à minha boca, a sugar um para dentro da minha boca.

Com a outra mão, ela bate levemente no topo da minha cabeça. Um ato simbólico, não real. — E isso é por...

Ela para quando pego no dedo médio dela e o sugo para a minha boca. Ela contorce-se mais.

— Por quê? — pergunto quando solto o dedo dela e movo a cabeça para trilhar beijos leves pela parte interna da sua coxa.

A respiração dela prende-se e solta-se. — Por...

Torno os beijos mais firmes à medida que me aproximo do ápice das suas coxas, a mordiscar e lamber até chegar às cuecas dela. Mordo levemente sobre o tecido.

— Por contratar uma parteira que te dará toda a atenção personalizada que possas precisar?

A sua respiração sai como um gemido suave quando afasto a cueca para o lado e passo a língua sobre os lábios inferiores. Os joelhos dela fecham-se rapidamente, mas eu empurro-os de volta para abrir.

— Tu és tão... — os dedos dela enterram-se no meu cabelo, a puxar-me para mais perto dela enquanto mergulho a língua entre as suas dobras — *irritante*.

Lambo-a para cima e para baixo com a parte plana da língua, deslizo as mãos por baixo das suas coxas para puxar o seu centro para mais perto da borda da cama.

— Quando vais parar — ela interrompe-se com um grito de prazer — de me castigar?

Levanto a cabeça e ofereço-lhe um sorriso malicioso. — Nunca, gatinha. — Volto a lambê-la com a língua, a penetra-la com ela, passando-a sobre o clítoris que incha. Ela fica húmida e inchada, e deslizo dois dedos para dentro para acariciar a parede interna enquanto provoco mais o seu clítoris. Levando o pequeno botãozinho entre os meus lábios, sugo com força.

Ela grita e agarra a minha cabeça com ambas as mãos, a puxar o meu cabelo. Retiro os lábios antes que ela chegue ao orgasmo, ainda a acariciar lentamente com os meus dedos.

— Não tão rápido, *kotyonok*. Achas que vou recompensar-te depois de me teres dado uma bofetada?

Os olhos dela abrem-se, mas ela não diz nada. É inteligente o suficiente para saber esperar. Se ela simplesmente se render a mim, receberá o que precisa.

Levanto-me e desato o vestido dela, a puxar a faixa completamente. — Parece que terás de ser contida.

LUCY

Ravil despe-me e amarra os meus pulsos juntos, prendendo-os à cabeceira da cama. Deito-me de lado porque estar de barriga para cima é contraindicado agora, algo que Ravil parecia já saber.

Se há uma coisa que não posso criticar nele, é fazer a sua

pesquisa. Terei de fazer a minha agora sobre partos domiciliários e na água.

Dar-lhe uma bofetada foi bom. Não sou do tipo que dá bofetadas em homens. Nunca o fiz antes, mas caramba, ele merece. E embora tenha medo do que ele é capaz, estava quase certa de que ele não me magoaria.

E não magoou. Nem sequer ficou zangado.

Provavelmente porque sabe que o merecia.

É engraçado como posso estar tão zangada com ele e ainda assim ansiar pelo seu toque em todo o lado. Ainda quero o seu tipo de dominância. É como se ele me mantivesse sob um feitiço. Não quero estar aqui, não quero render-me, mas o meu corpo derrete como manteiga cada vez que ele pousa os seus dedos perversos em mim. Aquela língua.

E mesmo agora, embora queira recusar isto, queira dizer-lhe para ir embora, as minhas hormonas descontroladas sobrepõem-se a toda a razão e simplesmente gritam *sim, por favor*.

Mais.

Ele sobe para cima de mim, com um tubo de algo na mão. Empurra o meu joelho de cima para abri-lo e esfrega algumas gotas do que está no tubo sobre o meu clítoris. Olho para ele fixamente, quero que continue, que massaje aquele lugar até eu explodir, mas ele não o faz. Olha para mim, a estudar o meu rosto. — Precisas de uma venda, gatinha?

O meu primeiro instinto é retorquir *não*. Como se ele tivesse feito uma ameaça e não uma pergunta verdadeira. Mas ocorre-me que ele não está contra mim quando estamos na cama. Este é o homem que parece conhecer o meu corpo melhor do que eu. Ele tocou-me como um instrumento fino no Black Light.

Então respondo honestamente. — Eu... não sei.

Ele acena. — Acho que sim. — Sai da cama e regressa com

uma das suas gravatas, que enrola em volta da minha cabeça e prende atrás. Afundo a cabeça na almofada.

— Confortável, gatinha?

Aceno com a cabeça.

— Bom. Porque pretendo demorar-me contigo esta tarde.

— Eu... tenho trabalho para fazer — digo. É verdade, sempre tenho trabalho para fazer. Também é verdade que não há nada urgente.

— Pode esperar — diz Ravil.

O que quer que ele tenha esfregado no meu clítoris começa a enviar sensações quentes e frias por todas as terminações nervosas sensíveis. Um formigueiro espalha-se por toda a minha área genital.

Sim, definitivamente não vou trabalhar agora. Nem tão cedo.

Ravil dá uma palmada no meu rabo.

Salto, surpreendida com a sensação. Caramba. Ele estava certo. A venda intensifica tudo. Ajuda-me a entrar na cena, sabendo que não há nada que eu possa ou precise de fazer. Ravil está no comando e — neste cenário — confio nele.

Os dedos dele envolvem o meu joelho, e ele trilha levemente os lábios pela parte interna da minha coxa novamente. Estremeço com a sensação, o prazer florescendo por todo o lado. Ele abre os meus lábios e passa a língua em volta das minhas partes internas. Gemo suavemente. Sente-se tão bem. Cada vez que ele me toca, o meu corpo ganha vida.

É como se nunca tivesse tido sexo antes de Ravil. Claro, fiz o ato, mas era mecânico. Vagamente satisfatório. Nada como isto.

Isto é hedonismo — algo que nunca me permiti. Não bebo demais. Não como demasiado. Não tiro férias, embora saiba que deveria.

Os meus pais incutiram em mim a crença de que tinha de trabalhar arduamente e provar-me a toda a hora. Foi o que eles fizeram. Foi o que o meu irmão mais velho, o engenheiro da NASA, fez.

E disseram-me que teria de trabalhar ainda mais porque sou uma mulher bonita. Teria de provar-me vezes sem conta. Na faculdade, durante o curso de direito, na firma do meu pai. Especialmente lá — para que ninguém pensasse que me tinham dado o cargo por nepotismo.

Mas Ravil não me faz provar o meu valor. Não quando estou amarrada, vendada e à sua mercê.

Aqui, sou sua para castigar. Sua para dar prazer. Tudo o que preciso de fazer é render-me. Receber. Desfrutar.

— Ravil — dou por mim a gemer, a rebolar as ancas e a precisar de mais do que apenas a sua língua.

— Fala-me dos teus orgasmos, gatinha — diz Ravil, a remover a sua gloriosa língua de entre as minhas pernas. — São maioritariamente vaginais? — Ele coloca alguns dedos dentro de mim e acaricia a minha parede interna.

Outro gemido escapa dos meus lábios. Sinto-me tão bem.

— E-em oposição a quê? — consigo ofegar.

— Clitoriano ou cervical. Dizem que existem três tipos de orgasmos. — De repente, ele está junto à minha cabeça, deixando beijos suaves ao longo do meu pescoço. — Quatro, se contares esta região. — Chega à minha mandíbula e beija-me com mais força, depois mordisca a minha orelha.

Arrepios percorrem-me em todas as direções — para cima e para baixo da coluna, ao longo do interior das minhas pernas, nos arcos dos meus pés, pelos meus braços.

— Ravil — gemo novamente.

Ele acaricia a minha face — acho que com as costas dos dedos. — Tão linda — murmura, com o sotaque mais carregado que o habitual. — Adoro quando dizes o meu nome como se estivesses a morrer de vontade de ser fodida.

Humedeço os lábios. — Por favor.

Não demorei muito a passar de lhe dar uma bofetada a implorar.

— Rende-te, gatinha. Terás o teu prazer quando eu decidir.

— Eu sei — digo debilmente.

Ele ri-se e beija o meu pescoço pulsante, depois o espaço entre as minhas clavículas, depois o centro do meu esterno.

Ele dedilha levemente o meu mamilo direito com a ponta de um dedo. Há uma paciência com que aborda o meu corpo que intensifica tudo. Não belisca nem lambe logo. Apenas toca levemente até que este se enrijeça e alongue sob o seu toque.

— Em breve estes belos seios fornecerão sustento ao nosso filho. Benjamin.

O meu corpo estremece em resposta. Planeio amamentar. Pelo menos um pouco. Tirar leite com a bomba, certamente, para deixar com a ama quando estiver no trabalho. Mas o Ravil a falar disso agora, enquanto estou neste estado recetivo, em sintonia com o meu corpo, faz-me quase ansiar pelo ato. Como se o meu corpo soubesse e acreditasse na beleza disso. Tão perfeito e prazeroso como o sexo. Tão natural e fácil.

E para mim, nada foi alguma vez natural ou fácil.

Até o Ravil ter aparecido ontem, eu estava dessincronizada com o meu corpo durante a gravidez. Entre os enjoos matinais nos primeiros meses e depois a excitação insaciável, sem mencionar que deixei de caber em toda a minha roupa e os meus pés incharam, eu queria sair do meu corpo. Divorciar-me dele.

Mas agora estou totalmente nele — mais do que alguma vez estive — e sinto-me maravilhosa.

Ravil faz cocegas levemente com as pontas dos dedos na parte interna da minha coxa enquanto rodopia a língua à volta do meu mamilo, depois afasta-se e sopra, a seca-lo.

— Ravil — gemo. — Por favor.

— Eu sei, gatinha. — Ele suga o meu mamilo para a boca, a puxa-lo com força, como se fosse um bebé a mamar, e sinto a resposta no meu centro. — Sei do que precisas.

— Como? — pergunto a tremer. O meu cérebro, como sempre, recusa-se a desligar.

Ele arranha o meu mamilo com os dentes. — Como sei? Presto atenção, *kotyonok*.

Estremeço. — E-então, que tipo de orgasmos é que eu tenho?

— Vaginais — responde imediatamente. — Mas gostas de estimulação em todo o lado.

O meu corpo rende-se-lhe ainda mais. Registo isto como uma onda de alívio, um relaxamento mais profundo. Abdicar do controlo nunca foi tão incrível.

— Ravil? — De alguma forma, é mais fácil falar com ele com a venda nos olhos. Com o meu corpo sob o seu controlo.

Ele beija à volta da curva da minha barriga. — Sim, gatinha?

— O que vais fazer comigo?

Refiro-me a depois do parto. Pelo menos, penso que é isso que quero dizer. Quero saber quais são as suas intenções. Por que beija cada centímetro do meu corpo enquanto me mantém cativa.

Quero saber se ele me vai manter.

E sinceramente não sei como quero que ele responda.

— Isto, gatinha. — Ele mantém o meu joelho aberto e contorna o meu ânus. Dou um grito, a apertar-me com o prazer e o tabu do ato.

Isto. Não consigo voltar a perguntar. A esclarecer. Porque percebi que não quero saber a resposta.

E depois perco o fio aos meus pensamentos porque o

prazer que ele me provoca é tão intensamente maravilhoso que já nem me importo.

~

Ravil

Mantenho a Lucy à beira de um orgasmo durante a maior parte de uma hora. Fodo-a com um plug anal, chupo-lhe o clítoris, uso um vibrador com a curva para o ponto G. Dou-lhe umas palmadas leves. Chupo-lhe os dedos dos pés. Continuo até ela estar praticamente a chorar de necessidade, e então acabo com a minha própria tortura ao libertar o meu pénis e penetrá-la.

É tão bom não ter de usar preservativo. Saber que ela já está grávida do meu bebé. Que ela é a minha única parceira, e eu o dela.

Tenho de fechar os olhos e respirar profundamente para evitar gozar assim que estou dentro dela. — Sentes-te tão bem, gatinha — digo rouco, com o meu sotaque a soar tão carregado como quando me mudei para cá.

— Sim, Ravil, por favor — balbucia ela. Perdeu a cabeça há muito, reduzida a uma poça lasciva de bela necessidade.

Orgulho-me de provocar esta reação nela, especialmente por saber o quão contida ela se mantém normalmente. Duvido que alguma vez se permita este prazer. Por isso vou certificar-me de que o recebe todos os dias.

Desaperto a gravata que prende os pulsos dela à cabeceira, para poder colocá-la de joelhos, com os braços esticados acima da cabeça como se estivesse numa espécie de posição de bondage de yoga. Dou uma palmada no seu rabo porque ela parece tão deslumbrante.

— Ravil, Ravil...

— Lucy. Linda Lucy. — Dou-lhe outra palmada e deslizo novamente para dentro. O estremecimento de prazer não é menor nesta posição. — Adoro foder-te, gatinha. Podia fazê-lo a noite toda.

— Não — protesta ela, já desesperada por gozar. — Ravil, por favor. Eu preciso...

— Precisas do meu pau? — Entro com firmeza, a pressionar os meus lombos contra as curvas suaves do seu rabo.

— Sim! — Ela soa impaciente.

Agarro-lhe as ancas e dou várias estocadas curtas, chocando contra o seu rabo de cada vez.

Ela choraminga. As mechas sedosas do seu longo cabelo loiro espalham-se pelas suas costas nuas e sobre a cama. Parece um anjo caído.

Corrompido por mim.

— Precisas com força, Lucy?

Ela ofega. — Hum...

Dou-lhe uma demonstração, a entrar com força meia dúzia de vezes. Assim que paro, ela grita: — Sim! Não pares! Oh Deus, por favor, Ravil.

Quero torturá-la mais. Fazer durar mais tempo para o meu próprio prazer. Mas a combinação da sua rendição e das suas súplicas, juntamente com a sensação de estar dentro dela e possuí-la completamente, leva-me ao limite.

— *Blyat* — praguejo em russo, com os meus movimentos a tornarem-se bruscos e selvagens. Fodo-a com mais força, a perder o foco no prazer dela, a precipitar-me para o meu. — Lucy.

— Sim! Oh Deus...

Fico zonzo. O quarto inclina-se e gira. Os meus testículos contraem-se, as coxas tremem. Penetro-a como se tivesse algo a provar. Como se este fosse o momento em que ela aprenderá a aceitar-me como o legítimo pai do filho dela, a fazer espaço na sua vida para sermos uma família.

Mesmo que isso não seja realmente o que eu quero.

Ou será que é?

Foda-se.

Foda-se.

Sim!

Entro com força na Lucy e mantenho-me profundamente dentro dela, caindo no abismo do orgasmo.

Ela goza à volta do meu pénis, as suas paredes internas a apertar o meu membro, massajando para fora cada última gota da minha semente.

Não sei quanto tempo fico ali de joelhos, enterrado profundamente na Lucy com o quarto a girar. Depois de um momento, apercebo-me dos seus gemidos. Envolvo-a pela cintura e puxo-nos para os nossos lados, mantendo-me dentro dela. Estico-me e esfrego o seu clítoris, e ela goza mais, a arrancar-me outro mini-orgasmo.

Gemo, o meu braço a apertar-se em volta dela. Balanço as ancas, entrando e saindo lentamente enquanto flutuo no êxtase produzido pelo alívio. A sensação de bem-estar. De gratidão. Alguns poderiam confundir este momento com amor.

Não sou assim tão tolo.

Esfrego novamente o clítoris dela, e ela aperta-se novamente à volta do meu pénis.

Ainda assim, deve ser o mais próximo que já estive de sentir amor. A ligação e o afeto que sinto por ela são reais.

Roço o nariz no pescoço dela e beijo um pedaço de pele que encontro sob o seu cabelo macio.

O que vais fazer comigo? Ela queria saber.

Manter-te.

Eu não o faria. Não o farei. Ela não merece isso. Mas se eu fosse egoísta. Se eu fosse verdadeiramente o cabrão que ela acredita que sou... eu mantê-la-ia para sempre.

Amarrada na minha cama.

Preenchida com o meu pénis.

A gemer o meu nome daquela forma rouca e desesperada que é só dela.

Lucy. A minha brilhante e bem defendida advogada-amante. A mulher que não confia em mim para ser o pai do seu filho.

A mulher que quero virar do avesso. Dominar.

Amar.

Sim, *amar*.

Eu quero amar nesta vida. Pena que estou ainda mais na defensiva do que ela.

CAPÍTULO 9

*L*ucy

Depois de um lanche e uma breve sesta, acordo e encontro Ravil de pé junto à janela. Ele vira-se quando me sento.

— Como te sentes, linda?

Espreguiço-me, sentindo o relaxamento nos meus membros. Uma ligeira sensação de dor entre as pernas. A sensação persistente de ter algo introduzido no meu traseiro.

Espetacular. Sinto-me incrível.

Não que lhe vá dizer isso.

Saio da cama.

— Vais deixar-me sair deste quarto agora?

Não devia soar tão irritada. Não depois de ele se ter dedicado a dar-me o orgasmo mais incrível da minha vida.

— Sim — diz ele mansamente. — Vou levar-te à piscina no terraço.

Piscina é uma palavra mágica para qualquer mulher grávida, garanto. Animo-me de imediato. — Tenho fato de banho?

— Trouxe um para ti. Mas também podes nadar nua, se quiseres. A piscina é privada.

Nadar nua não é a minha praia, embora depois da nossa sessão da tarde, esteja a sentir-me muito mais confortável na minha pele do que o normal. Encontro o meu biquíni e visto-o. A parte de baixo ainda me serve, mas os meus seios transbordam da parte de cima.

O olhar de Ravil recai sobre eles, faminto. Ele agarra e segura um roupão de turco que é demasiado grande — provavelmente dele — e eu enfio-me nele. Depois, ele muda para uns calções de banho azul-turquesa e azul-marinho.

Como sempre, fico a olhar para o seu peito esculpido e tatuado. A leve penugem de pelos dourados no peito. Ele tira as minhas chinelas do armário e aparece com um par das suas, dois toalhões de praia debaixo de um braço.

É um visual diferente para ele, e se não fossem as tatuagens da prisão, pareceria um nadador-salvador californiano. Loiro, corpulento e viril. Não propriamente inocente. Mas é quase como se pudesse ver como, noutras circunstâncias, ele poderia ter acabado por ser inocente. No seu âmago, ele não é um homem mau.

Não pode ser — não com o cuidado que tem comigo.

Ou pode?

Ignoro a mão dele quando a estende, mas deixo que me conduza para fora da cobertura e subimos um pequeno lance de escadas até ao terraço.

Ali, quase suspiro com a paisagem. Há grandes árvores em vasos. Caixas de flores. Guarda-sóis coloridos. Relva artificial dá-lhe mais cor. Contornamos as estruturas do terraço, as paredes de betão habilmente escondidas com cercas de bambu, e emergimos na piscina.

Onde um par de adolescentes está a divertir-se.

— Ai meu Deus — guincha a rapariga. O seu top de

biquíni está fora, a flutuar na água, e ela mergulha para esconder os seios nus de nós.

O namorado volta-se para nos enfrentar. — Sr. Baranov! — Coloca-se à frente dela enquanto agarra o top de biquíni e discretamente segura-o atrás das costas.

— Pensei que tinhas dito que era uma piscina privada — murmuro.

— Peço imensa desculpa. Sei que não são as horas de natação livre — balbucia o rapaz. O seu rosto está vermelho, embora não tão vermelho como o pescoço da namorada, que está de costas para nós, abaixada enquanto coloca o top.

Ravil diz-lhe algo em russo.

— Não, senhor — responde ele em inglês. O adolescente abana a cabeça enfaticamente. Vendo que a namorada está vestida, agarra-lhe a mão e puxa-a para os degraus. — Não, juro que não. Lamento termos estado aqui quando não devíamos. É que... normalmente não está cá ninguém durante as horas privadas.

Ravil olha-o friamente. — Passa pelo meu apartamento hoje à noite, por volta das oito, Leo — diz.

Os olhos de Leo arregalam-se. Fora da piscina, é mais alto do que inicialmente pensei, mas ainda é magro. Provavelmente não tem mais de quinze ou dezasseis anos. Levanta a mão livre. — Peço imensa desculpa. Estar aqui quando não devia foi muito desrespeitoso. Prometo que não volta a acontecer.

Ravil acena com a cabeça, a pousar as nossas toalhas numa espreguiçadeira. — Desculpas aceites. Ainda assim, preciso de te ver hoje à noite. Às oito. Entendido?

Leo pega numa toalha e abre-a para a namorada num gesto decididamente cavalheiresco. — Sim, está bem. — Nem se preocupa em secar-se, apenas enfia os pés nas chinelas, agarra a toalha e a mão da namorada e dirige-se para as portas.

Volta-se para trás. — Sr. Baranov?

— Sim?

— Vai contar à minha mãe sobre isto? — A sua voz falha um pouco na palavra *mãe*.

— Não — diz Ravil. — Vamos deixá-la fora disto. A menos que não apareças esta noite.

— Não vou faltar — jura o jovem.

— Vê lá se não. — Ravil já lhe virou as costas, descalçando as chinelas e dirigindo-se para os degraus da piscina.

Vejo o casal sair antes de me juntar a ele. A piscina é linda. Do tipo que é feita para parecer uma característica natural de água, com uma suave forma de ampulheta e um spa que cai por rochas suaves para a piscina.

— É água salgada — diz Ravil. — Perfeita para o teu parto na água.

O meu parto na água.

Este homem deve ser louco.

Não vou dar à luz num terraço numa piscina.

Tiro o roupão e entro. A água está perfeita — refrescante numa tarde quente de verão.

— O que disseste ao Leo quando falaste em russo?

Os lábios de Ravil tremem. — Perguntei-lhe se tinha tido sexo na minha piscina.

Rio-me, sem querer.

Os olhos de Ravil percorrem o meu rosto como se achasse o meu riso fascinante.

Rapidamente escondo o meu sorriso. — O que vai acontecer às oito?

Novamente, os lábios de Ravil curvam-se nos cantos. Estamos na parte rasa, a água subindo até às nossas costelas. — Vou ter a conversa sobre sexo com ele. Dar-lhe preservativos e certificar-me de que sabe como tratar uma rapariga.

Os meus lábios entreabrem-se. O que quer que esperasse, não foi isso.

— Vais? — digo, estupidamente.

Ravil acena. — Ele vive com a mãe solteira. Tenho a responsabilidade de intervir nestas conversas de homem para homem. Especialmente quando o apanho a despir a namorada na minha piscina.

Não consigo evitar. Rio-me novamente. É tão incrivelmente doce. Eu a pensar que Ravil ia fazer alguma ameaça perversa ao miúdo. Em vez disso, está a... bem, a *ser pai* para o rapaz.

— Ele é teu familiar? — pergunto.

— Não — diz Ravil. — Mas o Kremlin é a minha aldeia. E eu sou o líder deles. Tenho o dever de cuidar de todos eles... se puder.

Algo desconfortável retorce-se sob as minhas costelas. Uma inquietação.

Talvez tenha julgado mal Ravil.

Talvez horrivelmente.

Mas não. Ele é um criminoso. As suas tatuagens provam-no.

Afirmas ter conhecimento completo da minha profissão — exatamente o que faço e como administro o meu negócio? Investigaste isto minuciosamente?

Não o fiz. Essencialmente, discriminei-o racialmente. Embora ele tenha estrangulado um homem no Black Light por me ter insultado. Isso foi um grande sinal de alerta para mim.

Ainda assim, não tenho outra prova contra ele de que seja um homem mau. Inapto para ser pai.

Portanto, talvez seja por aí que deva começar. Construir o meu caso contra ele. Ou a favor dele. De qualquer forma, preciso de construir um caso. Olhar para as provas, pondcrá-las.

Mergulho a cabeça debaixo de água e nado de bruços até à extremidade oposta da piscina. É ótimo estar sem peso.

Fazer exercício sem o desconforto da minha nova forma. Sem aquele cansaço ósseo que por vezes sinto quando não comi proteína ou carne vermelha suficiente para o bebé.

Nado voltas para trás e para a frente. Ravil senta-se na borda da piscina e observa.

Eventualmente, canso-me e venho à superfície perto dele, com água a escorrer pela minha cara e cabelo.

— Porque te tornaste advogada de defesa? — pergunta ele.

Espremo o meu cabelo e esforço-me para sair e sentar-me ao lado dele. — O meu pai é advogado de defesa. Ele representou alguns dos maiores líderes do crime organizado em Chicago. Algumas pessoas diziam que ele devia ser sem alma para os representar. Que enchia os bolsos com notas manchadas de sangue. Mas a verdade é que o meu pai acreditava, como eu acredito, que cada homem tem o direito constitucional a um julgamento justo.

Ravil levanta uma sobrancelha, e capto a acusação nela. Não lhe ofereci nenhum processo devido. Julguei-o e condenei-o com base em boatos. Tentei mantê-lo afastado do seu próprio filho com base no meu próprio preconceito.

Baixo o olhar para o meu top de biquíni e ajusto-o para manter os seios cobertos.

— Cresci a ouvir o meu pai defender a sua escolha à mesa de jantar ou em reuniões familiares. As pessoas inevitavelmente perguntam, por que defenderia um criminoso? Especialmente se sabe que ele é um criminoso?

Encontro o olhar azul-claro de Ravil e engulo em seco.

— Ele dizia, cada homem que defendo é filho de alguém. Irmão de alguém. Pai de alguém. Se fosses médico, não te recusarias a tratar um homem por ter sido acusado de um crime. Farias o teu trabalho. O meu trabalho é ajudá-lo no nosso sistema legal, que seria difícil para ele navegar sozinho.

Só porque me levanto no tribunal e toco no ombro dele e o torno acessível ao júri, não significa que aprove ou perdoe o que ele fez. Mas vou fazer o meu trabalho representando-o.

— E tu sentes o mesmo? — pergunta Ravil.

Respiro profundamente e aceno. — Sim.

— Mas julgas-os. Mesmo quando os representas? Não perdoas um criminoso?

O sol do fim da tarde desceu atrás de um edifício. A brisa contra a minha pele molhada de repente faz-me sentir frio.

A verdade é que, apesar do que acabei de decidir fazer — investigar o passado e feitos de Ravil — não tenho a certeza se quero saber. Tenho medo do que vou encontrar.

O que deve significar... que estou a começar a preocupar-me com o homem. E não quero saber se ele é tão mau como imaginei originalmente.

Não quero saber quantas sepulturas ele cavou.

Ou mulheres que sequestrou — para além de mim.

Abano a cabeça. — Os meus julgamentos e sentimentos são irrelevantes. O meu trabalho é guiá-los através do sistema legal.

— Trabalhas mais arduamente se acreditas que são inocentes?

Olho para as minhas unhas. Mantenho-as curtas mas polidas com uma manicure francesa. Estão a ficar lascadas. — Honestamente? Não penso dessa forma. Às vezes, quanto menos souber, melhor. Baseio o meu caso no do procurador. Não se trata de trabalhar mais arduamente. É mais sobre quão sólido ou fraco o caso é. Se houve violação de procedimentos por parte da polícia ou da acusação.

— Então não te importas se Adrian ateou o fogo ou não?

— Não — respondo imediatamente. — Honestamente? A minha suposição é que sim. Isso não me impedirá de fazer o meu melhor para o livrar.

— Serás capaz de o livrar?

Encolho os ombros. — Tenho uma boa hipótese. O caso deles não é ótimo. Provavelmente posso mostrar preconceito baseado no facto de que ele é um imigrante. Claro, um júri poderá ter o mesmo preconceito. Mas com sorte, posso impedir isto antes que vá a julgamento.

— Ele estava a trabalhar para ti? — A minha garganta aperta-se ao fazer a pergunta. Não tenho a certeza se quero ouvir a resposta.

— Estás a construir o teu caso pessoal contra mim?

Sim.

— Não.

— Acreditas que as tuas leis são perfeitas, Lucy?

— Claro que não.

— Achas que pode haver razões para quebrar as tuas leis que ainda se enquadram num código do que é certo e errado?

Fico imóvel, sabendo que ele me está a dizer algo aqui. Não tenho a certeza se quero ouvir.

— Sim — admito. — Tenho a certeza que há. Já argumentei casos assim antes.

Ravil simplesmente acena e levanta-se. — Tenho a certeza que estás a ficar com fome. — Oferece-me uma mão.

Aceito-a e deixo que me ajude a levantar. — Esfomeada. — Suspiro porque estou quase sempre esfomeada nos últimos tempos.

— O que queres comer esta noite? Levo-te a sair... se quiseres.

Hmm. Parece que o carcereiro não é assim tão rígido.

— Estou cansada, na verdade. E... — dou-lhe um sorriso travesso. — Ainda há algum pirozhki? — Tenho pensado nos malditos pastéis de carne o dia todo. São definitivamente o meu novo desejo de gravidez.

Os lábios de Ravil torcem-se num sorriso. — Acho que há. Vou certificar-me de que temos sempre alguns para ti, gatinha. — Ele segura uma toalha aberta para mim, tal como o jovem Leo tinha feito para a sua namorada adolescente.

Talvez seja a doçura dessa imagem, ou talvez todos os meus pensamentos sobre Ravil estejam a reorganizar-se, mas de repente não consigo mais vê-lo como o terrível vilão.

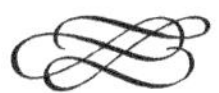

ucy

Na sexta-feira, chega uma mensagem da Gretchen. *O que se passa? Liga-me!*

Somos ambas advogadas ocupadas, por isso não atender às suas chamadas ou não ter tempo para lhe ligar de volta não é totalmente incomum. Sabia que ela não ficaria ofendida se eu não retornasse a chamada imediatamente.

Mas ainda não sei como gerir uma chamada com ela.

Parte disso é a minha própria ambivalência. Se fosse para dar uma mensagem codificada a alguém, seria a ela. Vivemos juntas durante os três anos da faculdade de direito. Foi uma ligação séria que nos deu imenso historial para recorrer. Além disso, ela sabe sobre o Black Light e o Ravil. Provavelmente conseguiria improvisar alguma coisa. Com um pouco de tempo, certamente poderia elaborar algo em particular para lhe enviar.

Mas deveria fazê-lo? Estaria realmente a arriscar ser enviada para a Rússia e possivelmente separada para sempre do meu bebé quando ele nascer? Vale a pena perder a confiança crescente entre mim e o Ravil? Confiança que planeio usar para negociar um acordo com o qual ambos possamos viver?

Não tenho a certeza.

Definitivamente não estou pronta para correr esse risco hoje.

Respondo à Gretchen por mensagem. *Desculpa, tenho estado sobrecarregada! Ligo-te quando tiver oportunidade de pôr a conversa em dia.*

Pronto. Isso deve mantê-la afastada por alguns dias, se não por outra semana. Dar-me-á tempo para descobrir se vou mentir-lhe ou tentar alertá-la sobre a minha situação.

O meu telefone toca novamente. É a Sarah, a estagiária de verão que me está a ajudar com o caso do Adrian. Atendo.

— Olá, como se está a sentir?

— Estou bem — digo, sem me preocupar em esconder a irritação na minha voz. — Como disse, o repouso na cama é preventivo. Estou com capacidade total, só tenho de ficar em casa.

— Sim, sim — diz ela. — Claro. Tenho todos os materiais que pediu, então quer que os envie por estafeta?

Bolas.

— Não — digo rapidamente. — Por favor, digitalize tudo e envie-me digitalmente.

— Que chatice. Eu realmente não tenho tempo para isso, e acho que a Lacey também não. — A Lacey é a secretária jurídica que quatro associados partilham.

— Tudo bem. Vou mandar um estafeta buscá-los.

— Está bem. Vou deixá-los na receção.

Suspiro de alívio quando ela não questiona por que não quero que ela envie o nosso serviço habitual de estafeta. O Ravil terá de enviar um dos seus homens para fazê-lo. Ou contratar um estafeta a sério.

— Ouça, descobri mais uma coisa sobre o caso. O Dick

parecia preocupado com o facto de estarmos a representar a máfia russa, por isso pediu-me para investigar.

Dick? Ela trata-o pelo primeiro nome? Jesus, será que a estagiária de verão está a dormir com um sócio? Parece que sim.

— De qualquer forma, dizem que o FBI está furioso com o incêndio porque tinham aquele edifício sob vigilância. Parece que uma suspeita rede de tráfico sexual está ou estava a ser operada a partir dali. Ou algo assim. Por isso, talvez queira pensar em quem está a representar.

Respiro lentamente. — Os advogados de defesa representam os seus clientes, ponto final. Neste país, temos uma constituição que concede a todos os seres humanos os mesmos direitos, e um deles é um julgamento justo.

— Eu sei, eu sei. Sem ofensa. Só achei que deveria saber.

— Bem, obrigada. Vou ver se isso me é útil.

Estou furiosa agora. Porque vejo exatamente para onde isto está a ir. O Dick está a dormir com a nova estudante de direito e a usá-la para construir a sua campanha de difamação negativa contra mim para o debate da parceria.

Que se lixem.

Que se lixem todos.

Desligo sem dizer adeus, com os dentes cerrados. Só depois de ficar em silêncio por um momento é que começo a processar a informação que ela me deu.

Tráfico humano.

Será possível que o Adrian tenha incendiado o edifício para destruir provas porque os federais estavam a aproximar-se demasiado de uma operação ilegal?

Apesar do que disse à Sarah, a ideia deixa-me enojada.

Especialmente porque este caso está ligado ao Ravil.

Isso significa que o Ravil é um traficante sexual?

Uma onda de náusea percorre-me e surge-me uma dor de cabeça lancinante.

Que se lixe. Nem vou tentar lidar com isto. Estou oficialmente de repouso na cama.

Vou para a cama.

Pego num livro de bolso da caixa que o Ravil me trouxe — uma mistura de romances vikings e os mais recentes best-sellers de não-ficção. Suspeito que ele tenha revisto as minhas compras no Kindle.

Abro um livro com um homem de peito nu e abdominais definidos na capa. Costumava pensar que ler romance era demasiado básico para mim. Quer dizer, li-os na adolescência, mas parei quando fui para a universidade. Mas que se lixe. Romance é exatamente o que uma mulher grávida deve ler. Amor, sexo e finais felizes. Não há razão para incluir nada de negativo.

Especialmente não as notícias negativas da vida real que a Sarah acabou de me contar.

CAPÍTULO 11

R*avil*

Contra o meu bom senso, no sábado, levo Lucy ao centro de reabilitação do pai dela como recompensa pelo seu bom comportamento.

Ela adaptou-se a uma rotina instável durante o resto da semana. Fazíamos caminhadas e nadavamos diariamente, partilhávamos refeições. Partilhávamos longas e intensas sessões de sexo. Natasha vinha massajá-la todos os dias. Para minha diversão, ela pedia pierogis todos os dias e devorava-os como se fossem a mais requintada das iguarias. Praticava o seu russo com os rapazes, aos quais ainda não permiti que falassem inglês, apesar dela saber que eles podem.

Dima e eu monitorizámos atentamente as suas chamadas telefónicas e comunicações, mas ela não parecia fazer nenhum pedido secreto ou aberto de ajuda. Gretchen, a amiga dela de Washington DC — aquela com quem foi ao Black Light — ligou algumas vezes, mas Lucy não atendeu nem retornou as chamadas.

Por qualquer razão, ela está a ser obediente. Não sou tolo

ao ponto de acreditar que aceitou o seu destino. Sei que está à espera do momento certo.

— Obrigada por isto — diz ela, a olhar fixamente através do para-brisas do meu Jaguar I-Pace.

— Não me faças arrepender. — É um aviso.

— Vais entrar também?

— Sim — digo. — E não sairás do meu lado nem por um momento. — Consigo imaginar-lhe a tentar deixar um bilhete na mala da mãe ou deixá-lo algures no quarto. Ou até mesmo pedir ajuda descaradamente. Trazê-la aqui é uma ideia terrível. E, no entanto, negar-lhe algo tão importante também parecia errado.

Ela morde a parte interna do lábio, a ponderar.

— Quem é que eles pensam que é o pai do neto deles? — pergunto.

— Um dador de esperma anónimo — diz ela.

Permito que um sorriso malicioso me brinque nos lábios. — O que não está assim tão longe da verdade. Foi quase anónimo. — Não tínhamos trocado nomes verdadeiros no Black Light.

Ela parece aliviada com a minha reação. Ou falta dela. — Sim.

— Exceto que me disseste que ias tomar a pílula do dia seguinte. Já sabias então que não planearias tomá-la?

Consigo perceber pelo modo como o seu olhar desvia que sim.

— Estou contente — ofereço. — Famílias são proibidas na bratva. Vivemos por um código que nos exige remover-nos de toda a família anterior, nunca casar e jurar lealdade apenas à irmandade. Por isso, não pensei que alguma vez teria um filho.

— E agora podes? — pergunta ela.

Encolho os ombros. — Já não estou na Rússia. Sou o líder desta célula. Estou a mudar as regras.

— O nosso filho estará em perigo?

— Nenhum dos dois estará em perigo. Prometo-te isso. Se houver um desafio, será pelo meu lugar, e o perigo será exclusivamente meu. Mas não haverá desafio. Não tenho interesse nas lutas de poder lá na Rússia, e aqui não há nenhuma.

Ela olha para as unhas. O verniz pálido está a começar a lascar. Faço uma nota mental para trazer alguém para lhe fazer uma manicure e pedicure. — Tinha medo de não ter filhos. Terminei com o Jeffrey porque, depois de oito anos, ele não queria comprometer-se. Ele amava-me mas, por alguma razão, simplesmente não tinha a certeza sobre o casamento e a família. E eu sabia que queria isso. E estava assustada... — a sua voz embarga-se e ela para de falar.

Estendo-me e pego-lhe na mão, apertando-a.

— Estava assustada que isso nunca acontecesse para mim. Tenho trinta e cinco anos. Coloquei a faculdade de direito e a minha carreira em primeiro lugar. Pensei que teria tempo para ter bebés quando estivesse estabelecida. Mas depois o Jeffrey nunca quis avançar. E quando percebi que ele nunca o faria, parecia que era tarde demais para conhecer alguém novo. Então, quando o teu preservativo rompeu... bem, pareceu uma oportunidade que eu poderia não ter novamente. Por isso aproveitei-a.

Solto-lhe a mão, a lembrar-me que ela a tomou sem me dizer. E que ela ainda acredita que fez a escolha certa. Ela ainda preferia que eu estivesse fora da vida do nosso filho.

Chegamos ao centro de reabilitação, e estaciono o Jaguar. — Deixa a tua mala no carro — digo-lhe, caso ela tenha uma nota preparada. Verifico-lhe os bolsos antes de lhe pegar na mão e guiá-la para dentro.

Registámo-nos na receção, onde a jovem e bonita rececionista cumprimenta Lucy pelo nome e olha-me com curiosidade. — Podem ir. A tua mãe já lá está — diz a Lucy.

O lugar é agradável — definitivamente no topo da gama para um centro de reabilitação, mas ainda com aquele cheiro medicinal que arde nas minhas narinas. Lucy guia-me pelo corredor até um quarto onde a porta está aberta. Ela entra. — Olá, pai — diz com uma alegria exagerada.

Um homem mais velho numa cadeira de rodas olha para cima, e o lado esquerdo da sua boca levanta-se num sorriso. O lado direito do seu rosto permanece flácido e inexpressivo. A controlar a cadeira de rodas com um joystick, ele gira-a para nos encarar.

— Olá, mãe. — Lucy dá um abraço à mulher elegante mas deprimida que está no quarto. — Como é que ele está?

— Quem é este? — exige a mãe sem responder, o seu olhar a pousar em mim.

Avanço e aperto-lhe a mão. — Olá, Barbara — cumprimento-a pelo nome. — Sou Ravil Baranov. Sou o pai do filho da Lucy.

Lucy e a mãe dela inspiram, chocadas. O pai dela gira a cadeira de rodas para me encarar, com uma sobrancelha grisalha franzida.

— O quê? Como é que isto aconteceu? — exclama a mãe.

Lucy limpa a garganta. — Ah, acho que essa parte seria bastante óbvia, mãe.

A mãe dela ainda olha confusa, sem entender. — Pensei que os dadores neste tipo de situação renunciam a todos os seus direitos. — Olha para o pai de Lucy para confirmação, embora o homem já não seja capaz de falar.

— Conhecemo-nos no Dia dos Namorados — digo. — O bebé foi concebido naturalmente. — Aprendi que manter-se próximo da verdade é sempre a melhor estratégia. — Só recentemente nos reencontrámos. — Estendo a minha mão para o pai de Lucy, embora não tenha a certeza se ele é capaz de a apertar. A sua mão direita está enrolada numa bola no seu colo. — Ravil Baranov.

Ele oferece a sua mão esquerda, a que funciona. Rapidamente mudo de mão e agarro-a. Ele aperta com demasiada força — com muito mais força. Não consigo dizer se é uma mensagem ou se ele não consegue modular a sua força.

A julgar pela forma como o seu olhar alarmado observa as tatuagens nos meus dedos, é uma mensagem. É quando percebo que Nick Lawrence tem todas as suas faculdades intactas. Ele está apenas preso num corpo incapaz de falar ou andar. Sorte a minha, acho, ou ele estaria a soar o alarme sobre a liberdade de Lucy.

— Como está o pai? — pergunta Lucy novamente, obviamente a tentar mudar de assunto.

— O teu pai já fez a sua fisioterapia hoje, e o terapeuta da fala esteve cá. Eles deram-lhe este iPad para comunicar, mas ele não parece gostar — relata a mãe. — Como vão as coisas no escritório?

Lucy encolhe os ombros. — Eles querem substituir o pai por um novo sócio, e acho que não me querem a mim. — Lança um olhar irónico ao pai, que franze o sobrolho ainda mais. Ele abre a boca algumas vezes, os seus lábios arredondando-se como se estivesse a tentar formar palavras, mas acaba por desistir, abanando a cabeça em óbvia frustração.

— Eles não podem escolher um novo sócio sem o voto do teu pai — diz a mãe de Lucy.

— Oh, acho que eles planeiam fazê-lo — diz Lucy. — Acho que é precisamente por isso que escolheram agir agora.

O pai dela faz alguns sons ininteligíveis.

— Teriam de comprar a sua parte — diz Barbara. — E eu não recebi nenhuma oferta.

Nick levanta o seu bom pé e pousa-o no apoio da cadeira de rodas, como se o estivesse a pisar com força.

— Eu sei, querido. Eu não as aceitaria de qualquer forma. Tu planeias voltar.

Escondo a minha careta. Na minha opinião não profissional, não há hipótese de Nick Lawrence voltar a exercer advocacia. Mas nunca se sabe. Os milagres acontecem.

— Mas ele ainda tem um voto e uma voz em qualquer decisão que tomem. Eu própria vou ligar ao Dick e dizer-lhe que o representarei como procuradora até ele recuperar.

— Não, mãe — responde Lucy bruscamente. — Eles já acham que tudo me foi entregue de bandeja porque o pai é sócio. Se eu me tornar sócia, será pelos meus próprios méritos, não porque a minha mãe ligou e fez um escândalo.

Barbara resmunga. — Bem, quem é que tu achas que eles querem que seja sócio?

— Não sei. Mas o Dick passou pelo meu escritório para me dizer novamente como representar membros do crime organizado está a destruir a reputação da firma. Não importa que quase todos os meus casos sejam referências dos Tacones. Não importa que eu tenha rendido tanto ou mais para a firma do que qualquer outro associado no ano passado.

Nick vira a cadeira de rodas para me encarar diretamente e tenta falar novamente.

Lucy lança um olhar rápido para ele e depois para mim.

Não me faço de desentendido. A verdade é que vejo a óbvia frustração do homem por não conseguir interagir.

Pego num banco e sento-me mesmo à sua frente, enfrentando o seu olhar desafiador. — Preocupo-me com a tua filha, Nick — digo-lhe. — Fiquei surpreendido, mas feliz ao saber da sua gravidez. Estamos empenhados em ver se conseguimos fazer as coisas funcionar para criar o nosso bebé juntos.

Lucy fica imóvel. Nick estuda-me atentamente, como se estivesse a tentar ler o resto da história.

— On-onde disseste que vocês se conheceram? — pergunta Barbara.

— Washington, DC — responde Ravil. — Estava lá em negócios. Na verdade, nenhum de nós percebeu que ambos vivíamos na mesma cidade até eu estar no escritório dela esta semana.

— Lucy? — balbucia a mãe. — Isto... é tudo verdade? — A mulher parece chocada. Tenho a certeza de que ter um caso de uma noite em Washington, DC, é completamente fora do caráter da filha.

— Sim — murmura Lucy. — É verdade. Na verdade, o Ravil apareceu como cliente na segunda-feira — diz ela ao pai. — Bem, estou a representar um jovem para quem ele pagou a fiança. Ele contratou-me.

Pego-lhe na mão e aperto-a.

— Bem, muitas pessoas aprendem a partilhar a parentalidade sem se tornarem um casal — oferece Barbara.

Caramba. Eu pareço mesmo assim tão inadequado? Ofensa tomada.

— De facto. — Levanto-me. — Bem, não podemos ficar muito tempo. Temos uma aula de preparação para o parto.

— Lamaze? — pergunta a mãe.

— Método Bradley — respondo. Lucy esconde a sua surpresa porque esta é a primeira vez que mencionei a aula ou o método. — Mas também estamos a considerar o parto hippobirthing. A aproveitar o poder da mente para criar um parto relaxado e sem dor. É claro que a decisão é da Lucy.

Ela dá-me um sorriso tenso.

Inclino-me para apertar a mão esquerda de Nick novamente. — Vou cuidar bem da Lucy, não te preocupes.

Lucy inclina-se e beija-lhe a bochecha. — Amo-te, pai. Desculpa não poder ficar mais tempo. — Ela abraça a mãe novamente. — Adeus, mãe.

Enquanto saímos, pego na mão dela e sinto-a a tremer. Ela funga. Paro, percebendo que está a conter as lágrimas. Um profundo sentimento de horror percorre-me. Como se o meu corpo fisicamente não conseguisse suportar vê-la perturbada.

— Lucy...

Ela tira a mão da minha bruscamente e acena-a para mim.
— Está tudo bem. Eu choro sempre que saio daqui. São as hormonas da gravidez. E odeio... — ela engasga-se um pouco — vê-lo assim.

— Oh, gatinha, eu sei. — Paro e puxo-a suavemente para os meus braços. Ela não resiste exatamente, mas também não me abraça de volta. As suas costas tremem com outro soluço. Ficamos no corredor, e eu faço um círculo lento nas suas costas, a segurar o seu corpo junto ao meu, a curva da sua barriga pressionada contra as minhas ancas. Depois de um momento, ela amolece e pressiona o rosto no meu ombro.

— É simplesmente injusto, sabes? Ele é um homem tão inteligente. E posso perceber que ele ainda está lá, mas simplesmente não consegue falar mais. Isso mata-me.

— É possível que o cérebro se reconecte — digo-lhe, embora não tenha tanta certeza. A pele dele estava cinzenta. A sua respiração às vezes ofegante. O pai dela não me pareceu saudável. Como se o AVC pudesse ter sido o primeiro de muitos sinais de um corpo em deterioração devido à idade avançada e a uma carreira stressante.

— Quero que ele conheça o Benjamin — diz ela, como se estivesse a pensar o mesmo.

— Tenho a certeza de que ele também quer isso. Aposto que ele vai fazer questão de aguentar para isso, gatinha.

Ela afasta-se e limpa a mancha do seu rímel na minha camisa branca. — Sinto muito.

Cubro a mão dela. — Eu não. — É verdade — confortar Lucy parece um privilégio. Beijo-lhe a têmpora. — Vamos, aposto que estás com fome novamente.

Ela funga e dá-me um sorriso aguado. — Na verdade, estou. Quero mesmo um Oreo Blizzard da Dairy Queen.

Sorrio. — Já a caminho. Vamos, linda.

~

Lucy

No carro, coloco a minha mala no colo, remexendo nela à procura de bálsamo labial. Juro, a gravidez deixa os meus lábios mais secos que o deserto, apesar do facto de que bebo e bebo durante todo o dia.

Ainda estou emocionada por ver o meu pai e confusa em relação ao Ravil.

— Tenho um presente para ti — diz Ravil.

— Tens? — É engraçado como a promessa de um presente inesperado tem um efeito instantâneo de leveza. Alguma herança da infância, quando os presentes significavam tudo, tenho a certeza.

Ravil estende-se para o banco de trás e produz uma caixa branca com um bonito laço azul claro.

— O que é?

O sorriso de Ravil é indulgente. Os seus olhos enrugam-se nos cantos. — Abre.

Puxo as pontas da fita sedosa, e elas desenrolam-se e abrem-se. Tiro a tampa e espreito para dentro. — Bonecas matrioskas! — Levanto uma boneca de madeira lindíssima pintada como uma mulher em trajes tradicionais de campo-nesa, só que o rosto parece-se notavelmente com o meu. — É suposto ser eu? — exclamo, abrindo a boneca para revelar a próxima.

— São todas tu até à última — diz Ravil.

Abro-as todas até chegar ao bebé. Um menino, a julgar pelo enfaixamento azul claro.

— Na Rússia, são um símbolo de fertilidade e família. Uma homenagem a como as mães carregam o legado da família para o futuro.

Os meus olhos humedecem. — Adoro. Obrigada.

Ravil liga o carro. — Eu honro o presente que me estás a trazer. A nós — corrige.

— Estavas a gozar comigo quando disseste aquelas coisas ao meu pai? — Empilho as doces bonecas aninhadas, a admirar o seu artesanato. Como abrem e fecham tão bem.

— Falei a verdade — diz ele calmamente. — Cada palavra.

As lágrimas ameaçam novamente, e eu não sou do tipo chorona. Malditas hormonas!

— E quanto à aula de parto?

Ele acena. — Vamos mesmo. Svetlana dá uma aula semanal no edifício aos sábados. A nova sessão começa esta noite.

— Método Bradley?

— É isso mesmo.

— Não sei o que é isso.

— Bem, é o que a Svetlana gosta mais, depois do hypno-birthing. E ela é apaixonada pela educação para o parto.

— Vai ser em inglês?

Os lábios de Ravil tremem. — Vai.

— E outros casais estarão lá?

— Sim.

Recosto-me, um pouco animada com esta informação. Olho para Ravil, o meu bonito captor russo. — Já acabaste de estar zangado comigo?

Os lábios dele torcem-se ironicamente, e ele mantém o olhar na estrada. — Estou a caminho disso.

O bebé dá um pontapé, e eu suspiro e sorrio, a colocar a minha mão sobre o local.

Ravil estende a mão para colocar a sua ali também. Cubro-a com a minha e pressiono-a contra a minha barriga para mostrar-lhe onde sinto as pequenas bolhas de movimento.

— Obrigada — digo.

Ele olha para mim.

— Por me levares a ver o meu pai. Significa muito para mim.

— Eu sei, gatinha — diz ele. E acredito nele. Porque ele parece realmente saber o que é importante para mim e o que não é.

— Leva-me para casa — digo, embora os meus instintos me gritem para me conter. Que é demasiado cedo para fazer esse pedido. Obviamente, tenho razão.

— A tua casa é no Kremlin — diz ele firmemente. — A casa do nosso filho é no Kremlin.

Deixo cair a cabeça contra o encosto do assento. Raios.

Preciso de lhe perguntar sobre o tráfico sexual, mas estou demasiado aterrorizada com o que poderia descobrir. As coisas finalmente estão a acalmar entre nós. Sei que isso é cobarde, mas proteger o meu estado mental tem algum valor quando estou a gerar um bebé.

Ele passa por um drive-thru da Dairy Queen e pede-me o Blizzard.

Não seria verdade dizer que não estou a chegar a algum lado com o Ravil. Ele levou-me a ver os meus pais, algo com que não tinha concordado antes. Está a levar-me a uma aula de preparação para o parto. Está a começar a mostrar alguma confiança.

Preciso de ter cuidado e não violar essa confiança. Porque o Ravil disse ao meu pai que se preocupa comigo. E disse-me que cada palavra que disse na reabilitação era verdade.

Por isso, se eu puder construir a sua confiança, se eu puder ganhar o seu perdão por tentar manter o bebé longe dele, acredito que eventualmente posso apelar ao seu lado mais magnânimo. Este é um tipo que dá aos adolescentes do seu prédio uma palestra sobre sexo e oferece-lhes preservativos. Acredito que se pode conversar com ele.

Não hoje.

Mas posso esperar.

E entretanto, não estou a sofrer. Estou em ambientes luxuosos com massagens diárias, comida deliciosa e mais orgasmos por noite do que tinha num ano antes do Ravil.

E quanto ao Ravil – bem, sei que é um criminoso. Não acredito que tenha ganho o dinheiro para comprar um edifício multimilionário com vista para o Lago Michigan legitimamente.

Mas ainda não vi nada aterrorizador. Ele não parece mentalmente instável. Não tenho razões para acreditar que seria um mau pai, se prometesse manter o seu negócio longe do nosso filho.

Essa teria de ser a estipulação.

Mas ainda não estamos prontos para negociar.

Primeiro, eu rendo-me.

Dou-lhe o que ele quer – a segurança de me ter sob o seu controlo. Acesso total ao meu corpo em todos os momentos – não posso dizer que me importo com essa parte – e o controlo sobre o futuro do seu filho que tentei tirar-lhe.

Mais tarde – muito mais tarde – vou trazê-lo para a mesa de negociações e negociar pela minha liberdade.

Pego numa colher de Blizzard e estendo-lha. — Queres provar?

CAPÍTULO 12

ucy

Svetlana dá aulas de preparação para o parto numa sala de conferências no terceiro andar do Kremlin, onde parece haver vários escritórios. Vejo um sinal numa porta que diz: "silêncio, massagem em sessão", e imagino que deve ser onde Natasha recebe os seus clientes.

Há alguns outros casais sentados à volta da grande mesa de conferência e uma mãe com um bebé à cintura de pé, a falar com eles.

— Lucy, Ravil, bem-vindos — diz Svetlana em inglês com um sotaque relativamente carregado. — Estou contente que puderam vir.

Ela dá-me um abraço como se fôssemos velhas amigas. Como se da última vez que me viu, não me tivesse boicotado a falar apenas russo. Claro que isso foi culpa do Ravil.

Svetlana baixa o ecrã do projetor e liga o seu Macbook. Começa por nos pedir que nos apresentemos.

Olá, sou a Lucy, e sou prisioneira neste edifício. O pai do meu filho é um criminoso perigoso que quer controlar todos os aspetos da minha gravidez e parto.

215

Imagino o que diriam se começasse assim?

Mas não. Construir confiança, lembro a mim mesma. Render-me.

— Olá, sou a Melissa — diz uma jovem muito nova, de cabelo escuro comprido e pele morena. — Nós, hum, engravidámos na nossa lua de mel. Foi um pouco inesperado, mas estamos felizes.

— Eu sou o John — diz o marido.

— Sou o Larry, esta é a minha esposa Jane. Este será o nosso terceiro parto em casa com a Svetlana, por isso não precisamos propriamente da aula, mas é uma desculpa para nos afastarmos dos outros dois filhos e termos uma noite a dois — diz um homem barbudo. A sua esposa ri e aconchega-se ao seu lado. — Além disso, adoramos os vídeos — diz Jane.

— Ah sim, os vídeos de parto — diz a mulher com o bebé. — Já os vi vinte vezes e ainda choro sempre.

Todos sorriem.

— Sou a Carrie. Não tenho parceiro de parto — diz uma loira com ar hippie. — Mas estou a planear fazer hipnoparto. Tenho estado a ouvir os meus áudios.

Hipnoparto. Ravil mencionou algo sobre isso aos meus pais. Na altura, eu estava bastante certa de que era apenas mais uma coisa maluca que ele me estava a atirar para me manter desorientada. Agora, parece mais algo real. Faço uma nota mental para investigar.

— Não há problema. Eu serei a tua parceira de parto — diz Svetlana. — Ou a Genevieve. — Ela indica a mãe, que agora amamenta o seu bebé gorducho no canto. — A minha assistente. — Genevieve levanta a mão e acena. — Sou a Genevieve. Este é o Sammy. — Como se o bebé soubesse que estão a falar dele, larga o peito, deixando-o exposto para a sala, vira-se e dá-nos um sorriso deslumbrante. O leite escorre dos seus lábios avermelhados.

Os meus próprios mamilos ficam tensos ao ver isto, como

se o meu corpo estivesse disposto a amamentá-lo também, se algo acontecesse à sua mãe.

Todos riem, acenam, fazem caretas de bebé e arrulham sobre o adorável Sammy, incluindo Ravil. É doce. Relaxo um pouco.

Estas não são as minhas pessoas — parecem todos do tipo alternativo, natural, o que faz sentido, se Svetlana é a sua parteira e/ou orientadora de parto. Mas estamos todos aqui pelo mesmo motivo. O mesmo resultado.

Ter o nosso próprio bebé gordinho, feliz e adorável no final de tudo isto.

— Olá, sou a Lucy — digo, repreendendo-me por soar exatamente como a advogada rígida e fria que sou.

— Sou o Ravil — interrompe ele, como se percebesse que não sei o que mais dizer.

Svetlana liga o computador e percorre uma apresentação PowerPoint sobre a alimentação adequada durante a gravidez. É basicamente a mesma lista de verificação que ela me deixou na terça-feira.

Depois, começa a falar sobre técnicas de parto e posicionamento do bebé. O quão importante é ter o bebé com a cabeça para baixo, face para baixo para o parto, e o que podemos fazer para o final da gravidez para garantir que isso aconteça, como engatinhar de joelhos e mãos, ou fazer pinos numa piscina.

Uma parte de mim quer revirar os olhos e descartar tudo isto como um monte de disparates hippies, mas a outra parte pode acreditar que pode haver alguma sabedoria antiga aqui, transmitida através dos tempos por mulheres como Svetlana, antes da época em que os médicos assumiram os partos e dar à luz em hospitais se tornou a coisa normal.

Isso não significa que eu queira abdicar do parto hospitalar. Sabe Deus que quero a epidural e o oxigénio e tudo o mais que possa ser necessário para manter-me a mim e ao meu bebé em segurança. Especialmente a considerar a minha idade.

Svetlana põe um vídeo de um parto em casa. Fico um pouco chocada inicialmente ao ver uma mulher grávida completamente nua, de quatro na cama.

A gemer.

Ela rodeia as ancas e balança-se de joelho em joelho enquanto o seu parceiro de parto lhe acaricia as costas.

— Ele está a usar um toque muito leve, fazendo o símbolo do infinito nas suas costas — diz Svetlana com o seu sotaque russo. — Isto ajuda-a a relaxar. — Os gemidos da mulher tornam-se mais altos.

— Ela está a ter uma contração. Vejam como não para de respirar? Em vez disso, solta um som baixo. Este som baixo ajuda a relaxar o pavimento pélvico. O que a boca faz, o pavimento pélvico faz. Relaxa a boca, relaxa a pélvis. O bebé sai.

Estou envergonhada a ver isto. Parece um momento tão privado, e ainda assim, aqui estamos todos, a intrometer-nos nele, a ver a pobre mulher a lutar através do mais íntimo dos atos. — Não acredito que ela tenha deixado alguém filmar isto — murmuro.

— Oh, ficarias surpreendida — intervém Jane. — Pensas que te vais importar com quem te vê dar à luz ou quem te vê nua, mas quando o momento chega, nada disso realmente importa. Estás disposta a partilhá-lo porque é bonito e natural e o teu bebé é um milagre.

John aperta-a mais contra si. — É verdade — concorda ele. — Jane até deixou a minha mãe entrar na sala.

— Não há problema se quiseres privacidade — intervém Svetlana. — O teu conforto é a única coisa que importa.

O casal no ecrã muda de posição. Ela agacha-se no chão em frente à cama, o parceiro sentado na cama, apoiando-a por baixo das axilas.

Uma mulher — Cristo, é a própria Svetlana! — senta-se à

sua frente, mãos estendidas. Svetlana fala com a mulher em russo. Uma cabeça escura aparece, e todos nós suspiramos. Nos segundos seguintes, os ombros aparecem, depois o resto do bebé sai deslizando.

— Oh! — Carrie cobre a boca com a mão, lágrimas nos olhos.

Não estou a sentir nada, mas talvez esteja demasiado chocada com toda a cena. Espreito discretamente para o Ravil. Ele também está impassível.

Svetlana põe outro vídeo. — Este é um parto na água. Sei que alguns de vocês estão a considerá-lo. — Ela lança-me um olhar.

Nem pensar.

— O parto na água foi pioneiro nos anos 60 por Igor Charkovsky na Rússia para reduzir ou eliminar o trauma do nascimento para o bebé. Tornou-se popular na Rússia nos anos 80. Já auxiliei cento e vinte e nove partos na água — afirma orgulhosamente. — Acho que verão o seu apelo quando assistirem ao vídeo.

Uma mulher grávida está numa enorme banheira de plexiglass, como uma baleia num aquário — totalmente à vista da câmara e do público. A cabeça e os ombros dela estão fora da banheira, e o marido acaricia-lhe o pescoço e os ombros, a murmurar para ela em russo.

Ela geme e segura a barriga. Consegue-se literalmente ver a barriga apertar, os músculos a empurrar o bebé para baixo e para fora.

Continua por algum tempo — o suficiente para eu começar a perguntar-me quanto tempo mais teremos de ver e então, de repente, a cabeça do bebé aparece. Svetlana estende a mão para a banheira, não para segurar, mas para massajar suavemente em círculo a cabeça do bebé. Não há gritos como nos filmes. Svetlana e o parceiro de parto falam em murmúrios, a mãe geme num tom baixo, gutural.

O resto do bebé sai deslizando. Ainda assim, Svetlana não o apanha. Deixa-o flutuar suavemente por um momento enquanto a mãe chora as suas lágrimas de alegria.

É a mãe quem recolhe o bebé e o tira da água para o segurar contra o peito, e só então Svetlana aproxima-se para, discretamente, colocar um estetoscópio nas costas do bebé enquanto os pais choram de alegria.

Desato a chorar. É a coisa mais bonita que já vi. O parto foi tão pacífico. A alegria dos pais é tão palpável. O milagre de tudo tão intrínseco.

Ravil coloca o braço sobre as costas da minha cadeira e acaricia o meu ombro. Quando soluço, Jane olha para mim, os seus olhos e bochechas húmidos. — Não é? — diz ela.

Fungo e aceno. — Sim. Foi lindo.

Svetlana sorri-me, como se eu tivesse acabado de passar algum tipo de teste. — Como podem ver, os partos na água são extremamente pacíficos para a mãe e para o bebé.

As lágrimas continuam a escorrer-me dos olhos. É absolutamente humilhante e completamente diferente de mim chorar, muito menos à frente de um grupo de estranhos. Tudo o que posso fazer é abanar a cabeça e tentar conter a respiração entrecortada.

Talvez Ravil não estivesse apenas a ser um idiota quando me disse que eu ia ter um parto na água. Quero dizer, ele definitivamente foi um idiota porque a escolha deveria ser minha. Mas a ideia já não parece tão insana ou detestável agora.

Ravil massaja a parte de trás do meu pescoço, acaricia o meu cabelo. Dou por mim a inclinar-me para ele, a absorver a sua força, o conforto que ele oferece. E apesar da lógica, apesar de saber que ainda sou sua prisioneira, e que ele me mantém aqui contra a minha vontade, estou-lhe grata por me ter trazido para esta aula. Nunca teria visto um vídeo como este sem ele. Não saberia sobre partos na água e a beleza deles. Não teria pesquisado partos em casa, ou hipnoparto ou qualquer desta informação alternativa.

E embora não seja o meu estilo, sinto-me muito mais capaz de ter um bebé do que há uma semana atrás. Tenho mais confiança no meu corpo e na natureza e na beleza e milagre do nascimento.

Olho para Ravil.

Tenho mais confiança nele.

Estou a jogar o jogo para que ele confie em mim, e ainda assim, sou eu quem está a cair sob um feitiço. Porque tudo o que vejo é bondade. Boas intenções. Coração.

Estendo a mão e pouso-a na coxa dele. Ele puxa-me para mais perto com o braço à volta dos meus ombros.

Viro o rosto para o pescoço dele e dou-lhe um beijo tentativo.

Ravil fica imóvel.

Carrie lança-nos um olhar. — Tens sorte — diz ela. — Quem me dera estar a ter este bebé com alguém que amo. Mas hey, seremos eu e o bebé, e vamos amar-nos incondicionalmente.

Os meus olhos enchem-se de lágrimas novamente. Não porque ela tenha feito a suposição errada sobre nós. Mas porque há uma semana atrás, eu estava na posição dela. A planear fazer tudo, tudo sozinha.

E agora, de repente, estou a ser tratada como uma rainha. Cuidada. Mimada. Massajada. Com os dedos dos pés chupados. O meu corpo tocado como um instrumento fino.

Será que realmente acho que estaria muito melhor sozinha? A minha vida antiga parece de repente tão vazia.

Tão estéril.

E é para isso que eu estaria a trazer um bebé. Para um apartamento estéril e vazio com uma ama para alimentar o meu bebé com biberão enquanto eu trabalho o dia todo a tentar tornar-me sócia no escritório do meu pai.

Nada disso parece certo agora.

Ver os vídeos fez a ideia de um bebé parecer muito mais real. Um ser pequeno e miraculoso que entraria na minha vida. Que deveria ser celebrado e honrado. E nascer naturalmente em paz.

Cristo, será que pensei mesmo isso? Devo estar louca.

Mas estou a pensar nisso. Estou a considerar como seria para o meu doce, doce bebé entrar suavemente no mundo na banheira de água salgada do Ravil. Com ele atrás de mim, massajando os meus ombros e chorando comigo enquanto levanto o nosso filho reverentemente da água.

<h1 style="text-align:center">CAPÍTULO 13</h1>

avil

Fico mais duro que pedra no momento em que Lucy coloca a mão na minha coxa. É a primeira vez que ela me toca por sua própria iniciativa, e o meu corpo ganha vida como se fosse ela quem me comandasse na cama e não o contrário.

Tenho fantasiado com os lábios dela em volta do meu pénis. Ordenar-lhe que se ajoelhe e enfiar o meu comprimento naquela boca inteligente.

Mas não consegui fazê-lo. O meu objetivo é mantê-la livre de stress e satisfeita pelo bem do nosso bebé. Mantê-la prisioneira já é estressante o suficiente. E embora ela tenha estado disposta a receber o meu castigo e prazer, é diferente de forçá-la a retribuir, mesmo que isso seja uma prática sexual comum com submissas.

Mas agora só consigo pensar em entrar nela. Não pelo prazer dela, mas pela minha própria necessidade desesperada.

Mal consigo tirá-la dali com rapidez suficiente quando a aula termina. Entramos no elevador a subir, e estou pronto para fodê-la ali mesmo, mas infelizmente, não estamos sozinhos.

— Olá, Sr. Baranov — um dos miúdos do edifício está no elevador com a mãe, vestido com equipamento de futebol completo, a segurar uma caixa cheia de barras de chocolate.

— Olá, Nate, vens de um jogo?

— Não, apenas de um treino. — Ele estende a caixa. — Gostaria de comprar uma barra de chocolate? É para a equipa.

— Vou levar a caixa toda — digo-lhe. — Consegues fazer as contas? — Procuro na minha carteira uma nota de cem dólares.

— Hmm. — Um olhar de pânico acende-se nos olhos dele. A mãe tira o telefone como se fosse usar a calculadora.

— Não há problema. Toma o teu tempo — digo. Vou dar-lhe os cem independentemente de quantas barras ele tenha. Só quero que ele use as suas habilidades matemáticas. Ele deve estar no quinto ou sexto ano. Velho o suficiente para saber multiplicar. — Quantas barras há na caixa?

O miúdo ajoelha-se e começa a despejá-las, a contar rapidamente. — Havia sessenta — relata. — Mas já comi uma e vendi três no autocarro a caminho de casa.

— Então quantas sobram? Não precisas de contar. Basta fazeres a subtração de cabeça. Sessenta menos quatro é quanto?

— Hmm... cinquenta... e seis. Sim, cinquenta e seis. — Ele volta a meter as barras na caixa e levanta-se.

— Isso mesmo. E o preço por barra?

— Um dólar. Então são cinquenta e seis dólares.

— Isso foi fácil. — Sorrio para ele. — Não precisas de me dar troco. — Entrego-lhe a nota. — É a minha doação para a tua equipa. — Pego em algumas barras de chocolate da caixa e devolvo-a. — E estas são para ti.

— Obrigado, Sr. Baranov. — O elevador para no andar deles.

— Sim, obrigada — diz a mãe dele, com o sotaque russo carregado. — Muito obrigada. — Ela segura a porta para o filho e lança um olhar a Lucy.

— Esta é a Lucy — quero acrescentar "a mãe do meu filho", mas Lucy ainda não está disposta a ser reclamada por mim. — Lucy, esta é a Anna e o filho dela, Nate.

Lucy é o tipo de pessoa que comanda esse tipo de admiração.

Não que eu já tenha decidido se quero reivindicá-la.

Oh, a quem estou a enganar?

Se ela me aceitasse, eu reivindicaria absolutamente a Lucy. Corpo e alma. Especialmente aquela alma dela. Eu ensinar-lhe-ia o que é ser verdadeiramente amada. Profundamente amada. Reverenciada, cuidada, acarinhada. Honrada.

— Prazer em conhecer-te, Lucy — diz Anna, ao inclinar a cabeça quase como se estivesse a fazer uma vénia a uma princesa. Solta a porta, e esta desliza fechando-se.

No momento em que se fecha, estou em cima de Lucy. Encosto-me à parede do elevador e prendo os pulsos dela ao lado da cabeça. Dou-lhe um beijo ardente na boca, depois ao longo da mandíbula e descendo pelo pescoço. Mordisco e mordo o mamilo dela por baixo da blusa. Ao mesmo tempo, empurro a minha coxa entre as pernas dela e esfrego.

Surpreendentemente, ela beija-me de volta.

Ansiosamente.

Como se me desejasse tanto quanto eu a desejo.

A mim. Não apenas satisfação sexual.

Não sei o que mudou. Não tenho a certeza se me importo. Só sei que mal posso esperar para entrar nela e arremeter até que ambos gritemos.

O elevador para no último andar, e não paro de beijar

Lucy. Usando os pulsos dela como alavanca, rodo-a para longe da parede e faço-a recuar para fora do elevador e para o corredor. Os meus lábios prendem-se nos dela, a minha língua desliza entre os lábios dela, fodendo a sua boca como se as nossas vidas dependessem disso.

Ela geme suavemente.

— Preciso de ti nua — murmuro, com o meu sotaque carregado.

Entro na cobertura e paro de beijá-la apenas porque temos momentaneamente audiência.

Maxim ri-se enquanto manobro Lucy rapidamente para além da sala de estar até ao meu quarto. — Creio que alguém está a entrar na pele do Ravil — observa ele.

Ignoro tudo. Nada importa além de levar Lucy para o meu quarto, para a minha cama. Fecho a porta atrás de nós e tiro-lhe a blusa. Ela desabotoa as minhas calças, alcançando-me para agarrar o meu membro. Estremeço de prazer, a pegar em sua nuca e a puxá-la para perto do meu corpo.

— Isso mesmo, gatinha — incentivo com voz rouca. — Aperta como se o desejasses mesmo.

Ela aperta o meu pénis com mais força, a bombear algumas vezes enquanto eu tento concentrar-me o suficiente para desapertar o soutien dela.

— És tão linda. Uma deusa — murmuro. Não tenho a certeza se estou a falar inglês ou russo. Tiro os sapatos com os dedos dos pés e saio das calças. Lucy não tira a mão do meu pénis quando tenta tirar-me a camisa. Em vez disso, enfia os dedos no V aberto da minha gola e rasga-a, fazendo saltar botões e puxando a minha boca contra a dela novamente.

— Linda, linda mulher. — Tiro-lhe a saia. As cuecas para baixo.

Ela cai de joelhos.

Quase gozo só de ver.

— Lucy — engasgo-me antes mesmo de ela me levar à boca.

— Quero provar — diz ela de uma forma muito pouco típica da Lucy, sedutora. Ela lambe à volta da base da minha cabeça.

Uma gota de pré-gozo emerge, e ela lambe-a, a levantar o olhar sensual para mim.

Oh, meu Deus. *Blyat.*

Ela leva-me à boca, e os meus joelhos recuam e travam, atiro a cabeça para trás em êxtase. Mas então tenho de olhar para baixo novamente porque não há nada tão bonito como a minha submissa-não-submissa aos meus pés. Ela leva-me à cavidade da bochecha, a sugar enquanto se move ao longo da minha extensão, depois dirige-me diretamente para o fundo da garganta. Ela engasga-se um pouco, mas não recua, apenas vai devagar, a ajustar-se.

As minhas coxas começam a tremer. Já estou tão perto do limite. Sente-se tão bem. Lucy é habilidosa, mas não é a sua perícia, é o facto de ser a Lucy. Que ela quis dar-me isto. Depois de me esconder tudo desde o início. Algo duro e escondido no fundo do meu peito desprende-se.

Envolvo a minha mão na parte de trás da cabeça dela e fodo-lhe a cara, a começar a perder o controlo.

Mas não.

Quero que ela também fique satisfeita. Com grande esforço, consigo sair da boca dela. — Vem, gatinha — digo asperamente. Ajudo-a a levantar-se e guio-a para a cama. — De lado — ordeno, e ela obedece. Puxo os joelhos empilhados dela para o lado de modo a inclinar o rabo dela na beira da cama onde posso entrar nela de pé.

Uma passada do meu dedo verifica que ela está a escorrer.

Ela está sempre. Mesmo quando me está a esbofetear e zangada, o corpo dela sempre me deseja.

Sempre me acolhe.

Ele conhece o seu mestre mesmo que ela não reconheça.

Deslizo suavemente, embora esteja pronto para arremeter. Ela levanta um joelho para me dar melhor acesso. Olha para o lugar onde os nossos corpos se conectam com olhos vidrados, pupilas dilatadas.

Encaixo o cotovelo sob a coxa de cima dela para segurá-la enquanto empurro mais fundo. Uma retirada lenta. Outro empurrão profundo.

Ela estende a mão entre as pernas para esfregar o clítoris.
Blyat.

— *Nyet* — repreendo.

Ela retira a mão, a olhar para mim confusa.

— Quem é dono dos teus orgasmos? — Estou a sentir-me fodidamente proprietário neste momento. Ela entregou-se a mim, e eu estou a tomá-la. Toda ela. Cada. Último. Pedaço.

Levo a almofada do meu polegar ao ápice do seu sexo, a aplicar uma pressão suave enquanto continuo a cortar para dentro e para fora dela. — Chupaste o meu pénis tão bem, gatinha. Devo deixar-te vir primeiro?

Ela abana a cabeça. — Não — ofega. — Contigo.

Comigo.

Bom, foda-se.

Aquela coisa dura e escondida que se libertou no meu peito desmorona-se ainda mais. Eu fodo-a com mais força. Mais rápido. Meto-me com tudo na minha linda advogada grávida, a observar enquanto ela se torna tão incoerente como eu me sinto, as bochechas febris, o cabelo a emaranhar-se na colcha.

Inclino-me para a frente, a empurrar a coxa superior dela em direção ao ombro, a aplicar mais do meu peso em cada investida brutal.

— Gostas assim forte, gatinha?

— Não — suspira. — *Sim!*

Ela provavelmente nem sabe o próprio nome agora. Tenho a certeza que eu não sei o meu.

— Estás pronta para vir, *kotyonok*?

— Sim — suspira rapidamente. — Sim, sim, sim. Por favor.

Blyat. Eu também estou pronto.

Fecho os olhos e arrasto respirações irregulares. Os meus movimentos tornam-se bruscos à medida que me aproximo, mais perto, e então o prazer explode. Bato fundo e gozo forte, esfrego o clitóris de Lucy como se fosse o meu botão da sorte.

Ela vem imediatamente, os músculos a apertarem-se em volta do meu pénis, aapertar e pulsar. Fico profundamente dentro até recuperar o fôlego. E depois ainda permaneço dentro, a olhar para a minha bela cativa.

E é então que sei com total certeza: não a deixarei ir.

Lucy é minha, e quanto mais cedo ela aceitar isso, melhor para todos nós.

Lucy

Lençóis frescos e macios tocam a minha pele nua. Acordo em total bem-estar. O meu corpo sente-se relaxado e maravilhoso. Sinto um cheiro delicioso vindo da cozinha.

Sento-me e olho em redor. O sol poente faz o Lago Michigan brilhar num lindo tom rosado de pêssego. Devo ter adormecido após o sexo.

E que sexo.

Uau.

Foi assim que o Ravil esteve no Black Light. Depois de eu ter dito *vermelho* porque ele estrangulou um homem por mim. Depois de ele ter de me reconquistar. A vez em que ele me engravidou.

Eu não tinha esquecido, mas esse lado apaixonado dele normalmente está tão escondido, que comecei a questionar-me se o tinha inventado. Ou embelezado. Mas não. Aquele era o Ravil para quem tenho andado a masturbar-me. Não o dominador frio e bem cuidado que sabe exatamente o que dizer ou fazer para fazer o meu corpo virar-se do avesso. Eu aprecio esse lado também. Mas ver ele sem botões, ver um vislumbre do Ravil verdadeiro – essa é a parte que significa algo.

O nosso filho foi concebido num acesso de paixão total.

Paixão que ambos ainda sentimos um pelo outro.

Levanto-me, visto uma t-shirt e umas calças de ioga e experimento o puxador da porta. Está aberto. Nem há nenhum russo gigante sentado de guarda do lado de fora da porta.

Descalça, dirijo-me à sala de estar onde ouço os sons exuberantes de homens a falar em inglês com sotaque. Suponho que eles desistiram da farsa? Ou talvez voltem ao russo quando me virem.

Vislumbro Ravil na cozinha, a tirar do forno um tabuleiro de pierogis com uma luva térmica, parecendo muito mais doméstico do que eu poderia ter imaginado. O rosto dele floresce num sorriso caloroso quando me vê. Desapareceu a máscara inescrutável que normalmente usa. A fachada bonita mas fria. Há genuíno deleite na sua expressão.

E caramba, ele parece adorável a cozinhar.

— Não me digas que foste tu mesmo que fizeste essas? — pergunto. A minha voz soa rouca do sono.

Ouve-se uma gargalhada do sofá. Maxim lança um braço sobre as costas do sofá para se virar e sorrir para mim. — Como se fosse! O Ravil só sabe aquecer comida. — Inglês. Aleluia!

Ergo as sobrancelhas de forma brincalhona. — Estás a falar comigo agora? Estou tão honrada. — Estou a provocar

– não há rancor nas palavras. Simplesmente não o sinto de momento.

Maxim lança um olhar na direção do Ravil. — Eu sempre falei contigo. Só não era sempre numa língua que entendesses. — Ele pisca o olho para mim.

— Para de dar em cima da minha... — Ravil interrompe-se a meio de um rosnado. Não tenho a certeza do que ele ia dizer. *A minha cativa? A minha prisioneira? A minha amante?* — ...advogada — termina ele. Desliza os pierogis para um prato.

— A tua *advogada?* — troço, a caminhar para a cozinha como se esta fosse também a minha casa. Como se eu fosse uma colega de casa aqui e não uma prisioneira. Como se eu fosse a namorada do Ravil.

Era isso que eu queria que ele dissesse? Certamente que não.

— Eu sou advogada do *Adrian,* não tua — lembro-lhe. — Tem isso em mente porque tu não desfrutas de privilégio advogado-cliente comigo. Os teus segredos não estão seguros.

Dima faz um som de explosão da mesa onde está a trabalhar. O seu gémeo imita um avião a despenhar-se. Estão a rir-se do Ravil.

Toda a cena deixa-me mais à vontade do que tenho estado desde que cheguei. Como se eu fizesse parte da grande família feliz que eles têm.

— Não te preocupes — diz Dima, a olhar para mim. — Ele não coze para nenhum dos seus outros advogados. Tu és definitivamente algo mais.

Sorrio porque é engraçado ver o Ravil a ser provocado. É ainda mais divertido vê-lo tão relaxado como eu me sinto.

— Vem, gatinha. — Ele acena-me para que me aproxime. Tem um copo alto de leite em cima do balcão. — Bebe isto enquanto os pierogis arrefecem. E a resposta é não, não fui eu que os fiz. A Sr.ª Kuznetzov trouxe-os prontos para cozer. Tenho-os encomendados diariamente para ti.

— E ele não nos deixa tocar-lhes! — grita Pavel da sala de estar. — Nem sequer nos do dia anterior. Para o caso de teres fome durante a noite.

— Isso é bom, porque parece que os quero para todas as refeições. — Estendo a mão para um do prato, mas Ravil afasta-o do meu alcance.

— Estão muito quentes.

Ele coloca um recipiente de morangos biológicos à minha frente. — Come estes como aperitivo. Já os lavei.

Caramba. Ravil é doce. Mais doce do que eu quero que ele seja. Eu poderia habituar-me a ser tratada assim. E onde é que isso me levaria? Eu não vou ficar aqui permanentemente – essa ideia é ridícula. Ravil não pode simplesmente raptar uma mulher e mantê-la.

Mas seria assim tão mau? sussurra uma vozinha na minha cabeça.

Sim! Seria. Mordo um morango suculento, saboreando o sabor. Nunca provei um tão suculento, tão doce. Ou será que os meus sentidos estão todos intensificados pelo sexo e pelos prazeres físicos que Ravil constantemente me proporciona?

— O que mais queres? — pergunta Ravil. — Não tens de comer pierogis, eu só os queria ter à mão caso os desejasses novamente.

— Eu quero pierogis.

— Acho que não há dúvida que o nosso bebé é russo, ah? — diz Maxim, a vaguear para a cozinha. Ele pega num pierogi e dá-lhe uma dentada, depois exclama e abre a boca, a ofegar. — Quente!

— Devias tê-lo avisado — repreendo.

— Ele devia ter obedecido à minha ordem para não lhes tocar — contrapõe Ravil.

— Chupador de caralho — murmura Maxim, mas é obviamente com afeto.

Oleg levanta-se da cadeira na sala de estar e dirige-se à porta.

— Onde vais, Oleg? — pergunta Ravil, embora ele não possa falar.

— É sábado à noite — lembra-lhe Maxim.

Ravil parece confuso.

— Ele vai àquele clube para ouvir música aos sábados.

Oleg levanta a mão para se despedir e sai.

Maxim diz: — Há uma rapariga.

As sobrancelhas de Ravil disparam para cima. — O Oleg vai a um clube para conhecer uma rapariga?

Maxim encolhe os ombros. — Para ver uma rapariga. Ela é a vocalista da banda. Ele tem uma coisa por ela.

Ravil partilha um olhar de *quem diria?* comigo, como se eu conhecesse o Oleg o suficiente para estar tão surpreendida como ele.

— Ele tem uma grande coisa por ela — diz Maxim, a abanar as sobrancelhas.

— Então já a conheceste? Qual é a história?

— Bem, fui com ele uma vez para ver onde é que ele ia todos os sábados. E foi então que vi. Ela sabe que ele vai vê-la e dá-lhe um flirt descarado.

Ravil inclina a cabeça. — Hum. Estou a ter dificuldade em imaginar isso.

— Vais ter de ver por ti mesmo. Talvez possas ajudá-lo a convidá-la para sair.

— Porque é que tu não o fizeste? — exige Ravil.

— Porque ele agiu como se me fosse partir os dentes se eu insistisse. Mas contigo, pode ser diferente. — O telefone de Maxim toca, e ele olha para o ecrã. — Ugh. É o Igor.

Ravil lança-lhe um olhar significativo.

Maxim segura o telefone, a olhar para o ecrã.

— Vais atender?

Maxim diz algo em russo que soa como um palavrão. — Não.

— O homem está a morrer, e tu não atendes a chamada?

Maxim espera até que o telefone pare de tocar e depois guarda-o no bolso, os ombros caídos. — Ele quer que eu volte para a Rússia.

— Para ocupar o lugar dele?

— Que eu saiba, mas não há maneira de eu ir. Prefiro estar aqui. Contigo. — Ele dá uma cotovelada a Ravil que revira os olhos.

O telefone de Ravil começa a tocar. Ele olha para o ecrã e suspira. — Igor. — Aponta um dedo a Maxim. — Tu é que és o chupador de caralho. — Ele atende a chamada em russo. A sua voz torna-se suave, e eu percebo que eles não estavam a ser figurativos quanto ao homem estar a morrer. Ravil fala como se estivesse a acalmar o homem.

— Quem é o Igor? — sussurro.

— O chefe da bratva em Moscovo — diz Maxim em voz baixa. — Ele tem cancro no pâncreas. Todos estão a competir para ocupar o seu lugar. — Ele ergue as mãos. — Mas eu não. Não me poderiam pagar o suficiente para voltar e dirigir o espetáculo lá.

— Ele é o chefe do Ravil? — Tento não parecer demasiado interessada. Ou que o meu interesse é mais do que mera curiosidade.

Maxim dá um encolher de ombros casual. — *Da*. Mas ele não será chamado de volta porque tem-se saído tão bem aqui. O nosso magnata imobiliário possui seis edifícios aqui.

Ravil desliga e olha para Maxim. — Tens sorte. Ele já nomeou Vladimir como seu sucessor. Haverá desafios, mas nada disso nos diz respeito.

— Então por que é que ele me quer lá? Eu não vou fazer

de conselheiro para o Vladimir. Aquele rato não merece as minhas estratégias.

— Ele disse que quer dar-te algo antes de morrer. Em pessoa. Parece que é muito importante para ele. Vai num fodido avião amanhã, eu não acho que ele vá durar muito mais.

Maxim passa uma mão pela cara e suspira. — Está bem.

— E liga-lhe, caralho. Eu disse-lhe que estavas no duche.

— No duche? A sério? Foi o melhor que conseguiste arranjar?

Ravil sorri maliciosamente. — Liga-lhe, *mudak*.

— Oh, isso é bonito. Estás a praguejar em russo para não ofenderes a senhora?

— Sai da cozinha.

A mão de Maxim dispara, e ele agarra outro pierogi antes de Ravil lhe dar um empurrão no traseiro com o pé.

Alcanço um pierogi e mordo na bondade de carne e batata.

Maxim avança para a sala de estar e usa o telefone.

— Mmm. Achas que é mesmo o Benjamin que adora pierogis?

Ravil olha para mim com carinho. — Acho que vocês dois vão sempre gostar deles.

Algo leve agita-se no meu peito. A ideia de *sempre*. E o nosso bebé Benjamin. E Ravil a olhar para nós dois da forma como olha para mim agora.

CAPÍTULO 14

*R*avil

Uma semana depois, observo Lucy a cortar a água, o seu corpo iluminado apenas pelo luar. É espetacular — uma nadadora clara, concisa e forte. Imagino que nade da mesma forma que faz tudo. Com atenção ao detalhe e pouco ruído supérfluo.

Ela acordou à meia-noite para urinar e depois ficou de pé junto à grande janela a olhar para a lua e para a água. Quando lhe perguntei se queria banhar-se ao luar, ela disse que sim. Nem se incomodou com um fato de banho, o que significa que agora estou mais duro que pedra a observá-la. Após exatamente dez voltas, ela nada até à borda onde estou sentado com os pés na piscina.

Gotas de água escorrem pela sua pele de porcelana suave.
— Ravil?
— *Da?*
— Como entraste para a bratva?
Mergulho a mão na água para acariciar o seu seio pesado.
— A bratva encontrou-me nas ruas de Leninegrado quando tinha oito anos. O que agora é São Petersburgo. A minha mãe

era prostituta e alcoólica, e eu já me tinha desenrascado sozinho desde que me lembro. A roubar comida, a esquematizar para conseguir dinheiro. Deram-me pequenos trabalhos — fazer recados, ficar de vigia, ir buscar a roupa deles à lavadeira, e pagavam bem.

— Por volta dos doze anos, já tinha jurado lealdade. Quando tinha treze, encontrei a minha mãe morta numa poça do seu próprio vómito e sangue.

Lucy envolve a minha perna com a mão e olha para mim, com compaixão a redemoinhar nos seus olhos castanhos. — Lamento — sussurra.

Algo na sua expressão rasga um buraco na minha armadura, e não gosto da vulnerabilidade que daí resulta. Voltando a erguer as minhas barreiras, digo: — Aos dezassete anos fui para a prisão por estrangular um homem.

Lucy tenta esconder o choque.

— É mais do que querias saber?

— Não. — Ela abana a cabeça, mas ainda vejo vestígios de horror no seu rosto.

Sinto uma pontada de defensividade perante o seu choque. Mas sempre tive vergonha das minhas origens. Foi o que me fez determinado a ter sucesso a todo o custo. — Tens medo que eu crie o nosso filho para fazer parte da irmandade — acuso.

Ela engole em seco. — Vais fazê-lo?

A sua desconfiança das minhas intenções para o nosso filho irrita-me. É estúpido. Não é como se eu lhe tivesse dito algo diferente. Mas o orgulho faz-me recusar implorar e provar o meu valor. Se ela não consegue ver a minha honra pelas minhas ações para com ela, é cega.

— Não consegues ver para além dos teus próprios julgamentos. — Levanto-me. Saio porque se ficar, direi algo de que me arrependerei. Deixá-la-ei ver demasiado do que me importa.

Ouço o som de água quando ela sai. — Nunca me contas nada! O que é que sou suposta pensar? — grita atrás de mim.

A parte protetora de mim quer virar-me, pegar na toalha e envolvê-la. Certificar-me de que ela não escorrega na superfície com os pés descalços. Mas não. Estava a afastar-me.

— Ravil, se te recusas a contar-me a natureza dos teus planos ou a natureza do teu negócio, devo presumir que é porque são ilegais ou incriminatórios. Estou errada?

Paro para me certificar de que ela tem o roupão vestido. Não tem.

Volto atrás a passos largos, pego nele e entrego-lho.

— Qual é o teu negócio, Ravil? — exige ela.

— Já te disse, Lucy. Importações.

— Contrabando.

— Sim.

— Contrabando de quê? Escravas sexuais?

Recuo como se ela me tivesse dado uma bofetada. — Que raio te faria pensar isso?

Ela perde força perante a minha raiva. — Ouvi qualquer coisa.

— Sobre *mim*? — troveio. — A *minha* organização? — Como se alguma vez fôssemos tão baixos como o cabrão do Leon Poval.

Ela engole em seco. — Sobre a fábrica de sofás.

— Ah. — Não suporto o sabor amargo na minha boca. — Sim. Essa é a história do Adrian para contar, não a minha.

Os olhos dela arregalam-se.

Apesar do meu cabrão, continuo a ser um cavalheiro, por isso acompanho-a para dentro e deixo-a no nosso quarto antes de ladrar ordens ao Oleg para guardar a porta dela, e saio do edifício para dar um passeio.

Lucy

Ou entendi tudo errado ou o Ravil é muito bom a manipular-me. Ele está distante no dia seguinte, embora ainda garanta que todas as minhas necessidades sejam atendidas, enviando Valentina com o meu pequeno-almoço feito à medida.

Ele definitivamente fez-me sentir uma merda por sugerir que ele tinha algo a ver com o tráfico sexual. Mas ele sabe do que se trata. E, aparentemente, o Adrian também.

Preciso de desvendar o enigma. Agendei a audiência preliminar para o Adrian esta semana, por isso vê-lo-ei no tribunal, se não antes.

Para piorar as coisas, a Gretchen liga e, sentindo que realmente preciso de uma amiga, atendo.

— Lucy! Estás de repouso na cama? Porque não me disseste? Vou voar para aí amanhã.

Oh merda.

— Não, não, não, não. Estou bem. Quem te contou sobre o repouso?

— Liguei para o teu escritório, já que tens sido tão difícil de contactar ultimamente.

— Acredita, estou totalmente bem. Sinto-me ótima. Ainda estou a trabalhar. Só tenho de o fazer a partir de casa. Não precisas de vir. Na verdade, seria um grande incómodo se o fizesses porque tenho uma série de julgamentos a aproximarem-se e preciso de manter o nariz no trabalho.

Acho que tomei a minha decisão. Sem mensagens secretas. Sem grande resgate da minha melhor amiga. Aparentemente, vou ficar voluntariamente. Ou semi-voluntariamente.

— Bem, então o que aconteceu?

— Tenho pré-eclâmpsia. Mas não é grave. A médica só queria que eu ficasse fora dos pés pelo resto da gravidez.

— Ela provavelmente também queria que reduzisses o stress. Então porque é que ainda estás a trabalhar?

— Ugh. Tirar tempo não é sequer uma opção. Os sócios estão a falar sobre abrir um novo lugar para sócio, e estando eu fora do escritório, sinto que tenho de trabalhar duas vezes mais para provar que ainda valho a pena considerar.

— Deixa-me perguntar-te isto — advogada do diabo.

Suspiro. Os advogados gostam muito de fazer de advogado do diabo. — Está bem.

— Se algo acontecer a este bebé por causa do teu stress, vais realmente importar-te se te tornares sócia ou não?

O meu pescoço fica tenso, e tento esfregar a rigidez. Graças a Deus pela Natasha e as suas visitas diárias. Ela vai ganhar o seu dinheiro hoje.

Considero a pergunta da Gretchen. — Honestamente? É difícil importar-me com qualquer coisa com que costumava importar-me neste momento.

— Bem, isso é compreensível. Um bebé muda tudo.

Um bebé... e o Ravil.

— Sim, suponho. O que não sei é se depois de dar à luz e o meu cérebro não estiver dominado por hormonas, arrepender-me-ei das escolhas que estou a fazer agora.

— Que escolhas? — Gretchen não deixa escapar o meu deslize.

— Quero dizer, se decidir não concorrer a sócia. — Ou mesmo... não voltar ao trabalho. Como mãe solteira, isso não seria uma opção, mas o Ravil é carregado de dinheiro. Não que ele tenha oferecido para eu ser uma mãe a tempo inteiro. Mas suspeito que está em cima da mesa. Quando finalmente nos sentarmos e chegarmos a um acordo.

Quando o convencer a libertar-me.

— Bem, vamos falar sobre isto — diz a Gretchen. — Ser sócia significaria mais dinheiro, mas também significaria mais pressão e horas mais longas. É isso que queres quando estiveres a criar um recém-nascido sozinha?

Esfrego a minha barriga, e o Benjamin dá um pontapé como se respondesse ao meu toque.

— Talvez seja hora de abrandar um pouco. Sair da roda do hamster do sucesso.

Fecho os olhos. — Talvez seja — admito.

— Diz-me a verdade — alguma vez foste feliz lá?

— Bem... — considero. — Sou feliz quando faço bem o meu trabalho. Quando ganho um caso.

— Ok. Isso é importante. Mas isso pode acontecer em qualquer lugar. Em qualquer escritório. Não tem de ser o do teu pai. Especialmente agora que ele está...

Suspiro. — Não sei. Sinto que com o AVC dele, é ainda mais importante agora que me torne sócia. Tenho de preservar o legado dele, sabes?

— O que achas que importa mais para o teu pai, um neto saudável ou tu tornares-te sócia?

Hesito porque, honestamente, não tenho a certeza. O meu pai pressionou-me tanto desde o início.

— É o neto saudável — fornece a Gretchen quando não respondo. — Sei que interiorizaste os objetivos de carreira dele para ti, mas acredita — se ele pudesse falar — dir-te-ia para dares um descanso a ti mesma. Começar uma família sozinha não vai ser fácil.

— Isto é suposto ser uma conversa motivacional? — queixo-me.

— Estou apenas preocupada contigo. Tens a certeza que não posso voar para aí?

Fecho os olhos doridos. Quero desesperadamente falar com ela sobre os meus problemas muito maiores neste momento, mas não posso. — Sim, tenho a certeza. — De alguma forma consigo manter a minha voz uniforme. — Mas vamos falar em breve.

— Sim, não me faças ligar quatro vezes antes de atenderes da próxima vez.

— Eu sei. Desculpa. Obrigada por seres uma amiga tão boa.

— Ah, sabes que estou aqui para ti. A qualquer hora. E se quiseres despedir-te desse trabalho e mudar-te para cá para podermos dar a esse bebé duas mães, estou disponível.

Rio-me.

— Obrigada, mas a minha mãe nunca mais falaria comigo. Amo-te.

— Também te amo. Cuida-te.

Desligo e limpo os olhos a transbordar.

Ouve-se uma leve batida na porta. Não percebo que estou tolamente a esperar pelo Ravil até que registo a deceção ao ver o Maxim em vez dele. Ele espreita com a cabeça. — Estou a partir para Moscovo. Só pensei em despedir-me. — Levanta uma mão como se estivesse a acenar. — Não tenho a certeza de quanto tempo estarei fora — mas espero estar de volta antes do nascimento do bebé.

Olho para além dele para ver se o Ravil está lá. Não está.

— O Ravil está a lamber as feridas — diz ele, lendo a minha linguagem corporal. — O que tens de te lembrar, advogada, é que os egos masculinos são bastante frágeis. Especialmente quando se trata de mulheres bonitas.

Torço os lábios, a considera-lo. Então, o Ravil partilhou com ele o que aconteceu? As minhas bochechas aquecem.

— Ele meteu-se num beco sem saída contigo. — Maxim enfia as mãos nos bolsos e encosta as costas contra a porta. — Algo que, suspeito, ele está a começar a lamentar. Ele ama-te, Lucy. Ou está a apaixonar-se.

O meu estômago dá cambalhotas com essa notícia, mas abano a cabeça. — Isto não é amor.

— O que deves saber é que ele faria praticamente qualquer coisa por ti. — Ele inclina a cabeça para o lado. — Exceto deixar-te ir a ti e a esse bebé. — Abre a porta e dá um passo para trás para ficar meio fora. — Ele não gosta de mostrar o jogo, o que o serve bem nos negócios, mas não no amor. É por isso que estou aqui para ajudá-lo. — Inclina a cabeça para dentro. — Antes que seja tarde demais.

Foi tarde demais no momento em que ele me fez prisioneira, quero dizer, mas o Maxim já fechou a porta.

— Tem uma viagem segura — digo.

A porta abre-se novamente, e o seu rosto amigável aparece. — Obrigado, querida. Mantém-te segura e a esse bebé também.

Dou por mim a sorrir um pouco para a porta fechada quando ele sai. É difícil não gostar de toda a equipa do Ravil.

Estes homens parecem traficantes de sexo? Assassinos? Selvagens?

Não.

Ainda assim, sei com certeza que são bratva. E o Ravil também. Então a minha pergunta ontem à noite não foi assim tão descabida. Especialmente ao considerar os factos limitados que tenho.

Mas o Ravil ficou magoado com isso. Foi a minha impressão, e o Maxim disse isso mesmo.

Então acho que lhe devo um pedido de desculpas.

Parte da tensão em mim desaparece com essa decisão. Parece certo.

Afirmas ter tido conhecimento completo da minha profissão — exatamente o que faço e como administro o meu negócio? Pesquisaste isto minuciosamente antes de tomares a decisão de manter o nosso filho longe de mim?

Talvez eu tenha magoado o ego dele. Ele não parece inseguro, mas o Maxim parece pensar que a minha desconfiança dele e dos seus negócios o magoou.

Se ao menos acreditasse que podia confiar nele. Mas como posso? Ele é um génio criminoso, e não tenho ideia da natureza dos seus crimes.

Quando a Valentina traz o meu almoço, digo-lhe: — Diz

ao Ravil que me recuso a comer a menos que ele se junte a mim.

Pela forma como os olhos dela se arregalam, posso dizer que ela me entende. Ela ainda tem falado russo até agora, mas acena com a cabeça. — Está bem. Vou dizer ao Ravil agora. — Sai apressadamente como se o bebé fosse morrer à fome se eu não comesse nos próximos trinta segundos.

Tenho de admitir, às vezes parece mesmo assim.

O Ravil abre a porta com força dois minutos depois, os seus olhos azuis gelados nublados. — O que estás a fazer? — exige.

Levanto-me e caminho em direção a ele, encolhendo os ombros. — Queria pedir desculpa.

O rosto dele suaviza-se, os ombros perdem a tensão. Fecha a porta e abre os braços. — Vem cá, gatinha.

Não sabia que queria que ele me abraçasse, mas dou instantaneamente um passo em frente para o círculo dos seus braços. No seu abraço, a minha própria tensão e ansiedade desaparecem. O Ravil nem sequer me deixa falar, segura a parte de trás da minha cabeça para inclinar o meu rosto para cima e devora a minha boca.

Ele faz-me recuar enquanto me beija intensamente. Eu beijo-o de volta. É como a noite após a aula de preparação para o parto outra vez. As mãos dele percorrem todo o meu corpo, a puxar a minha blusa pela cabeça, a tirar o meu soutien. Agarra o meu cabelo e puxa a minha cabeça para trás. É um ato rude — mais rude do que ele tem sido antes — mas depois beija ao longo da coluna do meu pescoço. A sua boca aberta arrasta-se pela minha clavícula. A sua coxa pressiona entre as minhas pernas, a dar-me algo contra o qual roçar enquanto balanço as ancas.

— Vais deixar-me pedir desculpa? — suspiro, a minha boca a encontrar o seu pescoço enquanto ele baixa a cabeça para sugar um mamilo.

— Não — diz ele. — Estava a ser uma criança. Perdoa-me.

O meu coração estremece e derrapa. Penso em todas as discussões que o Jeffrey e eu tivemos. Não eram horríveis, mas havia muita culpa atirada dos dois lados. Geralmente era eu quem engolia tudo, para podermos seguir em frente. O Jeffrey nunca foi grande o suficiente para pedir desculpa.

Engraçado, nunca me apercebi disso até agora, quando o Ravil prova ser um homem muito maior. Chupo o seu pescoço, provavelmente com força suficiente para deixar uma marca.

Isso deixa o Ravil selvagem. A sua respiração torna-se ofegante como a minha. Ele empurra-me para a cama e afasta as minhas pernas, a deixar-me rolar para o lado para conforto enquanto lambe dentro de mim, a minha perna de cima lançada sobre o seu ombro largo.

— Ravil! — Enterro os meus dedos no cabelo dele e puxo-o. Estou tão desesperada como ele, e é por algo mais que sexo. É por comunhão.

É por me expor ao Ravil e vê-lo exposto a mim. Em verdadeira vulnerabilidade. Isto é verdadeira paixão. Não apenas o produto de hormonas desenfreadas, mas algo mais.

Algo significativo e ousado. Algo a ser reverenciado.

O Ravil desliza um dedo dentro de mim e acaricia a minha parede interior, e eu gemo e contorço-me não querendo vir-me até que a sua virilidade esteja dentro de mim.

— Por favor. Ravil? — imploro.

— Tens um sabor tão bom, Lucy.

— Preciso de ti dentro de mim.

— *Blyat* — pragueja ele e levanta-se, abrindo o fecho das calças para libertar o seu comprimento.

Estremeço de prazer no momento em que ele entra. Ele pressiona o polegar contra o meu ânus enquanto me monta, o que não deveria ser tão prazeroso como é. Especialmente quando o coloca dentro de mim. Não há nada como as sensações duplas de ter ambos os buracos preenchidos ao mesmo tempo. É uma sobrecarga de prazer.

Ele fode-me assim, cada estocada a tornar-me mais e mais desesperada para vir-me, a espiral de necessidade a apertar e apertar.

— Vou foder o teu cu hoje, Lucy — diz ele asperamente.

— Está bem — digo eu. Ele tem ultrapassado continuamente os meus limites. Ainda estou embaraçada com jogos anais, mas já não tenho medo disso. Não tenho medo de nada que o Ravil queira fazer ao meu corpo. Ele provou vezes sem conta que sabe como torná-lo bom.

Primeiro ele retira o polegar e depois o pénis e deixa-me para ir buscar lubrificante. Quando ele volta, observo-o por cima do ombro enquanto ele afasta as minhas nádegas e goteja lubrificante sobre o meu buraco traseiro. Ele esfrega um pouco sobre o seu pénis também.

Felizmente, ele vai devagar, aplicando pressão constante mas suave no meu ânus até que eu relaxe para deixá-lo entrar.

— Empurra um pouco — diz-me ele.

Eu faço-o, e ele desliza para dentro. É demasiado grande, e eu inspiro bruscamente, mas assim que a cabeça entra, fica melhor.

— Estás bem, gatinha?

— Sim — suspiro.

Ele entra o resto do caminho, centímetro por centímetro até estar completamente encaixado, e dá-me um momento para me acostumar com a sensação. Depois começa um bombeamento muito lento.

Os meus olhos reviram-se. Não deveria ser tão prazeroso.

O Ravil esfrega o meu clítoris com força e rapidez.

Gemo e soluço, gemo novamente. Ele começa a ganhar

velocidade a foder o meu cu, entra mais fundo, puxa mais para fora. Tudo parece bom. Esticado, cheio, mas bom.

O Ravil fode a minha vagina com o cone dos seus dedos juntos, e eu grito, a precisar desesperadamente de vir-me.

— Ainda não — adverte o Ravil.

— Por favor. Oh por favor, oh por favor, oh por favor. Preciso de vir-me agora. Para. Mais! Oh Deus.

A respiração do Ravil torna-se errática. Abro os olhos para observá-lo, ver a sua paixão tomar conta do seu rosto, vê-lo perder o controlo.

Os seus dedos apertam a minha anca, os que estão na minha vagina hesitam.

Ele faz um som engasgado e depois grita enquanto empurra bem fundo. Ele deixa sair um fluxo de russo que parece um elogio. Talvez gratidão.

Não me venho. Não sei — parece demasiado estranho com o seu pénis no meu cu, mas depois ele bombeia os seus dedos para dentro e para fora da minha vagina mais um pouco, e as minhas pernas agitam-se enquanto me venho por toda a parte sobre os seus dedos, o meu ânus quase dolorosamente apertado à volta do seu pénis.

— Ahh-ah! — geme ele. Inclina-se e beija o meu ombro. — Isso é um pedido de desculpas — diz ele com satisfação quando se endireita.

Deixo sair uma bufada de riso e observo-o enquanto ele sai suavemente. Ele ajuda-me a levantar e empurra-me para o chuveiro, despindo a sua roupa e entrando atrás de mim.

Viro-me para o encarar sob o jato de água. — Peço desculpa por te ter ofendido — digo. Quero poder dizer, "Peço desculpa por ter julgado mal", mas o júri ainda está a deliberar sobre isso.

Ele encosta a sua testa à minha. — Não. Eu fui um idiota.

— Não foste. — Pego na barra de sabonete com aroma de baunilha e rodo-a nas minhas mãos para ficar com sabão.

Depois volto a colocá-la na saboneteira e pressiono ambas as palmas contra o seu peito tatuado, a espalhar pelos seus músculos peitorais e descendo pelos seus abdominais rígidos.

— O que significam estas? — pergunto.

O Ravil recua, e eu sigo. Ele encosta a cabeça contra os azulejos e suspira, a pegar nas minhas mãos. — Não quero dizer-te, gatinha.

— Ainda não percebeste que as coisas que eu invento na minha cabeça podem ser piores?

Ele estremece. — Duvido. — Toca numa grande tatuagem no peitoral direito. — Este é o símbolo da irmandade e dentro dele, o símbolo da minha primeira célula — a de Leninegrado.

Ele aponta para uma nas suas costelas direitas. — Esta é a célula em Moscovo. A célula do Igor. Ele ainda é o meu chefe, mas não me ajoelharei perante o seu sucessor.

— Há uma para a tua célula?

Ele abana a cabeça. — Não. Não tenho necessidade destes velhos costumes. Teci uma rede diferente aqui em Chicago.

— O que são estas? — Toco nas que estão nos seus dedos.

O rosto dele torna-se pétreo. — Mortes.

Prendo a respiração, a tentar manter uma cara de póquer, apesar do meu choque. Não devia estar surpreendida. Tinha adivinhado que era isso que significavam. Ainda assim, é diferente ouvir dito em voz alta.

— A colocação nos dedos é para intimidar. Para deixar o meu adversário saber que estas mãos já sufocaram a vida de outros. — Os olhos dele estão mortos quando me diz isto.

Devia fugir. Devia ter medo. Mas em vez disso, o meu instinto é o oposto — inclinar-me. Pressiono o meu corpo contra o dele e envolvo-o com os meus braços, como se pudesse transmitir o mesmo conforto que ele me ofereceu com o seu abraço anteriormente.

Ele inspira surpreendido e depois expira, os seus braços

envolvendo-me. — Nunca, em um milhão de anos, desejaria esta vida para o meu filho — murmura no meu cabelo molhado.

Um soluço quebra a minha garganta, e enterro a cabeça contra o seu peito. — Lamento — ofereço, embora não tenha a certeza exatamente pelo que estou a pedir desculpa.

Pela sua dor.

Por julgá-lo.

E sim, por tentar manter o Benjamin longe dele.

Sei agora, com muito mais certeza, que o Ravil será um excelente pai.

avil

— *Zdravstvuyte*, Maykl — cumprimenta Lucy alegremente o meu porteiro quando regressamos do nosso passeio matinal no dia seguinte.

— *Zdravstvuyte*, Sra. Lawrence — responde ele, sorrindo. Ela já conquistou todos aqueles que conheceu com as suas contínuas tentativas de falar russo. Adoro o facto de ela não ter parado de aprender depois de eu permitir que os outros falassem inglês com ela.

— Há uma situação no elevador. — Maykl aponta com o polegar na direção do conjunto de elevadores.

Franzindo o sobrolho, aproximo-me e encontro Adrian e Nadia, a irmã dele, acampados num deles, com o pé de Adrian a bloquear a porta para mantê-la aberta. Nadia está virada para a parede, a chorar, a agarrar-se ao corrimão com todas as forças enquanto Adrian tenta convencê-la a sair.

Mantenho a porta do elevador aberta com o ombro. A mão de Lucy aperta a minha com força, os seus olhos arregalados. — O que se passa? — pergunta ela nervosamente. — Ela precisa de ajuda?

Adrian vira-se para olhar por cima do ombro para ela com irritação, mas ao ver que somos nós, vira-se completamente. — Não consigo tirá-la do edifício — diz-me em russo.

— Em inglês — digo-lhe. Já há muito que desisti de fazer todos falarem russo à frente da Lucy. É muito mais importante que Adrian e Nadia aprendam a falar inglês.

— Desculpa — diz ele à Lucy. — A minha irmã tem algumas... fobias. Ela não quer sair do elevador.

— Esta é a tua irmã?

Nadia funga e olha para nós por cima do ombro.

— *Da.* Nadia.

— Nadia, estás segura aqui — digo suavemente em russo porque ela ainda não fala inglês. — Ninguém te vai magoar — digo em inglês, para benefício da Lucy.

— Alguém a magoou? — Lucy está alarmada. A sua mão está húmida e tensa na minha, e posso sentir a mente dela a trabalhar. — O que aconteceu, Adrian?

Adrian lança-me um olhar.

Aceno afirmativamente.

— Sim, ela foi magoada. Gravemente. Agora está com demasiado medo de sair à rua. — Ele atira os braços ao ar em frustração.

— Devíamos arranjar-lhe aconselhamento, Adrian — digo.

Adrian encolhe os ombros, desamparado. — Se conheceres alguém que fale russo, eu arrasto-a até lá.

— Talvez por telechamada — digo, a pensar em como Lucy conduz todos os seus negócios sem problemas a partir do meu quarto. — Eu arranjo alguma coisa.

— Foi por isso que ateaste o fogo? — pergunta Lucy.

Pestanejo, surpreendido com a rapidez com que ela juntou as peças.

Adrian franze o sobrolho, a lançar um olhar à irmã. Ele nem confirma nem nega.

— Ela foi magoada na fábrica de sofás? — Lucy arqueja, a juntar o resto do puzzle. — Ela era uma escrava sexual? — Os olhos dela enchem-se de lágrimas.

Como se recordado do horror por que a irmã passou, Adrian perde a irritação com Nadia e com a situação. Ele avança e abraça a irmã. — Outro dia — murmura em russo. — Tentaremos noutro dia.

Puxo Lucy para dentro e carregamos no botão para subir.

— Então o fogo foi por vingança? Ou fazia parte de um resgate?

— Vingança — diz Adrian friamente. Quando ele se vira, ainda há assassínio nos seus olhos. — Libertei-as a todas na semana anterior.

Lucy acena com a cabeça, uma lágrima a escorrer pela sua face. — Bem, isso constitui uma ótima defesa.

Adrian observa-a. Ele é corajoso, mas sei que está com medo. Principalmente com medo de deixar a irmã aqui sozinha se acabar na prisão. Eu já prometi cuidar dela se isso acontecer.

— Não prometo nada, mas acho que não vamos precisar disso. Penso que consigo que as provas sejam anuladas por um tecnicismo. Saberemos amanhã na audiência preliminar.

O alívio faz Adrian recostar-se na parede do elevador. Ele leva as palmas das mãos à testa. — Isso seria ótimo. Obrigado. Obrigado, seria mesmo ótimo.

— Farei o meu melhor — promete Lucy.

Depois de os deixarmos no andar deles, ela vira-se para mim, com uma ruga entre as sobrancelhas. — Porque não me contaste? — acusa-me.

— Eu disse-te. Não era a minha história para contar.

— É horrível.

— Eu sei. Ela foi raptada na Rússia por traficantes ucranianos. Adrian tem sorte por a ter encontrado viva.

— Ele veio para cá só para a encontrar? Ou já estava cá?

— Ele veio para a encontrar. Está cá há oito meses, mas só a encontrou no mês passado.

Outra lágrima escapa do olho de Lucy. Ela limpa-a. — Malditas hormonas. Choro por tudo.

— A Nadia merece as tuas lágrimas — digo.

Ela acena. — Sim. — Ela ergue o olhar para o meu. — Tu ajudaste-o — diz ela. — Ajudaste-o a encontrá-la e pagaste a fiança dele.

— Claro. Mas eu não atei o fogo, se é isso que estás a insinuar.

— Não é isso. Estou apenas a começar a entender o quadro completo.

— Se eu tivesse ateado o fogo, o Leon Poval estaria morto e ninguém teria sido apanhado — digo.

Lucy fica imóvel por um momento, e percebo que disse demasiado. Ela não gosta dos meus métodos violentos. Mas depois ela dá-me um único aceno. — Tenho a certeza de que o terias feito bem — diz ela.

Envolvo-a com o braço nas costas e acompanho-a para fora do elevador, a puxá-la para mim para poder beijar o topo da sua cabeça. — Achas mesmo que consegues livrar o Adrian?

— Há uma boa hipótese. Amanhã saberemos.

CAPÍTULO 16

*L*ucy

— A audiência preliminar é como um mini-julgamento — explico a Adrian e Ravil enquanto estamos sentados no longo banco de madeira fora da sala de tribunal. — O procurador chamará testemunhas e apresentará provas, e depois posso fazer contra-interrogatório às testemunhas. Dá-nos a oportunidade de ver o que eles têm e pretendem usar contra si. Pelo que posso perceber, o caso deles é bastante fraco e depende de provas que encontraram no seu apartamento, que revistaram sem um mandado adequado.

O meu telemóvel apita e verifico a mensagem. É da Sarah.

Disse-lhe que iria ao tribunal para a audiência preliminar do Adrian apesar do meu repouso obrigatório. Ela fez-me imensas perguntas, cujas respostas tenho a certeza que ela correu a partilhar com o Dick.

Ela devia encontrar-se comigo aqui com os documentos que lhe pedi para preparar, bem como todo o processo do caso, mas envia-me uma mensagem de última hora a dizer que vai enviar um estafeta em vez disso.

— Não gosto disto — murmuro em voz alta quando leio a mensagem.

— O quê?

— Não sei. Acho que a nossa estagiária de verão está a dormir com um dos sócios. Aquele que me quer ver pelas costas. E agora diz que não vem com os documentos de que preciso, mas que os vai enviar por estafeta.

Os olhos de Ravil estreitam-se.

— Seja o que for que estejas a pensar, não o faças.

As sobrancelhas dele arqueiam-se. — Não podes saber o que estou a pensar.

— Era fazer algo maligno para me proteger dos idiotas do meu escritório de advocacia?

— Muito bem, afinal sabes — admite ele, com um sorriso torcido nos lábios. — Então vou pensar em algo apenas semi-maligno.

Não consigo conter o sorriso que me provoca nos lábios. Toco nos lábios com o dedo, a tentar acalmar a minha ansiedade por não ter os meus processos. Odeio sentir-me despreparada. Raios, Sarah.

Provavelmente fez isto de propósito para me fazer parecer mal.

Abro a pasta que trouxe. Posso disfarçar com ela.

O meu telemóvel toca — é a Gretchen. Deslizo para recusar.

Como eu temia, somos chamados para a sala de audiências antes de qualquer estafeta chegar. Envio uma mensagem à Sarah. *A Moção para Suprimir não chegou. Estás despedida.*

Provavelmente não tenho autoridade para a despedir, e ela certamente irá a correr chupar a pila do Dick para garantir que não se concretiza, mas sinceramente espero que ela sue frio.

Entramos e tomamos os nossos lugares. Tento afastar a

Moção da minha mente. Consigo disfarçar. Fingir que tenho a moção na minha pasta e exigir que arquivem o caso.

Posso fazer isto sem os documentos.

Brett Wilson, um procurador com quem já me cruzei muitas vezes, levanta-se e apresenta as suas provas. Começo a abrandar a respiração. Bom. Como suspeitava, eles não têm nada além das provas obtidas ilegalmente.

Levanto-me para contra-interrogar os agentes que efetuaram a detenção e pergunto sobre o mandado. O agente dá-me as suas razões para não precisar de um, mas eu corto os seus argumentos.

— Vossa Excelência, trouxe comigo hoje uma Moção para Suprimir as provas, pois foram obtidas ilegalmente. — Viro-me para encarar o procurador distrital. — E sem essas provas, não acredito que tenha um caso. Ainda quer continuar com isto?

— Adrian Turgenev tinha uma desavença com o seu empregador e incendiou o local.

— Não tem nada que prove isso.

Wilson abre a boca, mas o juiz lança-lhe um olhar que diz que não está a acreditar.

— Muito bem. — Brett Wilson suspira e fecha os olhos. — A acusação solicita a retirada do caso sem prejuízo, Vossa Excelência.

Sim!

Obrigada, menino Jesus.

Levantamo-nos, e Ravil sorri radiante para mim. Consigo perceber que ele quer abraçar-me mas sabe que pareceria estranho.

Aperto a mão de ambos, dele e de Adrian, como se não fôssemos mais do que advogada e clientes.

E depois preciso de fazer xixi novamente.

Gretchen liga novamente enquanto estou na casa de

banho. Rejeito novamente — não tenho tempo para falar agora — e saio.

Ravil leva-nos os três para almoçar numa pizzaria onde definitivamente como o suficiente para dois.

Gretchen liga novamente quando nos aproximamos do Kremlin. Não atendo, mas envio-lhe uma mensagem, *Posso ligar-te mais tarde?*

Ela responde, *Não!*

Mas isso não importa porque, ao entrarmos na garagem do Kremlin, somos subitamente cercados por carros da polícia. — Parem o carro e saiam com as mãos para cima — dizem por um altifalante.

Olho à volta e vejo carros da polícia a invadir a garagem. Dima, Nikolai, Pavel e Oleg estão algemados, a ser colocados nos carros.

Ravil vira-se para me lançar um olhar furioso, a traição nos seus olhos quase a me queimar viva.

Quero negar. Dizer-lhe que não tive nada a ver com isto, mas não consigo encontrar a minha voz, e os polícias estão a abrir as portas à força, armas apontadas, todos a gritar.

Sou arrastada para fora e empurrada para o banco de trás de um carro.

Adrian e Ravil são colocados de barriga para baixo no betão imundo, com as mãos algemadas atrás das costas.

— Não — consigo finalmente dizer. — Esperem. Isto é um erro. O que está a acontecer?

O meu telemóvel toca novamente.

Gretchen.

Merda!

Com uma mão trémula, levo o telefone ao ouvido. — O que está a acontecer? — balbucio para o microfone.

— Lucy! Onde estás? Podes falar?

Um soluço forma-se e escapa. — Gretchen — engasgo-me

com a respiração seguinte que consigo fazer. — Cometeste um erro.

CAPÍTULO 17

*L*ucy

— Querida, dizem que não estás a cooperar. O que se passa? — diz Gretchen.

Abano a cabeça, com lágrimas a escorrerem-me pelas faces. Estou na esquadra da polícia há horas. Estou tão cansada que quero desmaiar, e estou com tanta fome que seria capaz de comer a minha própria mão.

— Estou com fome — queixo-me.

— Já volto.

Ela sai e regressa com uma barra de cereais e um mini-pacote de Oreos, obviamente de uma máquina de venda automática.

Atiro-me às bolachas porque, sabe Deus, preciso de elevar os níveis de açúcar no sangue.

Ela senta-se ao meu lado e aperta-me os ombros num abraço lateral. — Ei. Fala comigo.

Limito-me a abanar a cabeça e a esvaziar o copo de plástico com água que me deram da última vez que me queixei de comida e água. Não respondi a nenhuma das perguntas deles. Como advogada, sei que é melhor não dizer nada que possa ser incriminatório. Mesmo que eu não apresente queixa, eles ainda podem construir um caso se quiserem.

— Sabes o que é a Síndrome de Estocolmo — diz ela gentilmente.

— Sim, eu sei o que é a Síndrome de Estocolmo — respondo bruscamente. Raios. Será que tenho Síndrome de Estocolmo? Porque estou a proteger o Ravil? Ele raptou-me, afinal.

Mais lágrimas brotam-me dos olhos. Cada pensamento que tenho faz-me chorar. Não consigo parar as lágrimas por nada deste mundo.

— O que fizeste? — consigo finalmente perguntar. — Como me encontraste?

— Telefonei à tua mãe para perguntar sobre o repouso obrigatório. Só para ter a certeza que estavas mesmo bem e não precisavas de nada. E ela disse-me que não sabia de nenhum repouso obrigatório porque tu apareceste na reabilitação do teu pai com um russo. E juntei as peças. Vim de avião para cá e fui ao teu apartamento e, claro, não estavas lá de repouso.

— Foi quando chamei a polícia. A tua mãe disse-me que o russo era um cliente, por isso conseguiram o nome e morada dele através do processo e, adivinha só? Ele está na lista de vigilância do FBI por contrabando.

Enterro a cabeça nas mãos. Contrabando. Sim, tinha adivinhado certo.

— Contrabando de quê? — murmuro para a mesa.

— Antiguidades russas. É ilegal retirá-las da Rússia, mas ele tem algum tipo de linha direta para elas. Provavelmente através daquele diplomata com quem foi ao Black Light.

— Gretchen. Tens de me tirar daqui.

— Eles realmente querem um depoimento teu, Luce. Andam há muito tempo a tentar apanhar estes tipos. Tu podes ser a chave.

Até agora, estava perdida. Como se tivesse sido atirada do barco e estivesse a debater-me, a tentar encontrar uma boia para me agarrar. Não sabia para que margem nadar.

Mas no momento em que Gretchen me diz isso, escolho o meu lado.

Amasso a embalagem vazia dos Oreos e atiro-a para a janela de observação. — Isso não vai acontecer — digo, a olhar furiosamente para o vidro unidirecional. — Estive de repouso obrigatório e mudei-me para casa do pai do meu filho para que ele pudesse cuidar de mim. Fim da história.

Os olhos de Gretchen estreitam-se. Ela sabe que não é verdade.

— Agora tira-me daqui.

Ela cobre a minha mão com a dela. — Tens a certeza? Esse é o teu depoimento?

— Tira-me daqui.

Gretchen levanta-se. — Sim. Vou tirar-te daqui imediatamente. — Ela sai da sala a passos largos, cada centímetro dela a revelar a advogada barracuda que é, quando quer ser.

Demora vinte minutos. Dou o depoimento que dei à Gretchen, e depois ela apressa-me a sair, puxando-me pelo cotovelo até um táxi lá fora.

CAPÍTULO 18

*L*ucy

Só depois de ter comido uma refeição e chorado as minhas últimas lágrimas é que consigo finalmente funcionar. A Gretchen anda pelo meu apartamento a fazer chá, a sentar-se calmamente perto de mim, a espera que eu fale.

Finalmente, ela diz: — Então fala comigo, por favor. Eu tinha razão, não tinha? Estavas em apuros?

Aceno com a cabeça, em silêncio. — Não quero falar sobre isso. — Não suportaria a ideia dos federais perseguirem o Ravil, e também não gosto da ideia da Gretchen o odiar.

É estranho que me sinta protetora em relação a ele, mas é o que sinto.

— Sei que não queres, mas acho que precisas.

— Precisas de os tirar da prisão. Os federais não têm nada contra eles, a menos que tenham encontrado alguma coisa quando revistaram a cobertura.

Meu Deus, espero que não tenham encontrado nada.

A Gretchen pisca os olhos para mim. — Queres que eu atue como advogada deles? Depois de ter dado o alerta?

— Acho que o Conflito de Interesses poderia ser um problema se o fizesse.

— A sério? Aquele homem raptou-te, não foi? Diz-me o que aconteceu.

— O nome dele é Ravil. Ravil Baranov. Dir-te-ei o que aconteceu se os tirares de lá.

— Vou tirá-los de lá quando me disseres o que aconteceu — contrapõe ela.

Olhamos uma para a outra num impasse.

— Não sei se estás no estado de espírito adequado para tomar esta decisão — explica ela.

— Estás a ver! — Aponto-lhe o dedo. — É por isso que não vou contar-te até que esteja feito.

Ela ergue as sobrancelhas. — Porque eu não vou querer depois de me contares?

Crispos os lábios. — Preciso disto de ti, Gretchen. Aquele é o pai do meu filho.

— Deixa-me perguntar-te isto: queres que eu os tire de lá porque tens medo dele? Ou porque estás apaixonada?

Abano a cabeça. — Não tenho medo — digo. E é verdade. Sim, é possível que o Ravil cumpra a sua ameaça de me levar para a Rússia porque acredita que eu desencadeei a prisão, mas não consigo acreditar nisso. E, honestamente? Desde que ele estivesse lá comigo, não tenho a certeza de que me importaria assim tanto.

— Então estás apaixonada.

A minha mão treme enquanto levo a chávena de chá aos lábios. — Acho que sim. — Estou apaixonada pelo Ravil Baranov, chefe da Bratva de Chicago, conhecido contrabandista, assassino e criminoso.

Pai do meu filho.

É uma combinação terrível, mas não consigo imaginar outro homem na minha vida. Ele é o tal.

O homem que me compreende. Que protege o meu orgulho, cuida das minhas necessidades, estima-me. Amo-o.

— Muito bem — diz a Gretchen. — Vou voltar lá abaixo e bater o pé até que os libertem. Mas se te acontecer alguma coisa... Deixa estar. Guardo essa ameaça para o Baranov. — Ela atira a mala para o ombro e sai.

Deixo-me cair contra o sofá e fecho os olhos. A Gretchen vai tratar disso.

Depois disso? Não sei o que acontecerá.

O Ravil magoou-me. Ele não tem o direito de me vir buscar novamente. Não se quiser ficar neste país.

Suponho que agora nos sentemos e tenhamos aquela negociação de custódia partilhada para a qual eu o estava a preparar.

Algo doloroso aperta-me o coração. É mesmo isso que quero? Um acordo amigável de partilha parental?

Ou existe uma maneira de nós os dois nos unirmos para algo mais?

RAVIL

É fim de tarde. Tenho estado sentado nesta sala de interrogatório durante horas.

Não disse uma única palavra. Nem em russo. Nem em inglês. Perguntaram-me se queria um advogado presente, e o meu coração saltou do peito, contorcendo-se no chão como uma enguia ferida.

Sim, quero a minha advogada.

Ah, claro. A minha advogada é quem me colocou aqui.

Foi a amiga dela, a Gretchen, obviamente. Sabia que tinham tido uma conversa. Ouvi-a. Não percebi nenhum tipo de dicas ou segredos velados, mas as duas são boas amigas. Talvez houvesse algo que me escapou.

Nem consigo ficar zangado por ter sido vencido pela Lucy.

Mal me importa o que me façam. Se vou descobrir como é cumprir pena numa prisão americana, ou se me vão enviar de volta para a Rússia para cumprir lá a pena. Nada disso importa em comparação com a dor no meu peito.

A completa destruição do meu ser quando percebi que ela estava a fingir tudo. Que não se importa. Estava apenas à espera até conseguir libertar-se de mim.

Fui um idiota ao pensar que podia fazê-la apaixonar-se. Que podia mantê-la. Fui um idiota por colocar toda a operação em risco por algo que nem sequer é permitido na bratva.

E é por isso, claro.

Acabei de lixar tudo por causa desta mulher e do meu filho por nascer.

Tenho estado sentado durante horas enquanto tentavam interrogar-me com ameaças e técnicas de intimidação. São tolos se pensam que os seus métodos vão funcionar. Já cumpri pena em prisões russas.

Não tenho medo deles.

Dois novos agentes estão aqui agora. Começaram há cerca de uma hora.

A porta abre-se e um dos guardas diz: — A advogada dele — e entrega um cartão a um dos agentes.

Estúpido eu. Por uma fração de segundo, a esperança ergueu a cabeça. Mas não, não é a minha Lucy. É a amiga dela, a Gretchen.

Se fosse inteligente, diria que ela não é a minha advogada porque não sei que jogo é que ela está a jogar, mas não sou inteligente. Não tenho sido inteligente desde o início quando se trata da Lucy, e agora preciso de saber se ela está bem. Qual é a sua posição.

— Exijo que libertem o meu cliente imediatamente — diz a Gretchen.

O agente estreita os olhos para ela. — Desculpe? Não foi a senhora que notificou a polícia sobre o suspeito rapto da sua amiga?

Ela ergue o queixo. — Fui eu, mas estava enganada. Como sabem pela declaração da Srta. Lawrence, não houve nenhum rapto. Ela mudou-se para casa do namorado e pai do seu filho. Voluntariamente. Não há suspeita razoável de crime. A menos que tenham algo contra o Sr. Baranov ou qualquer um dos seus quatro associados, exijo a sua libertação imediata.

— Srta. Proxa. Do gabinete do Procurador-Geral em DC — um dos agentes arrasta as palavras, a olhar para o cartão dela. — Não é advogada de defesa. Está sequer licenciada para exercer direito neste estado?

— Posso exercer direito Federal em qualquer lugar, Agente Rossi. Como deveria saber.

Ele resmunga e cruza os braços sobre o peito, a mostrar o quão pouco impressionado está.

— Ainda não terminámos de interrogar os suspeitos.

A Gretchen aproxima-se com a sua apertada saia de lápis castanha e saltos agulha, pousa o traseiro na mesa e cruza uma perna sobre a outra. Parece-me recordar que ela é versátil. Desempenha muito bem o papel dominador. — Vou aconselhar o meu cliente a não responder a mais perguntas.

O Agente Rossi inclina a cabeça para o lado, a observar o comprimento das pernas da Gretchen. A forma como ela usa a sua sexualidade como uma arma. — Sei que posso mantê-los por vinte e quatro horas sem acusação.

— Não há razão para isso, Agente Rossi. Não foram cometidos crimes. Os meus clientes não vão falar mais consigo. Foi um dia longo, e tenho a certeza que também quer ir para casa. Peço desculpa pelo meu papel nesta caça aos gansos selvagens. A ambos — diz ela, acenando na minha direção, mas sem encontrar o meu olhar. É um pedido de desculpas que ela não sente.

Não me importo, no entanto, porque a minha mente continua a voltar ao que ela disse sobre a Lucy — a declaração que ela tinha dado. *Ela mudou-se para casa do namorado e pai do seu filho. Voluntariamente.*

A Lucy mentiu por mim.

Toco as pontas dos dedos juntas para pensar. Poderia ser que isto não foi uma traição? Será que a Gretchen agiu por conta própria?

Depois de mais alguns ditos e contraditos entre o Agente Rossi e a Gretchen, principalmente por diversão pelo que pude perceber, o Rossi concorda em libertar-nos. Estou bastante certo de que foi principalmente porque se tornou incapaz de recusar qualquer coisa que a sexy advogada exigia.

Encontro a Gretchen à nossa espera lá fora. — Uma palavra, Sr. Baranov?

— Ravil — corrijo, ao afastar-me vários metros do edifício com ela.

Ela para e coloca-se de frente para mim. — Sei o que realmente aconteceu — acusa. — E tenho documentação. Por isso, se te aproximares da minha amiga novamente — ela levanta um dedo de ponta vermelha na minha cara — vou meter-te na prisão. Aqueles tipos lá dentro estão a morrer de vontade de te apanhar em algo. Não precisariam que a Lucy apresentasse queixa. Tudo o que precisariam é da minha declaração assinada. Que coloquei num lugar seguro. Portanto, nem penses...

— Ela enviou-te — interrompo. Tenho de saber.

A Gretchen fecha a boca aberta, com uma expressão relutante no rosto. Cruza os braços sobre o peito. — Sim, ela enviou-me.

— Ela não pediu ajuda.

A Gretchen olha-me friamente. — Não. — O dedo volta a aparecer na minha cara. — Brincaste com a cabeça dela. Agora deixa-a em paz. A menos que queiras que o stress prejudique o bebé.

Sei que ela está a blefar, mas a sugestão atinge-me no plexo solar mesmo assim. A ideia de algo prejudicar o nosso querido bebé mata-me. Não consigo imaginar quão stressante o dia de hoje deve ter sido para ela.

— Onde é que ela está agora?

— Está de volta ao apartamento dela. Onde vai ficar. Deixa-a. Em. Paz.

Respiro fundo e aceno com a cabeça. Não porque as ameaças da Gretchen me assustem. Porque é a coisa certa a fazer. Fiz mal em forçar a Lucy a ir para a minha cobertura... não que não o fizesse tudo de novo se tivesse escolha.

Mas não vou forçá-la novamente.

Ela pagou a sua penitência por tentar esconder o bebé de mim. Agora tenho de pagar a minha e sofrer a dor de coração de desistir dela.

Mesmo que isso me destrua por completo.

CAPÍTULO 19

*L*ucy

Abro e fecho a maior boneca matrioska. Olhar para o presente faz-me sentir como se uma bomba tivesse explodido no meu peito. De alguma forma consegui passar estes últimos dias. O Ravil não telefonou nem apareceu. Eu também não lhe liguei. Estou demasiado confusa. A Gretchen explicou-me o que lhe tinha dito e que ele concordara em deixar-me em paz.

Uma parte de mim não acreditava que ele o faria. Mas no dia seguinte, o Oleg apareceu com todas as minhas coisas, que trouxe para dentro e deixou sem dizer uma palavra. Bem, claro, sem uma palavra. Mas também sem uma mensagem. O que me fez questionar se foi por isso que o Ravil o enviou a ele e só a ele.

Mal olhou para mim quando trouxe as coisas para dentro. Agarrei o braço dele quando estava a sair. — *Mne zhal'* — disse eu. *Lamento.* Tinha estado a praticar essa.

Ele simplesmente abanou a cabeça e saiu. Deixou-me com ainda mais angústia.

Se tivesse sido um dos gémeos, eu talvez lhe tivesse perguntado como estava o Ravil. Pedido desculpa pela detenção deles.

Embora... pelo que é que tenho realmente de pedir desculpa? Eles *eram* cúmplices no rapto do Ravil. E ele *realmente* raptou-me.

Não posso esquecer isso.

Talvez eu tenha mesmo a Síndrome de Estocolmo. Dou por mim a sentir a falta deles — de todos eles. Sinto falta das massagens e da comida. Sinto falta da conversa descontraída entre os rapazes. Do calor que todos me mostraram, apesar de eu ser uma prisioneira.

E principalmente, sinto uma falta imensa do Ravil.

A culpa corrói-me. Esta sensação que me rói por dentro de que fiz algo errado. Que traí o Ravil.

Mas isso não está certo.

Foi ele quem me raptou. Manteve-me prisioneira e ameaçou enviar-me para a Rússia.

Mas foi mesmo assim tão mau? uma vozinha continua a sussurrar.

Raios, se eu não quiser continuar a ser sua prisioneira.

Tento continuar a trabalhar a partir de casa. Mantenho a farsa de que ainda estou de repouso, pelo menos até deixar de me sentir como um zombie.

A Sarah escreveu-me um email muito humilhante, com cópia para todos os sócios, por isso, claro, não foi despedida. Descubro que sou incapaz de dar dois dedos ou sequer um dedo de interesse sobre ela, o lugar de sócia, ou a empresa.

Mal consigo atravessar o dia. Mal consigo alimentar-me ou tomar banho. Tenho estado sentada neste sofá com as mesmas calças de ioga desde a noite em que tudo explodiu.

Nem me apercebo que é sábado até que a minha mãe telefona e me assusta. Devo ter adormecido. As bonecas caem no chão e rolam.

— Querida? Vens hoje?

Endireito-me com uma inspiração brusca e a sala gira. — Oh, mãe. Desculpa, estava a dormir, tenho tido dificuldade em dormir à noite por causa das hormonas e de ter de me levantar para fazer xixi três vezes por noite.

— O que é isso que ouvi sobre estares de repouso na cama?

A Gretchen tinha sido inteligente o suficiente para não deixar a minha mãe em alerta total quando lhe telefonou sobre o meu repouso, por isso a minha mãe ainda não sabe sobre a situação do rapto.

— Sim, é apenas por uma semana ou duas. Mas estou bem. Espero conseguir ir na próxima semana. Tenho saudades vossas.

— Bem, queres que vá aí?

— Não, Mãe. Já tens as mãos cheias com o Pai. A Gretchen veio de avião para me ajudar esta semana, não que eu precisasse de ajuda. Prometo que estou bem. Dá um beijo ao Pai por mim, está bem?

— Lucy?

— Sim?

— O que se passa entre ti e o Ravil? Vocês estão a ver-se?

O peso no meu peito torna-se ainda mais pesado. — Não, Mãe. Vamos apenas tentar descobrir como ser pais em conjunto.

— Ele não parece o teu tipo. — Esta é a forma muito educada da minha mãe dizer que ele parece um criminoso.

— Não é, Mãe, mas isso não significa que não vá ser um ótimo pai.

Nisso eu acredito. Com todo o meu coração.

Mas será que o Ravil ainda quer fazer parte da vida do bebé?

Que ironia que, quando eu não o queria como parte disso,

ele exigiu o seu lugar, e agora que estou confortável com isso, ele está a ignorar-me.

Claro, a Gretchen disse-lhe para me ignorar.

E eu não telefonei para dizer algo diferente.

Simplesmente não consigo perceber se quero ligar. Se devo ligar.

As coisas são mais fáceis assim? Ele é um criminoso, afinal. O FBI está apenas à espera de o apanhar. É esse o tipo de modelo que quero para o nosso filho?

Claro que não!

Os meus olhos enchem-se de lágrimas. — Vou desligar, Mãe. Amo-te. — Tento fazer a minha voz soar normal.

— Também te amo, querida. Diz-me como estás.

— Obrigada, direi.

Olho para o relógio no meu telemóvel.

Aula de parto.

É ridículo. Não preciso de ir a essa aula. Posso agora voltar ao meu plano para um parto hospitalar com epidural, onde não preciso de me preocupar com nada, os médicos tratam de tudo.

Exceto que... agora que vi aqueles lindos partos em casa, o meu plano de parto perdeu o apelo.

E eu realmente quero ir àquela aula. Quero ver mais vídeos e chorar com a beleza do parto.

E sim... secretamente espero que o Ravil esteja lá.

Ou que o veja.

Podemos conversar. Resolver as coisas.

Levanto-me, tomo banho e dirijo-me ao Kremlin. À medida que me aproximo, o meu coração começa a martelar no peito. Mais forte, mais alto, mais insistente do que em qualquer tribunal. O lugar tem tanto significado para mim. Significado emaranhado, enredado, confuso.

O Maykl lança-me um olhar cauteloso e desconfiado quando entro, e o meu coração afunda. Claro, todos no edifício saberiam o que aconteceu. Os federais invadiram este lugar.

— O Sr. Baranov está à sua espera? — diz ele, formal demais para ser amigável.

Engulo em seco. — Estou aqui para a aula de parto.

O rosto dele fica mais sereno e endireita-se. — Certo. Terceiro andar. Lembra-se de como chegar lá?

— Sim, obrigada.

Ele pega no telemóvel e começa a enviar uma mensagem. A avisar o Ravil, sem dúvida.

Recebo uma reação semelhante da Svetlana quando apareço. Um pouco de choque por me ver, mas recupera rapidamente. — O Ravil vem?

Encolho os ombros. — Acho que não. Não lhe disse que vinha.

— Entendo. Bem, bem-vinda. Fico feliz por ter vindo. — Ela acena com a mão na direção da Carrie. — Como sabe, dar à luz em casa sem um parceiro é igualmente bonito.

Dar à luz em casa.

Sem um parceiro.

É isso que estou a fazer?

Não sei disso. Só vim pelos vídeos. Mas não lhe digo isso. Ainda tenho meses para decidir.

Assisto à aula, choro no final de cada vídeo de parto, e volto para casa sozinha, sem ver o Ravil.

No momento em que entro no meu apartamento, desato a chorar.

— Sem desrespeito, mas que raio estás a fazer? — diz o Dima.

Abro as pálpebras contra o sol da tarde para ver o Dima

em pé sobre mim, o Nikolai ao lado dele. Ambos têm os braços cruzados sobre o peito. Demónios gémeos a acordarem-me de um estupor de embriaguez.

Estou no terraço, a apanhar escaldões junto à piscina e a beber vodka Beluga Noble suficiente para conservar permanentemente o meu fígado. Acho que estou aqui desde ontem à noite. Posso ter dormido aqui.

Levanto um dedo desleixado e aponto. — Cuidado com a forma como falas comigo — balbucio. As minhas pálpebras fecham-se novamente para bloquear o brilho.

— A Lucy vai fazer uma ecografia hoje. E ela *convidou-te para vires* — entoa o Dima, enfaticamente.

Abro um olho. — Como é que sabes disso?

— Ainda estou a monitorizar todos os dispositivos dela. Ela enviou-te uma mensagem ontem à noite.

— E tu nem te deste ao trabalho de responder — acrescenta o Nikolai.

Aceno com a mão como se estivesse a afastar uma mosca. — Saiam daqui. — Eu dir-lhe-ia para parar de a monitorizar, mas não suporto a ideia de não saber o que se passa na vida dela. É insuportável o suficiente deixá-la ir.

Eles não se mexem. Sei porque abro um olho novamente. — *Yob vas.* — Fodam-se.

— Ravil. — É o Nikolai desta vez. — Por que estás a ser um idiota com ela? Ela literalmente não te fez nada. Tu raptaste-a e forçaste-a a apaixonar-se por ti, e agora tratas-a como lixo?

Rosno e sento-me. — Quem disse que ela está apaixonada por mim?

O Dima lança-me um olhar de *és estúpido*. — Quando a amiga a faz ser resgatada, ela mente para garantir que não caias por causa disso. Mesmo depois do que fizeste. Se isso não é amor, não sei o que é.

— E agora ela está a tentar contactar-te. Veio aqui ao edifício para a aula de parto. Convidou-te para ires ver o vosso maldito bebé a nadar no útero, e tu ignoras-a? Estás a ser um *govnosos.*

— Eu deixei-a ir. — Na minha cabeça, isso explica tudo. — Ela queria ser libertada, e eu deixei-a ir.

O Nikolai abana a cabeça. — Deixá-la ir e ser um *govnosos* são duas coisas diferentes.

— Ela queria-te naquela ecografia — diz o Dima. — Vais deixá-la ter este bebé sozinha?

— Era isso que ela queria. — Faço um gesto amplo com a mão, a derramar mais Beluga sobre o meu peito. Sibilo porque arde onde atinge a minha queimadura solar.

— Jesus, Ravil, estás a ficar queimado. Sai do maldito terraço. — O Dima fala, mas ambos se movem em conjunto, a agarrar os lados da minha espreguiçadeira e a virá-la, o que me faz cair.

— Agora estão os dois mortos — murmuro, a tentar com dificuldade pôr-me de pé, o que exige mais esforço do que esperava.

— Tens de dormir para passar essa merda — diz o Nikolai, a esquivar-se quando o tento atingir e a agarrar o meu braço em vez disso.

— E tomar um maldito duche. — O Dima agarra o meu outro braço.

Faço uma tentativa pouco entusiástica de me libertar deles. — *Yob vas.* — Praguejar em russo é praticamente tudo o que sou capaz de fazer neste momento.

— Confia em mim, chefe, vais agradecer-nos mais tarde — diz o Nikolai.

— Não — murmuro. — Não vou. — Tropeço até à porta. Ou talvez eles me arrastem. É difícil dizer. Há escadas que são muito difíceis de descer.

Não vou ligar à Lucy. Está a matar-me, mas deixei-a ir. Se

abrir essa porta novamente, não pararei. Reclamá-la-ei como minha, e nunca, jamais a deixarei ir.

E a Lucy não é o tipo de mulher que pode ser mantida. Não pode ser aprisionada.

Ela é um pássaro, e precisa de...

Caio na cama com um baque, e depois todo o pensamento desaparece.

CAPÍTULO 20

Fui uma tola. Fui uma tola por esperar e desejar e acreditar que o Ravil iria aparecer na ecografia ontem, mesmo que ele não tenha respondido à minha mensagem.

E agora sou ainda mais tola.

Mas não me importo.

A dor que senti quando ele não veio, o vazio, tornou tudo demasiado claro.

Eu *não* quero fazer isto sozinha.

O Ravil é o pai do meu bebé e vai ser um ótimo pai. As provas disso estavam por todo o lado, eu é que estava demasiado crítica para ver. A lealdade dos seus homens é disso prova. A forma como lidou com o adolescente na piscina. O miúdo do futebol no elevador. A maneira como apoiou e investiu em todos os negócios dos seus inquilinos.

E o mais óbvio a forma como me tratou. Mesmo como sua prisioneira, tratou-me como ouro. Era uma princesa mimada naquela cobertura.

Mas não é por isso que estou a voltar.

Tenho saudades do Ravil. Tenho saudades do seu toque. Tenho saudades do seu sorriso afetuoso. Quero conhecê-lo melhor, sem julgamentos desta vez. Quero ouvir sobre a sua infância terrível e confortá-lo em vez de ativar as suas defesas.

Quero retribuir-lhe algo depois de tudo o que ele me deu.

Amo-o.

Isso é razão suficiente.

Não, ele pode não ser o parceiro que eu teria escolhido se pudesse escolher um homem num catálogo, mas é perfeito para mim. Não consigo imaginar um homem melhor.

E vou buscá-lo.

Com a mala feita, apanho um táxi até ao Kremlin. Já passa das nove e está escuro lá fora, as luzes da cidade refletem-se nas janelas enquanto passamos. Saio, pago o táxi e entro no átrio.

Não reconheço o segurança à porta. Ele tem tatuagens nos antebraços e parece assustador como o inferno. Engulo em seco e ergo o queixo.

— Vou subir até à cobertura — digo-lhe, a tentar passar rapidamente.

— Mostre-me o seu cartão de acesso — diz ele com um forte sotaque russo.

Paro. Raios. Os pisos superiores exigem um cartão de acesso para entrar no elevador. Claro que não tenho um. Ergo o queixo. — Diga ao Ravil que estou aqui em baixo. Diga-lhe que não vou comer até ele vir buscar-me.

O tipo franze o sobrolho. — Saia.

Ok, aparentemente, ele não sabe que este bebé é do Ravil.

Tiro o telemóvel. Tudo bem. Vou ligar ao Ravil eu mesma. Não que tenha a certeza de que ele vai atender.

Droga.

Ele não atende.

— Saia — repete o segurança.

Uma mão pesada pousa nas minhas costas. — Oh! — sobressalto-me e viro-me. O Oleg está ali. Deve ter entrado atrás de mim. — Oleg! *Zdravstvuyte* — digo, como se ao falar russo conseguisse, magicamente, comunicar com ele.

Ele pega na minha mala e empurra-me suavemente nas costas, a direcionar-me para o elevador.

O segurança diz algo ao Oleg em russo, e o gigante acena sem olhar para trás, a empurrar-me gentilmente para longe dele. Entramos no elevador, e eu olho para ele.

— Obrigada. *Blagodaryu vas.*

Ele não acena nem faz nada além de olhar fixamente para mim. Se eu já não confiasse no tipo, acharia extremamente intimidante estar sozinha num elevador com ele.

Ele abre a porta da cobertura.

Está tudo normal — o Dima, o Nikolai e o Pavel estão na sala de estar, com a televisão ligada.

Mas depois vejo o Ravil parado junto às janelas que dão para a água. A olhar para a escuridão.

O Pavel vê-me primeiro e atira-se ao comando, desligando a televisão. — Foste buscá-la? — pergunta ele ao Oleg, como que em admiração.

O Ravil vira-se. No momento em que os seus olhos pousam em mim, ele diz — deixem-nos — e todos na sala evacuam.

A sua expressão está morta. Olhos azuis frios.

— Porque estás aqui? — exige saber.

Ok. Tanto para um acolhimento caloroso. Ele deve estar zangado por causa das detenções, então.

Normalmente, eu endireitaria mais as costas para enfrentar o meu adversário. Mas não quero que sejamos adversários. Quero que sejamos amantes. Parceiros.

Por isso digo — Estava com desejo de perogies.

Isso não o amolece. — Lamento. Acho que já não temos.

O meu estômago revira-se, e o Benjamin dá um pontapé.

Ele caminha lentamente na minha direção, e ao fazê-lo, vejo que a sua expressão não é fria. Está torturada. Tem olheiras escuras e não se barbeia há pelo menos uns dias. — Deixei-te ir, Lucy. Não devias ter voltado.

Pisco os olhos para conter as lágrimas. O que é que ele está a dizer? Que já não me quer? Na verdade, ele nunca tinha dito que queria — ele só queria o bebé. Mas agiu como se quisesse. Terei interpretado tudo mal? — Talvez... — luto para controlar o tremor na minha voz. — Talvez eu não quisesse ser deixada ir.

Ele aproxima-se. A sua expressão está ensombrada pela dor. — Não digas isso se não for verdade.

— É verdade.

Ele para à minha frente, a observar a minha mala, que o Oleg deixou aqui fora. Estende a mão e roça os nós dos dedos na minha maçã do rosto. — Não me contentarei com meias medidas. Quero-te por inteiro. — A dor irradia dele.

Estendo a mão e acaricio-lhe a face. — Estou aqui, Ravil. É aqui que quero estar. Contigo. A criar o nosso filho.

O Ravil deixa escapar um som ferido e ataca a minha boca, os seus lábios, dentes e língua a devorar-me com um beijo abrasador. — Tens a certeza? — Ele pega-me ao colo, estilo lua de mel, embora eu seja demasiado grande agora.

— Preciso de ti — digo-lhe.

O seu sorriso é feroz. Carrega-me até ao quarto e abre a porta com um pontapé. Deposita-me na cama.

— Tive saudades tuas — digo-lhe enquanto tiro a minha blusa de maternidade.

— Eu morri sem ti — jura ele, a ajudar-me a tirar as calças de ioga.

— Amo-te, Ravil. — Pronto. Disse-lhe. Já não vou esconder mais nada. Já passou o tempo de ser vulnerável.

Ele para o que está a fazer como se estivesse a ouvir para ter certeza de que ouviu bem.

— Amo-te — repito.

— *Ya lyublyu tebya.* Estou completamente louco por ti. Tenho estado louco por ti desde o momento em que te vi naquele vestido vermelho no Black Light. Sabes uma coisa? — Ele beija-me o braço de cima a baixo.

— O quê?

— Eu tinha um plano naquela noite. Não pensei que fosses ficar comigo através da roleta porque não acredito em sorte. — Ele dá-me um sorriso travesso. — Acredito em planos. E o meu plano era subornar o homem que tivesse a sorte de ficar contigo.

— Mas calhou-me a ti — digo com um sorriso, a lembrar-me de como tinha ficado horrorizada.

— Sim, minha Lady Luck — diz ele, referindo-se ao nome que eu tinha adotado para a noite.

— Assustaste-me no início — admito. — Só por causa das tatuagens. Mas sabias como lidar com os meus nervos. Foste maravilhoso. Exatamente o que eu precisava. — Deslizo a mão sobre a barriga de grávida.

Ele beija-a. — Exatamente o que ambos precisávamos. — Ele afasta-me as pernas e arrasta a língua pelas minhas dobras íntimas. — Lamento não ter ido à ecografia ontem. Simplesmente achei que não conseguiria suportar ver-te. Estava demasiado destroçado.

Agarro a cabeça dele e massajo-lhe o couro cabeludo.

— Ele estava perfeito?

Aceno. — Sim.

— Irei à próxima.

— Vou ter este bebé em casa. Na banheira. Contigo.

O Ravil sorri. O seu rosto transformou-se da máscara assombrada da sala de estar. Agora parece quase infantil. — Não tens de o fazer, *kotyonok*. Nunca te ia obrigar. Estava só a testar os teus limites, mais nada.

Tudo se encaixa. O grande bluff do Ravil. Acho que

alguma parte de mim sempre soube. É por isso que não tive medo dele. Como soube que estava segura, e que ele cuidaria de mim. Porque não me revoltei. Ele estava a brincar comigo. Mas as minhas necessidades, a minha felicidade nunca estiveram em risco.

— Eu quero. Acho que será perfeito. — Suspiro e agarro novamente a cabeça do Ravil enquanto ele passa rapidamente a língua pelo meu clítoris.

— Tudo o que quiseres — diz ele. — A sério. Não há nada que eu não te desse. — Ele levanta a cabeça. — Exceto a tua liberdade. — Os seus olhos azuis brilham com uma promessa travessa.

— E que tal perogies?

— Terei uns prontos para ti à meia-noite. — Ele levanta-se e pega no telemóvel.

— Não, não... espera. Sexo primeiro. Depois comida. Eles estão intimamente ligados, mas preciso de ti primeiro.

O seu sorriso é tão caloroso que aquece todo o meu corpo de dentro para fora. — Precisas de mim?

Aceno. — Por favor. *Pozhaluysta.*

Ele despe-se rapidamente, mantendo o meu olhar. — Bem, já que pediste com tanta delicadeza. — Ajoelha-se na cama atrás de mim. — De quatro. — Dá-me uma palmada nas nádegas.

A satisfação ricocheteia através de mim. Como se tivesse esquecido em tão pouco tempo o quanto gostava da sua dominação, mas o meu corpo não esqueceu. Ele celebra a palmada. O calor e o formigueiro da marca que ele certamente deixou na minha pele. O choque da sensação. A rendição, sabendo que ele está no comando agora, e que seja o que for que ele escolher será incrível.

Coloco-me de quatro, e ele entra em mim por trás. Ele sustenta-me com uma mão na minha anca enquanto envolve a outra no meu cabelo comprido. — Nunca gostei da posição de missionário, mas teria escolhido essa agora se pudéssemos. — Ele puxa o meu cabelo para trás para levantar a minha cabeça. — Depois do Benjamin nascer, vou pôr-te em todas as posições possíveis — promete.

Ele move-se para dentro e para fora, a ganhar velocidade, e depois rola-me para o lado, a agarrar o meu rosto entre os seus dedos. — Preciso de ver este rosto lindo — diz ele. — Quero ver-te gozar, gatinha.

Agarro o seu rabo firme para ajudar a empurrá-lo mais fundo, mais forte. As minhas unhas marcam a sua pele.

Ele rosna e posiciona-se mais alto sobre mim, pressionando o meu joelho de cima contra o meu ombro. É delicioso. Profundo e perfeito. E então ele começa a massajear o meu clítoris.

— *Pozhaluysta, pozhaluysta* — gemo.

O Ravil ruge e embate fundo, massajando mais rápido o meu clítoris com a ponta do dedo. Gozo imediatamente, ondas de prazer a passar por mim, a banhar-me em amor, em contentamento, em calor.

— Amo-te, Lucy. Adoro o teu adorável sotaque americano. Adoro que tenhas começado a aprender russo no dia em que te trouxe para aqui. — Ele mordisca o meu ombro. Viro o rosto para cima para puxar a sua boca para um beijo. — Adoro a tua força. O teu perfeccionismo. Acima de tudo, adoro quando te submetes.

— Adoro quando me dominas — sussurro. Palavras que nunca pensei que diria. Mas tão verdadeiras. Ele é o viking conquistador que me levou. E eu sou a heroína que se deixou reclamar — mas não sem luta. E no final, como em qualquer bom romance viking, eu trouxe o herói durão de joelhos.

CAPÍTULO 21

*R*avil

— Disse-te para não usares mais saltos altos. — Massajeio suavemente os pés inchados da Lucy. Estamos no sofá da cobertura, com os pés dela no meu colo onde posso massajá-los enquanto ela come o seu lanche noturno de pierogis e leite.

Já a fodi completamente, tanto na cama como depois no duche, e o brilho resultante deixa-me presunçoso.

— Não eram assim tão altos. — Lucy inclina-se para me dar um bocado do seu pastel de carne. Ela mudou-se para a minha casa, mas insistiu em voltar ao trabalho esta semana, o repouso a terminar magicamente. — Passas-me aquela almofada? — aponta para uma das almofadas decorativas e, quando lha entrego, coloca-a atrás das costas.

Abano a cabeça. — Não gosto disso, *kotyonok*. Trabalhas demasiado. Tudo para quê? Para te provares a um monte de idiotas que são demasiado estúpidos para reconhecer o teu verdadeiro brilhantismo?

— Estou a pensar em despedir-me. — O seu olhar

castanho percorre o meu rosto, como se estivesse a avaliar a minha reação.

— Sim — digo imediatamente. — Despede-te. Descansa. Nada. Aproveita o resto da gravidez.

— Não gostei de voltar — admite. — Tudo parecia errado. As pessoas, o ambiente. Não sei... simplesmente já não me importo tanto com as coisas como antes.

— Despede-te. Ou trabalha a partir de casa. Começa o teu próprio negócio. Trabalha em part-time. Podes fazer o que quiseres, Lucy. Qualquer coisa mesmo. Quando fores minha esposa, serás rica, *kotyonok*. Terás metade de tudo. Por isso não deixes que o dinheiro influencie a tua escolha neste assunto.

As suas pálpebras caem daquela forma à qual me tornei viciado. Aquele olhar quando posso perceber que ela se sente amada. — Não me lembro de me teres pedido em casamento. — Um sorriso provocador curva os seus lábios macios.

Faço um som de desaprovação. — Disse-te que não me contentaria com meias medidas. Vais casar comigo, Lucy Lawrence. Não finjas que não vais.

Ela ri. — Este é o teu pedido?

Abano a cabeça. — Não. O anel ainda está por entregar.

Mandei fazer um anel lindo por encomenda. É um trio de diamantes rosa. De bom gosto e elegante, como ela. Deve estar pronto na próxima semana. — Mas aviso-te, não será um pedido. O que está feito está feito. Já és minha.

— Isto não é muito romântico, Ravil.

— Nunca quiseste romance, gatinha. Quiseste ser conquistada. — Pego na mão dela e beijo-lhe as costas.

As pálpebras caem novamente. — Só da forma como tu conquistas.

O meu peito aquece e o meu pénis fica duro, mas antes que possa atacar a minha noiva, a porta abre-se de rompante e os rapazes entram em desfile, a falar demasiado alto e a cheirar a álcool.

— Olá, malta— Lucy cumprimenta-os.

— E se quiseres que eu mande estes sacanas embora, está feito — digo, a apontar-lhes o polegar irritadamente.

— Nem pensar. Adoro viver em comunidade. É divertido. — Ela sorri. — Além disso, teremos muitas amas quando o Benjamin nascer.

Pavel geme. Dima parece um veado apanhado pelos faróis. Oleg, claro, não mostra...

— Oleg! — exclamo. — Isso é batom no teu colarinho?

— Sim — ronrona Nikolai. — Fomos ver a namorada dele no clube.

Oleg bate-lhe com as costas da mão, o que não é suposto ser forte, mas faz Nikolai cambalear para trás. Ele finge arquear e curva-se como se não conseguisse respirar. — Não tão forte, cabrão.

Lucy senta-se mais direita. — Oleg, tens uma namorada?

A expressão dele torna-se tempestuosa.

Fico ainda mais interessado. É raro ver qualquer reação da parte dele.

— Ele ainda não selou o acordo — confidencia Dima a Lucy num tom conspiratório. — Mas se ele a convidasse para sair, ela diria que *sim*, com toda a certeza. Ela praticamente rasteja por cima dele durante o espetáculo.

Oleg olha furiosamente, e com um aperto no estômago, percebo o seu dilema. Ele pede tão pouco que, por vezes, minimizamos a sua verdadeira deficiência. Connosco, ele pode pelo menos escrever ou enviar mensagens se precisar de comunicar algo. Mas embora possa entendê-lo, ele não escreve em inglês. Convidar uma rapariga para sair seria impossível.

— Bem, porque raio não o ajudaste com isso? — exijo saber.

Dima parece surpreendido. Olha para Nikolai em busca de apoio. — Porque não queria que me esmagassem o crânio?

Oleg acena afirmativamente, como se tivesse mesmo esmagado crânios.

— Irei contigo da próxima vez — prometo a Oleg, mas ele abana a cabeça.

— Estão a ver? — protesta Dima. — Ele não quer ajuda. Eu definitivamente teria resolvido isso se ele quisesse.

— Hmm. — Guardo essa informação. Vou definitivamente com ele da próxima vez, para ver o que se passa.

A porta abre-se novamente, e Maxim entra com uma mulher ruiva.

— Maxim! — exclama Lucy.

— Estou de volta — diz Maxim. Está vestido com um fato, mas está amarrotado, e parece cansado. — Com a minha noiva relutante. Conheçam a filha de Igor, Sasha.

Sasha atira o cabelo ruivo com um bufo. Já a vi antes, mas apenas algumas vezes. A princesa da *mafiya* é bonita, mas jovem. E a julgar pelo aperto que Maxim tem no cotovelo dela, é difícil de lidar.

— *Ela* foi o presente de despedida que ele te deu? — escarnece Nikolai, e Maxim lança-lhe um olhar mortal enquanto a conduz em direção ao seu quarto.

— Ela não sai desta cobertura — diz Maxim por cima do ombro. — Não sem escolta. — Desaparecem no quarto, e ele fecha a porta.

Por um momento, olhamos todos uns para os outros, absorvendo a situação de casamento arranjado que acabou de entrar nas nossas vidas. Depois levanto-me e ajudo Lucy a sair do sofá.

— Adoraria especular convosco, mas a *minha* noiva parece cansada. — *E estou pronto para mais uma rodada com ela.*

— *Spokoynoy nochi* — diz Lucy, ainda a praticar o seu russo.

— Boa noite, Lucy — cantam Dima e Nikolai em coro.

— Boa noite — grita Pavel para as nossas costas.

— Diz-me que aquela rapariga não é mais uma prisioneira — diz Lucy quando entramos no quarto. Tiro-lhe a parte de cima do pijama enquanto a conduzo para a cama.

— Seria apenas para a própria segurança dela — juro. — Essa seria a razão pela qual Igor a entregou a Maxim. É um par brilhante, realmente. Ele precisava que Maxim a tirasse da Rússia e a afastasse dos tigres que disputam o seu poder e riqueza.

— E o amor? — pergunta Lucy.

Agarro a parte de trás da sua cabeça e beijo-a antes que os seus joelhos toquem na cama. — A conquista. Não era isso o preferido? Maxim vai conquistá-la. E ela vai conquistá-lo. E depois haverá amor. Tal como connosco, não?

As suas pálpebras caem.

Puxo os cobertores e deito-a na cama. — Amo-te, *kotyonok*. Minha feroz e selvagem leoa. — Deito-me ao lado dela.

— Amo-te, Ravil Baranov. E sim, casarei contigo.

Estico-me para apagar a luz. — Não estava a pedir.

O seu riso é rouco e pleno. — Eu sei. Estás a reivindicar. — Beija-me o peito e depois pousa a cabeça sobre ele. — Já conquistaste.

Fim

NÃO INCLUÍ o nascimento de Benjamin neste livro, já que o Livro 3 - *O Reparador* começa exatamente onde este termina. Mas já escrevi-o! Para ler o epílogo bónus com o nascimento de Benjamin, junta-te à minha newsletter em: . https://www. subscribepage.com/reneerose_pt

Terás acesso a todos os materiais bónus, bem como livros gratuitos.

. . .

Para a história de Sasha e Maxim, vê .

Obrigada por leres . Se gostaste, agradeceria muito a tua crítica — elas fazem uma enorme diferença para autores independentes como eu.

Lê o próximo livro da série *Chicago Bratva*, O Reparador

POSSUÍDA PELO HOMEM QUE TRAÍ

Há seis anos, proferi uma mentira que mudou a vida de um homem.

O meu pai baniu-o da sua célula bratva. Do país.

Agora ele está de volta para tomar a minha herança. A minha vida. Não através de assassinato, mas de casamento.

E o meu próprio pai organizou tudo.

Maxim pensa que pode fazer-me submeter à sua vontade. Pensa que pode dar todas as ordens.

Eu desejei-o uma vez, e ele recusou-me. Não vou cair nos seus encantos outra vez.

E não tenciono ceder.

Nem mesmo quando ele me faz tremer de desejo...

O Reparador

QUER LIVROS GRATUITOS DA RENEE ROSE?

Assine a newsletter da Renee para receber cenas bônus gratuitas e notificações sobre novos lançamentos!

Vá a https://www.subscribepage.com/reneerose_pt

OUTROS TÍTULOS POR RENEE ROSE

Série A Bratva de Chicago
Prelúdio
O Diretor
O Reparador

SOBRE RENEE ROSE

AUTORA BEST-SELLER DO USA TODAY, RENEE ROSE adora um herói alfa, dominante e com linguagem obscena! Vendeu mais de um milhão de exemplares de romances ardentes com vários níveis de intensidade. Os seus livros foram destacados no *Happily Ever After* do USA Today e no *Popsugar*. Nomeada como a Próxima Grande Autora Erótica pela Eroticon USA em 2013, também ganhou os prémios de Autora Favorita de Ficção Científica e Antologia da *Spunky and Sassy's*, Melhor Romance Histórico da *The Romance Reviews* e *alcançou* a lista do *USA Today* sete vezes com a sua série Wolf Ranch e várias antologias.

Siga-a em:
https://www.subscribepage.com/reneerose_pt
Renee adora conectar-se com os leitores!

www.ingramcontent.com/pod-product-compliance
Lightning Source LLC
Chambersburg PA
CBHW071537110726
47908CB00007B/1916